中公文庫

美味放浪記

檀　一雄

目次

国内篇

海外篇

国内篇

黒潮の香を豪快に味わう皿鉢料理　高知

しばらくの間、日本のここかしこの町を、飲んで、喰べて、うろつき廻ってみないかと云う、棚からボタ餅のような愉快な話を持ち込まれた。

日頃の精進がよろしいからに相違ない。なにもこの度のような愉快な誘いを受けなくたって、私は常日頃から諸所方々、出かけてみたいところはどこでもうろつき廻って、世界の裏町の酒を飲み、世界の裏町の立喰屋のあやしげな喰べ物を喰べて廻ってきた筈だ。

ただ残念なことに、私は贅沢な飲食《おんじき》の流儀が身につかず、例えば、高級の料亭で、高級の御馳走を前に据え、何やら勿体ぶって盃をいただくなどと云う荘重なしぐさが出来にくいのである。

そこらの町角をほっついて、なるべく人だかりしているような店先に走り込み、なるべく人様が喜んで喰べているような皿を註文し、焼酎でも泡盛でも何でもよろしい、手っとり早くつぎ入れてくれるコップ酒をあおるのが慣わしだ。

例えば、ドイツの裏町だったら、立飲みの屋台店に入り込んでいって、「ボック・ブルスト（ソーセージの湯びき、または油炒め）」だとか、「シャシュリーク（羊肉の串焼）」だとか、を一つ二つかじりながら、さて、ビールとコルン（焼酎）を、代わる代わる飲み比べると云った有様だ。

だから、その、棚からボタ餅式の話の申し入れがあった時にも、

「オレは上等の喰い物なんぞ、何も知らないよ」

と正直なことを申し上げておいた。

さて、その第一回をどこにするかと云うことになって、

「やっぱり、正月号のグラビアですから、写真栄えのする、ちょっとデラックスな料理がいいと思うんですけれど……。どこがいいでしょう？」

と編集部の方から物言いが付いた。畜生。今更そんなことを云ったって、オレは裏町の立飲屋が専門だとちゃんと宣言しておいた筈じゃないか。咄嗟に怒鳴り返そうと思っては見たものの、ここで怒鳴っていたら折角持ち込まれた棚ボタ式の話もこわれる。ここは大事の前の小事だと思ったから、

「そんなら、高知の皿鉢《さわち》料理か、長崎のシッポク料理でしょう」

「じゃ、新年号はとりあえず高知と云うことにさせていただきましょう」

と云うことになった。

高知は二、三度出かけていったことがある。しかし、ここ四、五年、四国にはちょっと御無沙汰といった感じで、土佐の高知の播磨屋《はりまや》橋界隈の賑わいも、桂浜の五色石の波打際の模様も、何となく忘れかけてしまっている。

いつだったか、高知の波止場の傍の汚い一膳メシ屋に腰をかけて、鯖と竹ノ子の煮付をサカナに、終日コップ酒をあおったことがあるが、あんな店が今でも残っているかどうか。あの店先で喰べた素朴な竹輪の味や、竹ノ子の歯ざわりまで思い出されてきて、ジッとしておれなくなった。

それに、高知と云ったら、「ニロギ」の半日乾しの干魚の匂い。「ドロメ」の舌ざわり。鰹のタタキの大模様な味覚。

皿鉢料理はいささか大名趣味で気がひけるが、しかし、正月向の第一回は、サワチを中心にして、ニロギ、ドロメ、鰹のタタキ等、久方ぶりに、南国土佐の豪快なお国ぶりのさまざまの海の幸を喰べて飲ませて貰うのが、男の冥利に尽きると云うものだろう。

国内航空の御厄介になって、羽田を午後一時過に出発する。徳島近い頃までは、暗雲低迷と云ったところであったが、四国の上空にさしかかる頃から空は次第に晴れてきた。徳島で給油して、再び飛び立ち、山の谷間を真下にして飛んでいると思ったら、もうカラリと晴れ渡った夕映えの土佐湾をひろびろと俯瞰するのである。

その波打際に近い野ヅラ一面、真っ白い帯が何条も流れていると思ったら、冬の間、トマトや茄子や胡瓜を栽培するビニール栽培の畑の大景観であった。

夕暮れの町をのろのろと宿に向って車を走らせて貰ったが、車窓から見る町の模様もこの四、五年の間に、随分と変ったようだ。世界中の町が、町の個性をなくしてゆくのは淋しいことだが、仕方がない。

せめて喰べ物ぐらい、その町固有の喰べ物を喰べさせてほしいものだと思っていたって、日本の町の津々浦々は、どうやらラーメン屋一色に変ってきたようで、この間、「こちらは串本向いは大島」のその串本に出かけていって、新しい煮魚でも喰ってやれと一膳メシ屋や安食堂を探しに探したが、ラーメンと、ギョーザと、カレーライスと、チキンライスのほか、何も喰わせてくれるところは見当らなかった。

私達の宿は「城西館」である。一風呂浴びると、つまりその皿鉢料理と云うことになるわけだが、宿の板前さんが丹精こめて作り上げ、運ばれてきた皿鉢料理は、アッと肝をつぶすような、大々的なしろものであった。

大鯛が二尾、岩の上に躍り上がっている。その岩の下に波打っている刺身の群は、これは、海の波にでも見立てたものであろう。その周囲に積み上げられたサザエや、トコブシや、エビの群。いやはや、たちまち、私に正月が襲いかかってきたような豪華さであった。考えて見ると四、五年前に一度、桂浜の「桂松閣」で、井上靖さんや、森田たまさん、邱永漢君らと、こんな豪華な皿鉢料理をつっついたことがある。なーに五年に一度ずつくらい、オレだって、このくらいの豪勢な目に会ったって悪くはないだろう。

私はそう思って、その皿鉢料理の真ん前にドッカと坐り、左右から盛り入れてくれる刺身の類、鰹のタタキ等を頬張りながら、大酒を喰らいはじめた。

刺身と云うものは、私はもっとも原始的な料理法だと思い込んでいたところ、先日或る歴史学者と話し合っていたら、刺身と云うナマ喰いの方法は、これは人間にとってきわめて新しい料理法だそうである。人間は、実に永いこと、煮たり焼いたりして喰っていたものだそうで、刺身と云うナマ喰いの方法に辿りつき、これが日本人の間に一般化するようになったのは近年（と云ったって、歴史家の云う近年だ）のことらしい。わざわざそう思わなくたって、土佐の高知の豪快な刺身の大盛りなど、古代の人間が思い及ばなかったような贅沢に違いない。

鰹のタタキは、御存知の通り、新鮮な鰹を三枚におろし、その肉をワラ火で焙ってから、マナ板の上で、薄く塩しながら庖丁の腹でトントン叩いて肉をしめ、キズをふりかけて熱をさまし、さてブツ切りにして、ニンニクや、生姜や、葱などの薬味を添えながら喰べるものだ。

土佐らしいモッサリとした大味が舌の上にまつわりついてきて、コセコセした江戸や京の人間など糞喰らえぐらいの意気込みが湧いてくるから不思議である。私はこころみに東京から手持ちしてきた「ペトルーシカ（ロシアの香草）」を指でつぶしつぶし、その鰹のタタキにふりかけて喰べたが、はなはだ大模様の味覚であった。

その昔、四国をうろついた時に、たしか宇和島で、サツマ汁と云うのを喰べさせられたことがあり、大層うまかったように記憶する。またたしか、新居浜でも、似たようなものを喰べて、気に入ったことがある。そこで、

「土佐でもあのサツマ汁をやりますか？」

と訊いたところ、家によっては作るが、そうそう一般的ではないと云うことだった。

私の記憶では、擂鉢でニンニクと一緒に白身魚の焼身をすりつぶし、その中に焙った味噌を入れて、よくすり合わせ、魚骨のダシ汁を加えて少し濃い目の味噌汁を作り、メシの上に刺身を並べ、その刺身の上から、熱いドロドロしたその味噌汁をかけるわけだ。

それに葱の薬味をふりかけると、濃厚な、四国らしい味がしたものだが、あれが「サツマ汁」と呼ばれるのは面白い。きっと薩摩の一部で昔やっていた料理に相違ないが、今日の薩摩ではそれほど盛んではないようで、むしろ鹿児島だったら、「豚骨料理《とんこつ》」の方が一般的だろう。四国に渡った人は、一度は喰べてみるのがよろしかろうし、高知でもあの「サツマ」を大いに普及宣伝して貰いたいものである。今回の旅行は、宇和島に立ち寄れず、このサツマ汁を喰べられなかったのが、千秋の恨事であった。

しかし、ニロギは、まったくのところたんのうした。

私はニロギとドロメを喰べてみたい一心で高知に押し渡ったようなものだから、空港到着と同時に、「ニロギ」「ドロメ」とまるで念仏のように唱えておいた甲斐があって、高知第二日目は、朝から晩まで、ニロギ、ドロメ攻めに合った。

ニロギは土地によって「柊魚《ひいらぎ》」と呼んでいるだろう。十センチ足らずの小魚である。半日ばかり乾した生乾きのニロギを焙って喰べると、特有のニロギの香が立って、私は先回高知に遊んだ時には、夕べ夕べの酒のサカナは、もっぱらこれにした。東京にも持って帰ったが、何と云っても、乾しかけたその当日の、半乾きのニロギを、高知で焙って喰べるようなわけにはゆかない。味も香もたちまち落ちる。

土地の人は、焙ってそのまま酢浸しにして、骨が軟かくなったのを喰べるがいいと云っているけれど、なに、少しぐらい骨がガサついたって、焙ったやつをそのまま頭からガツガツ喰べるだけで結構だ。そう云えば、南蛮漬にするのもおいしいと土地の人は云っていたけれど、あんな結構な魚は、なにもしなくたって、その味と香だけで充分だ。

しかし、余り乾しあげた奴はうまくない。やっぱり半乾きの奴を、土佐の高知で、喰べるのが、よろしいのである。

私は第二日の午前中に、佐川の「司牡丹」の酒倉と、「青山文庫」の見学に出かけていった。佐川は山の谷間でいつ来てみてもいいところだ。その水が軟かいのでもあろう。「司牡丹」の応接室で出されたお茶が素晴らしくうまかった。「司牡丹」と云えば、その昔も一度、吉田健一さんだったか、井上靖さんだったか、一緒にやってきたことがあって、倉出しの芳醇な酒に飲みとられ、へべれけになった記憶があるが、今日は生憎と二日酔である。折角さし出して貰ったコップの酒もようやく舐める程度で、どうにも飲み乾してしまう元気が出なかった。

その「司牡丹」の昔の酒倉が、まったく見事な酒倉で、私はしみじみ見惚れたまま動けなかった。あんないい建築物を、日本人は、この頃もう造ることも、見ることも忘れてしまっている。

さて、桂浜の桂松閣に着いたのは、もう一時を廻っていただろう。部屋からの広闊《こうかつ》な眺望は昔と変らないが、やっぱり対岸の港に見馴れない工場や建物が乱立した。桂松閣では、待ち構えたようにニロギのチリ、ニロギのムニエルであった。

バタ焼の方のニロギは、少しばかり大ぶりで、長さも十センチを越えていただろう。黄色に縦縞が通っていて、このニロギの方は釣るのではなく網で獲ると云う話であったが、ニロギそのものの種類もいくらか違うのかもわからない。

ニロギのチリも結構であったけれど、私のような野暮天《やぼてん》は、やっぱり半乾しのニロギを焙っただけで齧る方が自分の性分に合っているようだ。

私が率直にそんなことを云いはじめたところ、傍の交通公社の所長が、

「じゃ、下の茶店で頼んでみましょう」

私達はそのまま五色石のころげている浜辺の方に降りていった。五、六人の女の人達が、波打際で五色石を拾っている。所長は、顔見知りでもあるのか、一軒の茶店に入り込んでいって、ニロギの半日乾しの交渉をはじめてくれたらしい。

O・Kだと云っている。しばらく待つ間に、茶店の主人が、籠一杯の乾しニロギを運んできてくれた。

私は有頂天の喜びようだ。宿に帰って、焙って焼いて、ビールを飲みながら、まったく久しぶりに、ニロギ様に辿りつけたような仕合せを感じていった。

おまけに、宿の主人がドロメを運んできてくれた。ドロメと云うのは、おそらく白魚の子

か何かだろう。乾せばシラス乾しになるような極小の小魚を、ナマのまま向う付けに盛って、その上に、柚子酢味噌のようなものをかけて喰べるだけだ。

変哲もない酒のサカナだが、本当のドロメにお目にかかるのは、もう五年ぶりのことなのである。私は仕合せを感じながらも、少々うしろめたいような気持になった。

つい先頃、私はソビエトへ釣りの旅に出かけていったのだが、私達を出迎えてくれたソ連の工作員から、

「日本人は稚魚を喰べたがりますが、あれはよくない。大きく育てて、喰べましょう。そうしないと、魚の資源が枯れてしまいます」

大いに説教されたものだった。ジャコだの、シラスだの、鰯《いわし》の煮干しだの、鯵《あじ》の煮干しだの、日本人が濫獲し、好んで喰べるのを見るのはニガニガしい限りなのだろう。漁業交渉のときにも、うんと因縁をふっかけたいところだろう。

しかし、我が日本人は、稚魚なしでは、淋しくてやりきれないし、例えば高知の海産問屋などちょっと覗いてみるだけでも、チリメンジャコだの、シラスだの、小鯵だの、煮干しだの、キラキラ光る小魚共が店いっぱいに並んでいて、あれがなくっちゃ、私達、やりきれないような食の淋しさを感じるだろう。

気持よく酔ってきたから、私はカメラマンのF君を誘って、波止場の方へ出かけていった。

その昔、波止場の側で、竹ノ子を喰べながら終日飲んだ店が相変らずやっているかどうか、たしかめてみるつもりなのである。芸もない海員相手の小店だが、今日でもやっているかど

うか、見届けたくなった。

ところで、その店は昔の儘に、寸分変らぬ姿で残っていた。私はすぐ様入り込んでいって、昔なつかしい竹輪を竹棒のまま貰い受け、その竹輪を齧り齧り、ビールを飲んだ。

一本の竹棒に、竹輪が二つずつ刺されている。高知の竹輪や蒲鉾は、口当りが軟かく、味がきわめて淡白だ。その淡白のところを土地の人も愛するだろうし、私も好きだが、竹輪そのものとしたら、有明海の大川の竹輪の方が味が濃厚で、おいしいと云えるかもわからない。下関の蒲鉾の方が同じ意味で、キリキリと身がしまり、味も濃厚であるかもわからない。

しかし、土地土地の味わいは、それなりの変化が面白く、有難いのである。


私にとって、旅で一番仕合せなことは、その旅先の魚市場や、野菜市場を見て廻ることだ。そこに積み上げられている土地の魚や野菜の有様を見て、その町特有の飲食のあらましを、想像してみたり、たしかめてみたりすることだ。

私は、行く先々の町の市場で、なにほどかの魚や野菜を買い集め、自分流儀の料理をやらかしてみるのである。

ニューヨークでもやった。パリでもやった。ロンドンでもやった。北京でもやった。モスコーでもやった。

だから、第二日目も、既に早朝から魚市場に出かけていって、タビエビと、毛エビと、小さなイカを買ってきて、宿の冷蔵庫に預けておいたのである。

しかし、それを宿で調理するのは気がひける。第一、営業妨害になりかねない。そこで、迷惑でも交通公社の所長の台所を借り受けて、料理させて貰いたいと頼んでみたら、二つ返事であった。

気をよくして、材料を抱えこみ、所長の家に着いたのは、もう夜の九時近い頃であったろう。

所長は気持よく出迎えてくれた。話しているうちに、所長がソビエト帰りの帰還兵だとわかったから、こちらは気が大きくなり、ロシア料理でも何でもこいの意気込みになった。しかし、「タビエビ」と云うカニとエビの化物みたいな甲殻類は、生れてはじめて見かけるのだし、天火でもつかって、伊勢エビ風にたんねんにやったらおいしかろうが、だんだん面倒になってきた。

酒と醬油と生姜の薄味で、煮上げてしまって、まず一つあがり。

「毛エビ」は殻のまま、油炒めでゴマ化した。「イカ」が軟かそうな小イカだから、墨もモツも一緒くたに刻み込んで、スペインのプルピトス風に油煮にしてやれと思ったが、肝腎のニンニクと唐辛子が無い。そこで万事ゴマ化し放題、いい加減に作り上げて、あとはウイスキーを飲むばかりだ。

しかし、所長さんや子供さん達が、こわごわ箸でつつきながら、

「おいしい。おいしい」

と云ってくれたから、何とか面目をほどこしたようなものの、自分で喰べてみて、うんざ

りした。

生れてはじめてお目にかかる材料は、必ず土地の人からその処理法をたんねんに聞いて、土地流の料理に馴染み、それから自分流の料理に移るべきものだ。

タビエビなど随分おいしい喰べ方があるに相違ないのに、時間不足とセッカチから、シャコの塩梅《あんばい》に煮付けてしまって、大失敗であった。

私は東京を出る時に、高知の友人から、

「高知へ行くなら、物部川の川ほとりのゴリと、手結《てい》の〝カネサン〟のエビを喰って来い」

と云われていたから、竜河洞の見物を終っても気が気ではなく、

「物部川のゴリはどこだろう？」

帰る飛行機の時間を気にしながら、訊いて廻ったものだ。物部川の川岸に小さい茶店みたいなのが一軒あったけれど、時間が早いせいか店はしまったままであった。

「店があいてたって、ゴリなら春か夏でしょう」

と県庁のSさんが云っていた。

仕方がないから、車を手結のカネサンに走らせた。どうも見覚えのあるあたりだと思い思い、そのカネサンに辿りついたとたん、

「ああ、ここは一度やってきたことがある」

と気がついた。イケスのうしろの港の模様にはっきりとした見覚えがあるばかりか、よく考えてみたら、ここの二階で海を背景に写真に撮ってさえいるのである。

ただ、その時の料理の記憶だけがまったくないのは、きっと五年昔も大酔していたからに違いない。

飛行機出発までに、あと四十分あった。せめて、エビのスープだけでも飲ませて貰いたいと思ったが、エビを喰えば絶対に飛行機に乗り遅れる。二者選一のきわどい自問自答の揚句、とうとうエビを思い棄てたのは、自分でもあわれであった。

厳冬に冴える雪国の魚料理

新潟・秋田

飛行機は中禅寺湖の真上を通りながら、華厳ノ滝や男体山《なんたい》を見せてくれた。尾瀬沼のあたりから、重畳する山々がことごとく白雪に蔽《おお》われて、荘厳この上もない。

そのまま、時化《しけ》模様の日本海に突き抜けたが、砂浜に向って咆《ほ》えている怒濤の白い帯が、陰惨な波動を見せている。

飛行機は着陸した。雨かミゾレでも降ったように滑走路が濡れていて、タラップを降りると、覚悟はしていたことだが、凍《こご》えるように寒い。

待合室がこの地震（註。昭和三十九年六月の新潟地震）で沈下でもしてしまったようで、便所も手洗も使用不能の有様であった。

バスで市中に向ってゆく。

アパートが傾いたり、ビルディングが倒れそうだったり、新潟の災禍の予想以上のはげしさに驚いた。

それでも、旅館の室長《むろちょう》も、能登屋も、先ずは無事に立っているようだから、その能登屋に入り込んでいって、勝手に炉端へ坐り込んだ。オカミさんの顔が見えている。

「やあ、全然こわれてないじゃないですか？」

「まあー、とてもじゃないけど、六百万円かかったのよ。何か造り直すって云うんならいくらかかったって面白いでしょうけど、モトの通りにしようって云うのに、六百万円かかるんだから、嫌んなっちまう」

なるほど、人の苦労を知らないで、これは悪いことを云ってしまった。オカミさんの話によると、テレビやラジオや新聞で、震災の宣伝が利きすぎてしまったもんだから、新潟や佐渡への観光客が、バッタリ止まってしまったそうである。災害はひどかったけれど、土地の者はみんなやり直しの意気込みでやってるんだから、観光客もどんどん来てほしいそうだ。

そんなことを喋り合っているうちに、オカミさんは見事なヤナギカレイを竹串に刺して、炭火で焙りはじめた。

これだ。新潟の喰べ物の風物詩は、これにきまったようなもんだ。本町通りの両側の店に、どこでも竹串に刺して、ヤナギ、口ボソ、マコガレイ、石ガレイ、の林立して焼かれている有様を見ないと、まったくの話、新潟に来たような気がしない。

新潟の喰べ物では、何と云っても日本海のヤナギの焙り焼きと、ナンバ（南蛮）エビのナマ喰いだろう。

トロリと口の中にねばりつくようなナンバエビの甘味は、たまらないほど私達の味覚に媚びる。

刺身が一番だが、サラダにしたってうまいにきまっているし、中国流のエビとグリンピースの油炒めなど、きっと素敵だろう。

ナンバエビは、富山ではたしかアマエビと云っていやしなかったろうか。

早速本町通りの市場の界隈をうろつき廻って、アミの塩辛を二袋買った。この土地では「アカヒゲ」と呼んでいて阿賀野川の河口あたりで沢山獲れるらしい。九州の柳川では、同じものを「ツケアミ」と云っていて、子供の頃よくお茶漬の中に入れて喰べたものだが、有明海のツケアミと、新潟のアカヒゲと、果してどちらがうまいか、私には判別出来なかった。

このアカヒゲの塩辛なしには朝鮮漬が出来にくいから、私は欲張って二袋買った。

魚屋の店頭にはほかに、アオリイカや、スケソウダラ、それに、何と云っても鮭、鮭、鮭であった。

見事な鮭の頭が真二つに割って店先に並べられてあったから、あの軟骨を酢漬けにしたらうまいだろうなと、喉から手が出るようにほしかったが、旅先の旅館に、鮭の頭を持ち込むのは、風流が過ぎている。

いずれは日暮れてきたら、「本陣」か「松井」にでも出かけていって、ヒズの酢漬や、ナンバエビの刺身を喰べればよい。

久しぶりだから、護国神社の境内の坂口安吾の文学碑のところまで出かけていってみた。

何度来てみてもいい場所だ。ただあの碑の側面に設立のいわれを書き、文学碑の除幕式にも来てくれた尾崎士郎さんが他界されたので、この文学碑の側にやってくる関係者は、私一人になってしまったような淋しさだ。

もう何年昔になるだろう。

丁度、この文学碑の下から、少し西に寄ったあたり一帯に、海水浴客相手の浜の茶屋が軒を連ねていて、その茶店の二階で安吾さんと二人、日本海の落日を眺めやりながら、キスの刺身をサカナに、大酒を喰らったことがある。

その時のキスの刺身がうまかったから、新潟に来る度に、キスの刺身、キスの刺身と云って笑われるが、キスの刺身はやっぱり、浜辺の茶店でなくては感じが出ない。その昔、寄居浜はあとかたもなく浸蝕されてしまって、茶店など、勿論のこと一軒もありよう筈はなく、テトラポットの並ぶ荒寥たる海である。

そう云えば、同じ安吾さんと、五智の浜辺で、「バイ」を喰っては泳ぎ、喰っては泳いだこともあった。そのバイが本町の市場の店先に山のように盛り上げてあったのは、なつかしい限りであった。バイは一度煮て、一晩煮びたしにすると、中の身が軟かくなるそうだ。

新潟の夜は楽しい。いつだったか「鍋茶屋」で、きれいどころが五十人ばかりズラリと勢揃いをするような豪華な宴会に招待されたことがあり、その第一級美人はとても、私達が手も足も出ないとあきらめるにして、一体どのあたりの美人の御機嫌を取り結んだらよかろうかと、バカなことを考えたことがある。するとさしずめ四十二、三番目くらいの美人が、私の柄に合っているだろうか。いや、それも覚つかない、と新潟のキレイドコロのキレイさんに舌を巻いたことがあった。

めた。

「鍋茶屋」の豪華は望めないから、今晩は、「本陣」や「松井」あたりで一杯やることにきめた。

新潟は、この種の手軽な酒の店があるから有難い。そのサカナはヤナギにしろ、ナンバエビにしろ、バイにしろ、鮭のヒズの酢漬にしろ、日本海の独特の匂いがこもっている。

さて、松井ではスケソウダラのタラチリを所望して喰べてみたが、私は東京でも、時折、ヒゲタラやスケソウダラのチリを愛好して喰べる。凍りつくような寒い日に、新鮮なタラのチリは、鯛などとまったく違った、馴れ馴れしい、気のおけない、舌ざわりだ。

さきほど露店の野菜市で、キンタケを見つけて買い込んでおいたから、一緒にチリの中に投げ入れてみたところ、とたんに味がくどくなり、汁が濁った。キンタケはキンタケで、味噌汁か、オロシ和えの方がよさそうである。

その昔、「イタリア軒」と云ったら、たった一軒の格式高い西洋料理屋であった。二十何年も昔、私は坂口安吾さんに連れられて、「イタリア軒」の二階に上がり、松籟の声を聞きながら、ビフテキの焼け上がってくるのを待ったものだ。

「新潟の肉はまずくってね」

と安吾さんは云っていたが、シンと静まり返るこの赤煉瓦の建物に気を奪われて、肉がうまいか、まずいか、など、とても判別するような余裕はなかった。

その昔の気取った「イタリア軒」は、当世風にすっかり衣裳換えをして、鍋料理あり、天麩羅ありの気楽な店に、転身したようである。

新潟に来たら、やっぱり、鮭の料理を喰べなくては、話にならない。そこで松ヶ崎浜村の鮭の店に出かけることにして、松ヶ崎出身の美人Kさんを道案内にかり出した。

阿賀野川の河口あたりで取れる鮭だそうである。

「ちょうどいい塩梅に、鮭があったそうですよ。素敵な鮭が……」

幸先よし。私達は大喜びで車を走らせたが、その車の屋根を叩いて、猛烈なアラシとヒョウが降りはじめた。

阿賀野川にさしかかる。いつ見ても、ひろびろと気持のいい川だ。川岸にドロ柳が群生していて、葦枯れの色が、荒寥の趣を呈している。そこで、

葦枯るる阿賀野川の鮭喰わん

と駄句を弄して、鮭の店に急ぐ。車は新井郷川を渡り、新井郷川の川添いに下ってゆくわけだが、川幅の割に水を満々とたたえていて、川岸の家々の風情が素晴らしい。ここらを水郷と呼ぶにふさわしいところである。

さて、松ヶ崎浜村は阿賀野川の河口間近い漁村で、現在では新潟市に編入されて松浜町と云っているそうだ。

鮭の料理を喰わせる店が五、六軒あり、シーズンになってくると、新潟から喰べにくるら

しい。

私達は「港屋」と云う割烹店に上がり込んだが、「港屋」の界隈の路道は、その昔のなつかしい日本の町の趣を呈していて、折から寺詣りの老婆達が、毛布をひろげたような大きな肩掛をかぶって出てくるのに出会ったりした。

私達の食卓には、先ず「ヒズ」の酢漬が運ばれたが、鮭の頭の軟骨と、それにイクラを湯に通した「トトマメ」があしらわれ、鮭の眼ノ玉を上にのっけて、大根オロシでまぶしている。

酒飲みの私には、少しばかり砂糖が利きすぎているように思われたけれども、あんな結構なヒズの酢漬を喰べたことはない。

次にイクラが運び込まれ、私はレモンをしぼりかけて喰べたが、これまた絶品であった。獲れたばかりの鮭のイクラがあんなにおいしいものだとは知らなかった。

さて、本番は鮭の大きな切身を竹串に刺して焙ったものだ。表面が狐色を呈していたから、醬油でもつけたのだろうかと思ったが、そうではない。

鮭の脂が滲んだものらしく、その皮のパリパリとした味わい、肉のしまりと、とろけるようなうまみと、まったく以って、どんなにほめてもほめきれるものではないような気持がした。つまり、鮭さえ新しかったら、加工が少ないほどいいと云うわけだろう。あとにも煮付や、天麩羅まで出されたが、とても喰べ了せるものではなかった。

ほかに、鮭のアラと大根を味噌汁にした「ドウガラ汁」と云うのが出されたが、北海道の

「三平汁」の原形のようなものだろうか。

土地の人は鮭の骨をたんねんに鉈で叩き、大根オロシと味噌で和えて、これをタタキと云って喰べているそうだ。もっともタタキは鮭ばかりに限らない。鴨だとか、鶏だとか、骨の周りを棄てるのが勿体なくて、タタキにして賞味するわけだろう。

人間の知恵は、喰べることに関して、実に驚くほどの繊細な、さまざまの技巧をこらすものだが、いつの日にか安定した喰べ方が流布していて、この安定した喰べ方に従うのが、先ずは、一番おいしいようである。

これもその場で聞いた話だが、タラの「ダラミ（白子のこと）」をよくおカラの味噌汁で喰べるそうだ。

またスケソウダラの沖汁を作って船の上で喰べさせるのがうまいとも云っていたが、当然のことだろう。同じスケソウダラを一塩して開いて、乾し、これを「カタセ」と云って土地の人は愛好するらしい。

新潟と云ったら、その昔、米とドジョウを、大量に東京に積み出していて、一時はドジョウ列車と云うのさえあったらしいが、農薬のせいか、もう今日ではドジョウ列車はなくなってしまったようだ。

私は余り粕漬と云うのを好まないけれども、新潟のタラコの粕漬は、まことに行き届いた贅沢な食品だ。

土樽《つちたる》あたりの、太いワラビの味噌漬や、クルミの味噌漬と一緒に、時折送って貰っては賞味するものの一つである。

幸い、夕方の特急列車「白鳥」に間に合ったから、新津から秋田に向って急ぐ。途中からミゾレが雪に変ったようで、同行のカメラマンF君が子供のようにはしゃいでいる。雪国に来て雪が降らなかったら、やっぱり、おかしなものだろう。

秋田駅の構内は、ほどよく雪化粧をしていた。

もう何年ぐらい昔のことだったか、行き当りばったり、「石橋」と云う旅館に泊って、そこで出されたショッツル鍋の中に、大きな「ハタハタ」の雄と雌が並べられていて、大層おいしく思ったことがあった。

そこで宿を「石橋」にとって、ショッツルを所望してみたが、期待のハタハタはなくて、鯛であった。

秋田に来てハタハタを喰べなくては、何だか歯が抜けたような淋しさだろう。

そこで、川反《かわばた》町の川ほとりの「浜の屋」に押しかけていってみた。いつだったか、八郎潟の小鮒だか青鯛の子だかを、淡味でサラリと煮て、お通しに通されたのが、バカにおいしかったような記憶があったからだ。

その時には、ごくありふれた小料理屋だったと思い込んでいたところ、今度上がり込んでみたら、美人の仲居さんがズラリと居並ぶ超弩級の高級料亭であった。

外見は同じだが、内部を現代風に改造して、新装なった感じである。早速ショッツルを所望してみたところ、帆立貝の貝鍋は有難いが、中味はやっぱり鯛だ。ハタハタの時期と思ってやってきたのだから、どうしてもハタハタの雄雌でなくっちゃ、気が乗らない。

はじめから、電話でも入れて、ハタハタを所望しておけばよかったようなものだが、私は大名風の沈着な飲食が出来ない性分なのである。座敷に坐り込むのさえ、億劫で、割込み式の、大衆食堂でないと、余り落着かない。

「浜の屋」さんがキリタンポをはじめて座敷料理にとり入れたと聞いているから、せめてキリタンポでも喰べて見ようと思ったが、秋田に着いたら、ハタハタのショッツルとはじめに思い込んでしまった以上、草の根を掻き分けたって、ハタハタのショッツルにありつきたい。同行のF君には気の毒だったが、とうとう三度場所をかえて、「いろは」と云う小料理屋に入り込んでいった。その代り、用心深く、

「ハタハタのショッツルがありますか？」

と念を押してである。

まったく、喰意地と云うものは自分ながらおそろしいものだ。

しかし、ようやく、そのハタハタのショッツルにありついた。来た甲斐はあったと云うものだ。東京で見るハタハタとは色も、つやも、太さも違っていて、いっぱい子をつめてふくれ上がったハタハタの腹の、虎ブチの模様さえ、何となくドッシリと、頼もしい限りである。

「今年はハタハタが少なくってね、それに大きいのがなかなかないんですよ」

と仲居さんが、そんなことを云っていた。

すると今年はハタハタの不漁でもあったわけか。

私が生れてはじめてハタハタと云う北国の喰べ物を知ったのは、もう三十年も昔、太宰治の家でである。勿論、ナマのハタハタではなくて、一塩したものか、或いは味噌漬のハタハタであったろう。郷里から送って貰ったと云っていた。

太宰はそのハタハタを指でつまんで、ムシャムシャ喰い、

「ハタハタはね、喰べると体が冷えるんで、血の道に悪いんだ」

そんなことを云っていた。太宰の郷里のあたり、ひょっとしたら、そんな云い慣わしがあるのかもわからない。おそらく「秋茄子を嫁に喰わすな」のたぐいだろう。

輸送機関の発達と、冷蔵の進歩で、今日なら、ハタハタは東京の魚屋でいくらでも手に入るが、やっぱり土地で見るハタハタのような肌のつやはない。東京では、何となく赤っ茶けて見えるのである。

ハタハタの子が海藻に産みつけられ、波にもまれて、汀に打ち上げられたのを「ブリコ」と云っているが、あのブリコの歯ざわりもなつかしいものだ。よほど歯がしっかりしていないと、ブリコを綺麗に嚙み砕いてしまうのはむずかしい。

私は秋田のAさんから戦後まもなくショッツルの味を教え込まれ、その原液をわけて貰っていたが、今日では、もう、東京の大抵のデパートで売っている。

私の家の子供達は、ショッツル鍋と云えば、鶏のモツを入れて喰べるのだと思い込んでし

まっているが、里芋のうがいたのや、鶏のモツは、ショッツルによく合うのである。キリタンポも私の愛好するところだが、やっぱり新米の出来る十月、十一月頃でないと、本当においしいキリタンポにはならないのだろう。鶏もまた、その頃の鶏が一番おいしいわけか。

去年の真夏、大館の界隈を自動車でうろつき廻ったが、時期はずれと云うので、とうとうキリタンポにありつけなかった。もっとも、ショッツルやキリタンポは、新宿の「秋田」や「十和田」で結構おいしいのを喰べさせてくれる。

秋田では何と云ってもガッコのみずみずしいおいしさだろう。

「ガッコ」とは漬物のことだ。

大根の鉈漬など、一体誰が考えたのか知らないが、心にくいほど味わいの深い漬物だ。大根を鉈で切るから、切口にヒビ割れやザラザラが出来る。それを塩と麹で漬けただけれども、分厚い大根の原味と、ヒビ割れの塩のしみ具合と、秋田の寒さとで、何とも形容の出来ないみずみずしいおいしさになる。

私の家でも、時々、鉈漬の真似事をやってみるけれども、秋田で喰べる鉈漬の歯ざわりは、とうてい現地でないと味わえるものではない。

おそらく秋田の寒冷が、大根にしみつくので、あのうまさになるのだろう。高菜のガッコも出されたが、それまた、絶品に感じられた。

九州の高菜漬は、また九州の流儀でよろしいし、秋田のガッコは、寒冷と麹がほどよい醱酵を遂げるので、あのミズミズしさになるのに違いない。

日本中、どこの酒飲みだって、酔えば歌を歌いたがるのは当り前の話だけれども、秋田の飲んべえ達は、また格別に、民謡を愛好するようだ。

川反町のあたり、雪の道を酔って歩くと、軒並にドンドンパンパ、ドンパンパの声が、洩れ流れてくるのである。

郷愁で綴る我がふる里の味覚

北九州

自分の郷里のことは、あまり人前などで、自慢したり、やにさがったり、するものではない。殊に郷里の喰べ物のこととなると、客観性も失って、例えば、外遊三カ月目ぐらいでパリに着き、

「やっぱり、母ァちゃんの味噌汁と、お新香が一番だよ」

などと云うような、みっともないことにもなりかねない。

だから坂口安吾ほどの大人は「ふるさとは語ることなし」と云ったのだろう。だから、太宰治ほどの通人は、一言半句の説明も弁解もなく、ハタハタの味噌漬を山のように皿に盛り上げて、ただムシャムシャと喰ってみせるだけだったのだろう。

私の郷里は柳川だ。その柳川の沖端《おきのはた》と云う漁師部落なのである。と云うより白秋の酒倉が焼失して、その全部が私の祖父の手に渡っていた。

だから、私も、また黙って「ガネ（蟹）」「シャッパ（シャコ）」をロッキュウ（漁師）の流儀に赤くゆで上げて、大皿に盛り、ドサリと私達の前に据えれば、それでよかったのである。

いつでも、そうするのである。

しかるに、「旅」の編集部がカメラマンのF君をわざわざ特派してくれた今回ばかりは、蟹もなく、シャコもなく、アゲマキもなく、イカゴもなく、ワケもなく、「虞ヤ虞ヤ汝ヲイカニセン」のていたらくであった。

ない道理だ。有明海の特殊魚介類の季節は、大抵、陽春から夏の終りまでにきまっている。シャコがうまいのは「麦ジャッパ」と云って、麦秋の候の子持ちジャコだ。その子持ちジャコを、殻ごと、淡口醤油と生姜でうであげて、箸で裂き開きながらバリバリと喰う快味は、やっぱり有明海周辺でなくては味わえない真夏の興趣であろう。

その昔は「トンサン魚（白魚の一種？）」とか「イカゴ」とかが実に豊富で、容易に誰の手にも入ったから、これらの小魚類を煮付けるだけで、こんな結構なお惣菜はなかったのである。

イカゴは富山あたりのホタルイカほど固いシコリがなく、煮付もおいしいが、「イカゴの黒漬」、殊にその「沖漬」は酒のサカナに恰好のものだ。イカゴの黒漬の時期は冬であったに相違ないから、随分探し廻ってみたけれども、やっぱりない。

私は柳川の権威の為にと思って、せめてワケだけならと探し出そうとあせったのは、どうやら、郷里に力コブが入りすぎて、客観性を失った証拠かもわからない。

「ワケ」はイソギンチャクだ。

イソギンチャクの味噌煮や味噌汁など、よその人は気味悪がって振り向きもしないけれども、そのヌラヌラした歯ざわり……、シコシコとした嚙み心地……、むせ返るような濃厚さ……、私は躊躇なく、ワケの味噌汁を日本第一等の珍味に数え上げたいところだが、生憎と現物がないのでは、手のほどこしようがないだろう。

土地ではワケのことを「ワケの尻のス」と云っていて、見た目も恰好も、余り上等とは云いにくいが、私達幼少年の日に、一週間に少なくとも二、三回ずつは、喰べさせられた記憶がある。

時折、このワケが久留米の「有薫酒蔵」から東京の「有薫酒蔵」に送り届けられることがあって、その都度、私は出張して、その調理をやらかすが、結局は、自分一人だけで喰べるのがオチになる。

柳川の人達は、「口底《くちぞこ》と銀メシ」と云ってシタビラメの煮付のことを大層自慢するけれども、どんなものだろう。有明海の「口底」、つまりシタビラメは、醬油やミリンで煮付けると独特なコッテリした味わいになるが、はたして世界に喧伝出来るようなシタビラメかどうか。一度シャレたムニエルを作り上げてみたいと思いながら、その都度香料を持参するのを忘れて、これまた実行に移したことがない。

ただし、スペイン流儀の「パエリア」なら、有明海のシャッパ（シャコ）と、アゲマキと、ガネ（蟹）と、シタビラメと平貝と、鶏を入れて、サフランで匂いをつけ、盛大に作り上げて見たことがあったが、柳川の文化人達は肝をつぶして、為に、下痢患者続出の有様であった。

そこで今回はおだやかに、本吉屋や、若松屋の鰻メシを喰い、「御花」で鴨を喰うと云うだけの傾向に変り、肝腎の私の腕のふるいどころがなくなった。

若松屋は、沖端の柳の濠端に、私の幼年の昔から立っている鰻屋だ。

私の幼少年の日に、親戚の珍客でもあると、

「二人前鰻メシを取って来ライ」

と祖父や祖母から命令されて、ダダ走り（韋駄天走り）でこの若松屋まで駆け込んでいったものである。そうして、その鰻メシの余りを、お皿一杯だけ貰って舌なめずりしながら喰べた。

勿論のこと私の皿の中には鰻はなく、鰻の移り香とミリンの味だけであった。

いや、実を申し上げれば、少年の日に青鰻を釣り上げて、この若松屋に二、三度売りに行ったことがある。と云うのは私の家の庭の中に濠があって（つまり白秋の酒倉の……）、その庭の中の濠は誰にも荒されることがないから、私でも簡単に石垣の間から釣り上げることが出来た。

しかし祖父に見つけられると、殺生を嫌う祖父は一尾五厘で買い上げて、そのまま水の中に放り棄ててしまうから、私はバケツの鰻を茂みにかくし、白秋の酒倉の焼跡を、まっしぐらにかけ抜けて、若松屋に運んでいったものだ。その時の売値が、たしか十七、八銭から二十四、五銭ぐらいだったように記憶する。鰻を売って、その金で、菱を買ったか、蓮の実を買ったか、きっとそんなことだろう。

柳川は中国の江南の風物とよく似通っていて、大きな半ギリ（盥）を漕ぎながら菱を摘む有様など、初秋を色どる一篇の風物詩だ。

さて、本吉屋にしても、若松屋にしても、鰻メシのこってりとしたうま味とその容量は、旅人の口を喜ばせるに充分だろうが、酒飲みの私にとっては、いささか甘過ぎる。しかし、もし、この鰻メシがそのまま東京あたりに進出したならば、ＢＧあたりの恰好の贅沢になるだろう。

その昔の立花伯邸は、今、割烹旅館「御花」に変って、同じく鰻メシや、鴨の料理を喰べさせるから、少しばかり豪華な気分を味わいたい人は、「御花」の庭先を眺めやりながら、お狩場焼風の「鴨鍋」をつつくがいい。

蛇足ながら云っておくけれども、「柳川鍋」と云った裂きドジョウとささがきゴボウの玉子トジは、柳川とはゆかりのものではないだろう。

柳川は特殊な魚介類に恵まれ過ぎていて、とてもドジョウを賞味するような余力はない筈だ。むしろ、私の少年の日に、久留米の野中あたりで作っていたドジョウ汁が、今思い出しても、おいしかった。

ドジョウを水タキにして、細い「篠竹（チンチクリン）」の竹ノ子と、ゴボウと、山椒の芽を入れるのである。その竹ノ子の時期をねらって、昨年久留米までドジョウ汁の復元に出かけてみたが、肝腎の竹ノ子がどの篠竹であったか判別出来ず、私の祖母が作ってくれたようなドジョウ汁はとうとう復元出来なかった。

ただ吉井の山の中に、昔ながらの流儀で醤油を作っている家が一軒あり、そこの醤油とモロミを分けて貰って、満悦しただけである。

久留米の「有薫酒蔵」は、有明海の魚介類をさまざまにして喰わせてくれるから有難い。久留米の料理では決してなくて、本来なら柳川の料理と申すべきだが、シャッパ、アゲマキ、平貝のワタ、ムツゴロウ、それに大川の竹輪等。その珍味を東京の店にまで運び込んでくれる。

同じ「有薫」が高良山の下の御井町あたりで作っていたと云う「カマスずし」を復元して売り出してくれたのは嬉しいが、筑後平野の米はすしに不向きだから、よくよく注意してほしいところである。

どうも幼少年の日の、飲食の思い出がしみついた柳川、久留米界隈のことになると、話がとめどなくなってくる。

最後に、筑後川の河口近くで獲れる「エツ」のことを書いておこう。エツは筑後川と、中国の一カ所でしか獲れない珍魚だそうである。

時期はツユの前後だけで、小骨の多い魚だが、細かく庖丁を入れて、煮付けるのもうまい。また細片の刺身にして、酢味噌で喰べると、その繊細な舌ざわりは、かけがえがないほどだ。

同じく、有明海のムツゴロウやワラスボなどの奇っ怪な風態や味とは桁違いである。

ただし、ワラスボの肉を、蒸してこそぎ取って、擂鉢ですった「コブツキ」と云うフリカケは、私達の少年時の痛快な珍味であったが、もう誰もコブツキを作れる人がいない。

しかし、やっぱり、何と云っても、九州の喰べ物は、博多と長崎だ。

例えば福岡の渡辺通一丁目あたりから、柳橋市場の魚と野菜の市場を覗いて歩くだけでも、ワクワクしてきて、手当り次第に、そこの鯖、あそこのオコゼ、と買い漁りたくなってくる。青い小葱の群を見て歩くと、やりきれぬような郷愁さえ感じるから不思議である。

群馬の下仁田葱や深谷の根深などはザックリとしていて、葱ナンバンのウドンの中に浮かべられた葱は、その歯ざわり、とろけ具合、まことに豪快そのものだが、やっぱり九州人の私は、博多の青葱や香頭葱の、ウドンやチリに浮かべられた青さを恋しがるのである。

だから私は福岡に帰ると、どうしても、ウドンを一杯喰べてみないと落着かない。

まったくの話、福岡はウドンがおいしい。「稲葉ウドン」よし、「英ちゃんウドン」よし、「花菱ウドン」よし、「ウエストのウドン」よろしく、どこのウドン屋の「ウロン」でも一向に構わないが、しかし、少しく時間があると思うと、私はわざわざ、春吉の「花菱ウロン」まで駆けつけるのが慣わしだ。

何度行ってもその店の看板が目につかないほど小さい店だが、「花菱ウドン」に腰をかけて、丸天とゴボウ天とを二つながら、ウドンの上にのっけて貰うと、「帝力奈ゾ我ニアラン」みたいな安堵をするから不思議である。

まことに博多の「ウロン」をつついていると、庶民の、かけがえのない幸福さえ感じられる。

その昔、中洲には、「千里十里」があって、当時高等学生の私達は、ちょっとした贅沢と云ったら、「千里十里」でチリ鍋をつついたり、フグ刺を喰べたり、博多風に明るくチャラチャラした店だったが、今は場所を変えたのか、それとも営業の様子が変ったのか、ああ云う気楽な、簡素な店が、少なくなったような心地がする。

博多と云ったら、何と云っても「水タキ」だろう。

もう二十五年ばかり昔になるが、亡くなった尾崎士郎さんと、当時兵隊の私と、昔の「新三浦」で痛飲したことがある。

戦後はまた、佐藤春夫先生御夫妻と火野葦平さんと、新装なった「新三浦」で水タキのスープに葱を浮かべて啜ったが、その席上、火野さんが描いた河童の大群舞の屛風に、佐藤春夫先生の賛を所望され、佐藤先生が即座に揮毫されたことを覚えている。

あの河童の大群舞の絵も賛も、「新三浦」は大切に保存しているに違いないが、それを描いた火野さんも、佐藤先生も、他界されてしまって、私は「新三浦」に同行したゆかりの人々をことごとく失った。

しかし、博多らしい喰べ物の店で、手軽でおいしいのは、東中洲の「ふじ本」かもわからない。

博多は何もわざわざ料亭にゆかなくったって、市場には真新しい鯛があり、オコゼがあり、香頭葱があるんだから、自分でモミジオロシにポン酢を垂らして、存分のチリを味わえばいいだろう。

いつだったか天神町の魚屋の店頭で、フグの白子をバカみたいに安く買い、白子のチリで腹鼓を打ったことがある。フグの白子は、また味噌汁や醬油味の鍋物によろしく、だとすると「ふじ本」など精気のある店だろう。

博多の「オキウト」は、今では東京だって手に入るが、やっぱり、現地で、生姜とか、香頭葱だとか、胡麻だとか、薬味を散らしながら、朝の味噌汁に添えて喰べるのは、大酔のあとに、快適なものである。

「アブッテカモ」の魚の名が、本来何であるか、私はよく知らない。しかし、あの黝《くろず》んだ魚を、一丁目の魚市場あたりで買ってきて、大量の塩をまぶしつけておくと、四、五日で全体がまったくのアンチョビーのようになり、これを焼きながら酒のサカナにするのは、ほかに例を見ないような珍味だから、特筆しておいてもよいだろう。

早春の日の室見川のシロ魚のオドリ喰いは、もう云い尽された。

私はむしろ、今津あたりの小さな天然カキの酢のものを、贅沢な食品だと信じている。

さて、庶民の店の庶民の味を満喫出来るのは、六本松の九大教養学部から草ケ江に抜けてゆくあたり、「月川」のモツ鍋だろう。

豚のサマザマのモツを小さく切ってさらし、葱のブツ切りと一緒に、鍋で炊くだけだが、そのダシ汁の塩加減が、甘くなく、辛くなく、丁度酒飲みに恰好の味である。

おまけに安いから、いつ行ってみても超満員で、暗くなってから入り込もうなら、ことわられる。

珍しい田舎料理なら、博多駅構内の「鶴八」が愉快だし、また、牛のテールのおでんや、スープなどを喰わせる「ヤマモト」と云う店は、坐り心地もよく愉快である。
ギョウザは東中洲の「宝雲亭」が威勢がよくて、面白いだろう。

その昔は福岡から長崎までと云ったら、うんざりしたものだが、今は、思いたったとなると、自動車で一走りだ。三号線を鳥栖《とす》から右に折れ込む道のほかに、今日では南バイパスが出来て、坦坦砥のようである。

もっとも、風景を楽しむなら、唐津に抜け、伊万里に抜け、大村湾に沿ってゆくのが、一番よい道かもわからない。

長崎の喰べ物は、また格段と鮮度が新しく、車エビの塩焼など、どこのどの店に入り込んだって、満足出来るようなものだ。

例えばタコであるが、ウデダコの新しいのには、云うに云われない、おこげのような香ばしい香気があることに気づいたのも、長崎でであった。

私はバカの一つ覚えで、長崎に行けば、「銀鍋」で「アラのアラ煮」を喰べる。もっとも、この二、三回は、「アラのアラ煮」にお目にかからないが、季節をはずれると、出さないのかもわからない。

「銀鍋」は東京ならさしずめ「天竹」「魚直」とでも云ったふうの大衆料理店だ。しかし、エビや蟹の類が新しく、値段も考えて、安心の出来る店である。

長崎に来たら、何と云っても「シッポク料理」の豪華さを一度は味わっておくがいいだろう。ほんとうは、素人のおばあさん達がたんねんに作ってくれるシッポク料理がおいしいそうだけれど、そう云うおばあさんにいちいち頼み込んで貰うことなど、通りすがりの旅行者には出来にくい。

だから、「四海楼」だって、「橋本」だって、どこだって構わないから、一度は中華料理と日本料理の混淆の元祖に敬意を表したつもりで、シッポク料理を一コース味わってみるがい い。

例えば「豚の角煮」は、「東坡肉《トンポーロウ》」の一流派だろうが、あれを上手に作るのに、どれだけの手数がかかるか、やったことのない人は、見当もつかないだろう。そのトロトロフワフワとうまく煮上がった肉本来の甘味は、「蘇東坡」でなくったって、豚の最高の料理だと感服しないわけにはゆかぬ。

「長崎チャンポン」と云うから、私はチャンポンと皿ウドンは隈無く喰べて廻ったつもりである。

「上海楼がうまい」と云われれば、はいそうかと喰べに行き、「天々悠がうまい」と云われれば、またそれを喰べ、「四海楼の皿うどん」と云われれば、また急いで駆けつける。

坂口安吾さんは、洗面器のようなそのドンブリの大きさにおそれ入っているが、私はチャンポンを喰べる時に、「ダゴムキ」と現地で云っている貝が入っていると、もうそれだけで、むせかえるような郷愁の念に駆られて、正当な味の評価を失ってしまうのが慣わしだ。

つまり、ダゴムキが入っているチャンポンなら、これをチャンポンと是認して、もう、うまいまずいの判別はつかなくなってしまう。

ダゴムキは鳥貝のことでもあるだろうか。私達は幼少の頃、このダゴムキと大根の煮付を、これまた、一週間に一、二度ずつぐらいは喰わされて、そのムッとした味と匂いにうんざりしたものだが、今日、チャンポンを喰べながら、そのムッとした匂いと味に、ようやく真正のチャンポンにありついた感銘を味わうのだから不思議なものだ。

この四、五年来、私は長崎にゆく度に、山一つ越えた茂木《もぎ》に抜け、ビーチ・ホテルに泊るのを楽しみにしていた。

時代がかった、大正風の木造ホテルで、そこに泊ると、何となく芥川竜之介の作品だとか、旧師佐藤春夫先生の「美しき町」だとかを、思い出すのである。

また、茂木の朝船が持ち帰ってくる魚介類の、生きた初々《ういうい》しさに目を瞠《みは》るのが、たまらなく愉快であった。

その「芝エビ」を使って作ってくれる新鮮なサラダをサカナに、ビールを飲むのを長崎の楽しみの一つに数えていただけに、そのビーチ・ホテルが昨年廃業してしまったのを聞いて、こんなにガッカリしたことはない。

中国の味を伝えるサツマ汁

南九州

この三、四年来、私は年に二、三度ずつくらいはフラリと宮崎に出かけてゆく慣わしになった。何と云うこともない。大淀河畔の観光ホテルの部屋の窓から、終日まばゆい日射を眺めやりながら、その大淀川に浮かんでいる、鳰《にお》や鴨の游泳の模様に見とれていると云うだけのことだ。

日向なる大淀川や寄る波に
　鳰くぐりつつ飽かず耀《かが》よう

自分のつたない歌で申し訳ないが、たった、それだけの単調な光への郷愁とでも云うか。まるで、自分がその鳰になって、光の波の中にぼんやりと浮かんでいたいと云うだけの願望かもわからない。

もっとも、私自身にとっては、特殊な事情がからみ合っていて、はじめてこの宮崎にやってきた前後の頃は、五、六年に亘る恋愛の破局の時期であり、私はその破局からもがきのがれるようにして、年の暮れも押しつまった頃、別の女性を伴いながら、大淀河畔に辿りついた。文字通りの亡命である。

南《みんなみ》の阿波岐の浜にわれ有りて
　思うことなし年暮れにけり

と歌ったが、自分の傷心をよそに、まばゆく照り輝いている日南の海を、この時ほど美しく眺めやったことはない。

朝は「三角茶屋」の「三角ソバ」を喰べ、夕暮れてくると毎晩のように「五郎」で飲んだ。その郷愁が染みついてしまったわけか、今でもフッと思い立つと矢も楯もたまらなくなったように、宮崎まで飛行機で飛んでゆく慣わしなのである。

日月燦爛《さんらん》暖き町に酒飲まむ

の駄句も、だから私の宮崎に対する身勝手な郷愁なのだろう。

日南海岸でも、西都原《さいとばる》でも、宮崎の界隈はその単調で大まかなところがよい。いつ行ってみても、光が満ちあふれているように錯覚されるところがよい。

フェニックスの並木や、夾竹桃の並木など、勿論のこと、この頃造成されたものにきまっているが、その大まかな光の夢が、この土地ほど似合ったところはない。

例えば大淀河畔を渡り、青島から堀切峠を越え、イルカ岬、サボテン公園、鵜戸神宮と抜けてゆくと、鬼の洗濯岩の、その条理の明暗が、光と波の心地よい奏楽をでも繰りひろげてゆくようで、私は山ならば、九州横断道路の由布や九重から阿蘇に抜けてゆく山のうねり、海ならば日南海岸を、日本の第一等に数えたい。

そこで私は、自分の夏の泳ぎ場と思って、この間も、日南海岸をそここ探し廻ってみたが、住むとなると余り適当な土地を探し出せないのが、不思議である。仕方がないから、今のところ、和歌山県の太地《たいじ》のあたり、灯明岬《とうみよう》から梶取岬《かんとり》の間に、夏の掘立小屋をでも建てようかと思っている。

そう云えば、都井《とい》岬の黒潮荘のあたりの景観が、どことなしに、梶取岬の観鯨荘あたりと似通っているせいかもわからない。

都井岬の黒潮荘は、一人一泊千円以内で悠々豪遊出来る国民宿舎だが、超デラックスな設備であり、私は開館間もない日に厄介になって、「こんなところに気軽に家族連れでやって来れたらなあ」と、しみじみ口にしたら、「いつでもいらっしして下さい」と云う答えであった。私の云っている意味は別だ。口から口、人から人の噂に伝わって、黒潮荘は、いずれ超満員になるに相違なく、私のように計画なしにフラリとやってくるものが、気軽に泊ることなど到底出来なくなるだろうと云うことなのである。

話のついでだが、都井岬では、周囲で獲れる「伊勢エビ」や、「ナガラメ」と土地で云っている「トコブシ」や、「ムカデノリ（トサカノリ）」や、「松葉ノリ（ツノマタ）」が赤く青く、大層見事であったことを覚えている。

さて、宮崎の界隈では、何が一体安くてうまいだろう。時々川南の知辺《しるべ》の人から送って貰うキリボシ大根を小さく切って、トンガラシと、淡口醤油と、酢と、ミリンにひたした「寒干し漬」、つまり「南蛮漬」など、私は南国の陽ざしの匂いに嗅ぎ入るように、なつかしいが、宮崎の旅館あたり、サッカリン漬の沢庵より、思い切ってあの寒干し漬を出してみたらどうだろう。

ただし、その寒干し大根は、いつだったか、博多の野菜屋で見かけた一本一本、細い大根を干し上げたものが、格別にうまく、五分ぐらいに切って、「五分漬」と云ったら、私達少年の日に、かかせないなつかしい食品であった。

宮崎はソバ屋がよい。「三角茶屋」の三角ソバなど、私はその店のふりと、客の姿と、ザクザクのソバと濃縮したようなダシと、まるで半世紀ばかり昔に帰ったような安堵と幸福を味わうのである。

その中に入れる天麩羅（サツマ揚げのことだ）は「オビ天」と云って、飫肥《おび》で出来るものが一番喜ばれると聞いたから、飫肥に行って、仕入れようと思ったところ、生憎の日曜で、揚げているところがどこにもない。それに、オビ天屋は海岸町の方へ引っ越していったらしく、私は飫肥の城跡と、石垣の城下町をうろつき廻った揚句、町のスーパーマーケットで、少しいかれかかったオビ天をやっと買い入れ、自動車の中で行儀悪く喰べたことである。

宮崎のソバ屋では「三角茶屋」でも「大盛り」でも、ソバをメシの菜にして喰べるのが面白い。それも早朝、農村から宮崎にやってくる人達が、ここに憩って、朝の一杯を啜るのであり、庶民の生活に密着しているところが愉快である。東京で、朝の五時や六時頃から喰べさせるソバ屋は皆無だろう。

ちなみに「大盛り」には、焼酎のスタンドがあって、ソバを喰べる前に、一、二杯焼酎をひっかけられる仕組になっている。

ところで、四国をうろついていた頃、「サツマ汁」の味を覚え、サツマ汁と云うからには鹿児島か宮崎か、宇和島から船で行けるあたりの九州南端に、その元祖のサツマ汁がありそうなものだと思っていたところ、宮崎にもあった。いやおそらく、鹿児島のあちこちの浜辺でもやっているだろう。

宮崎で云う「冷ッ汁」である。夏分に、この冷ッ汁を啜って涼味をさそうのだそうだけれども、宇和島のサツマ汁と全く同一の趣向である。白身の魚を一部は焼いて擂鉢ですり、残りを刺身にしてとっておく。さて、擂鉢にニンニクを少量すりつけ、胡麻や、焼いた白味噌を加え、ダシでうすめて、味噌汁より濃厚な汁を作る。

御飯を茶碗に盛り、その上に刺身を並べ、葱だの、胡瓜だの、シソだの、木の芽だのをふりかけて、その上に擂鉢の汁をかけて、サラサラ喰べる。濃すぎたらお茶をかけて啜るわけだ。

つまり宮崎の「冷ッ汁」は四国の「サツマ汁」とまったく同一の喰べ方であって、おそらく鹿児島の海浜でもやっているに相違なく、ただ、鹿児島のサツマ汁は鶏や豚の味噌汁料理で喧伝され、いつのまにか冷ッ汁の料理法の名と形がうすれてしまったわけだろう。

もとはと云えば、おそらく中国の粥料理が、琉球あたりを通って、鹿児島界隈に伝えられたものに違いない。刺身を御粥の上にのせてその上に熱いスープをかけるのは、中国で、ごくありふれた料理だからである。

それとも、島伝いに、カンボジャとかルソンだとかから伝来され、それが中国や日本に分かれていったものか。考証の学問に弱い私にはわからないが、宮崎に出かけたら、一度は冷ッ汁を啜って、その風味を楽しむがよいだろう。

ここで、少しばかり豪華版の料理を紹介するから、金と暇のある人は、料亭の「山吹」あたりに出かけていって、宴会気分を味わって貰いたい。

指名する料理は「鯉のイリ酒」である。

すると大きな皿が運び込まれてくるだろう。その大皿の中央には、イキヅクリ（？）の大鯉がデンと据えられる。鯉の周りや上や下には、錦糸卵だの、トサカノリだの、ツノマタだの、酔った眼ではっきり覚えていないが、ノリだの、木ノ芽だの散らしてあっただろう。

さて、受皿に、充分のダシ汁を入れて、鯉の刺身を、その錦糸卵や、薬味の類と一緒に、ダシ汁の中に落し、サラサラとソーメンの塩梅に啜り込むわけだ。

私は二夜、続けてこの「鯉のイリ酒」を馳走になったが、ダシ汁をウイスキー一本分貰い受けて、分析研究してみるつもりでいたところ、二日目にはもう醱酵して酸っぱくなっていたところから考えれば、おそらく、昆布のダシ汁に相当量の酒が加えてあったに相違ない。
おいしく、また見栄えがする料理だから、豪華を愛する人は、大いにこころみてみるがよいだろう。

豪華の宴遊のあとで、宮崎の町をうろつく時には日向の夏柑を二つ三つ買うのがよい。その匂いが素敵だし、中皮ごと齧りつく歯ざわりと云うか、酸っぱ味と云うか、酒を飲んだ楽しさが、静かに思い直されてくるほどだ。

あの夏柑の匂いと酸味を生かして、何かうまい羊羹か、飲料が、出来ないものだろうかと、サボテン公園の渡辺所長に訊いてみたことがある。

「夏柑はまだやってみませんが、今度サボテンでゼリーを作ってみました。ちょっと喰べてみませんか」

サボテンと云う奇っ怪な名前のゼリーを喰べさせられたものである。この所長は先に「サボテン・ピックルス」を作って、上は皇太子から志賀直哉先生らを驚かした人だが、その「サボテン・ピックルス」の製法は、一体誰から伝授されましたかと訊いてみたところ、奥一君だと云う答えである。これには、私の方がびっくりした。満州で同じ釜のメシを喰った奥一君ではないかと、その奇縁に一驚して、まるで自分の作ったピックルスを喰べるような気持さえした。

いつだったか、宮崎からえびの高原に抜ける途中の「萩の茶屋」に出かけていって、ソバを喰べさせられたことがある。

同行の宮崎交通の渡辺綱纜君に、

「萩には猪だから、ここで猪鍋でも喰わせたらどうだろう」

とたわむれに云ったところ、今度、出かけていってみたら、猪の味噌漬を売り出しているのだから、その手まわしのよさにびっくりした。

もっとも、あのあたり、猪の多いところに相違なく、先年、早稲田大学仏文の教授コレット女史らと出かけていった時にも、土地の人から猪の肉塊を貰い受け、私は手料理の猪鍋をやってみたところ、コレットが大喜びをしたことがある。フランス人も、また野獣の味を大層喜ぶものらしい。

シシ鍋は、私の最も愛好する食品の一つだが、人吉の近所でやっていると聞きながら、とうとう、今回、立ち寄って見る時間がなかったのは残念である。

日向高千穂の「カッポ酒」を国見岳の頂で飲んだのは、うまかった。折から山の夕モヤが谷々を伝い流れて、R嬢が唄ってくれた「刈干切唄」と一緒に忘れられない思い出だ。鳥の丸焼を、焙り直して、手裂きにして喰うと、山の寒気も忘れるほどの愉快さであった。

その時案内のS君が、そこらの山中から無造作に摘み採ってきて、カッポの中に投げ入れてくれた日向山茶は香ばしかった。夏分だったら、高千穂峡の「流しソーメン」を、箸で受けて喰べるのも涼しく愉快な行楽だろう。

蛇足ながら、今の「一ツ葉」、その昔の「阿波岐の浜」のあたり、荒涼たる葦枯れの入江はおもしろい。

同行の黒木淳吉君は「月がいい」と云っていたけれども、なるほど月を見ながら、鄙《ひな》びたボラ料理で酒を飲んでいると、まるで物語の中の人になってしまったような感じになるかもわからない。少年の頃むさぼり喰っていたボラのウスを鱈腹喰べさせられたのは、昔を思い出してなつかしかった。

さて、宮崎の釣雨亭は粋人の粋の果ての、心をこめた料理であって、私も南米あたりで、釣雨亭の支店を造って見ようかと思うことさえある。

釣雨亭主人は、時期時期の魚、山の幸を見つくろって、酒のサカナ「三鮮」を通してくれるが、それをいちいち、自分で見事なポスターに描きためていて、私は子細に眺めながら、この人の料理に対するなみなみならぬ愛情に感動した。しかし、私はやっぱり橘通四丁目の「五郎」に坐り込んで、ぼんやりとオカミの顔を見ていないと、宮崎にやってきた気がしないから不思議である。

宮崎からえびの高原を越え、林田温泉を過ぎ桜島を眺めやりながら、丘陵をうねってゆく道は、いつ通っても、その点景に桜島の噴煙がなびいていて、楽しいものだ。

それにもまして、加治木のあたりから、錦江湾《きんこう》に沿って、鹿児島に辿りつくまでの、バスの展望が素晴らしい。殊に、桜島が夕陽を浴びて、暮れてゆくのを見るのは、悲しいほどの、美しさだ。

反対に、指宿《いぶすき》から鹿児島に抜けてゆく道は、太陽が丁度桜島の真正面を廻る塩梅で、私にとっては平板に見える。それとも、桜島までの距離のせいかもわからない。

いつだったか、正月の元日前後、吹上浜から枕崎、指宿、鹿児島と右往左往したことがあって、藍の浦の葦の間から見た開聞《かいもん》岳を大層見事だと思ったことがある。

ところで、枕崎だが、高知と同じようにマグロの生乾し（或いは鰹の生乾し……）があって、あれをやや厚目に庖丁で削り、酢味噌などで喰べるのは、スペインのハモン・セラノをでも削って喰べるような味わいだ。もっとも、ハモン・セラノの方が、脂が勝っていて、スペインの酒には合っているかも知れぬ。

その枕崎で「カツオの腹皮」と云うのを、土地の人々は喰べているが、おそらく、鰹節を作る時に切り捨てる砂ズリのところを塩干しにしたものだろう。

おそろしく塩辛いものだけれども、これを酒にでも浸して塩抜きにし、焼いたり、大根と一緒に煮たりして喰べると、質素で、剛健な酒のサカナになる。

同じく、「鰹の腹子」は、屋久島の「トビ魚の腹子」同様、鄙びた味をよしとして味わうと、それなりの不思議なうま味が滲み出してくるから、やってみるがいいだろう。

その昔、丸鰯のミリン干しであったか、醬油干しであったか、山川港の人から、白く粉をふいたような鰯の丸干しを貰ったことがあって、そのおいしさに驚いたが、この人独得の漬け方でもあったのか、枕崎や、山川港あたりで、いくら説明して探してみても見つからなかった。

大根の壺漬も、余りに有名になってしまって、次第に市販向に変化してきたのではないかと心配だ。

はじめて私が、鹿児島にやってきたときには、やっぱり、城山から俯瞰する桜島に感動したものだ。

眼前にせり出してくる桜島の威容に圧倒されて、しばらくは言葉も失ったほどである。

鹿児島から正対して、夕日に焼ける桜島は、何と云っても、日本の都市のなかでほかに見られないほどの、偉観だろう。

鹿児島で一番おいしいものは、やっぱり豚骨料理かもわからない。朝鮮料理で、俗に「ハモニカ」と云って喰べる骨付バラ肉、東京のデパートで、「スペヤ・リブ」と云っているのよりはいくらか肉の身をつけて、先ずまあ、中国の排骨料理の部分と思って貰いたい。

その黒豚（つまり中国系だ）の骨付バラを、ラードでコンガリと狐色に焦がすだろう。焦がした骨肉を長時間水煮して、焼酎と黒砂糖、少しばかり濃い目の味噌ダキに仕上げるわけである。一緒に入れる野菜類は、コンニャクだとか、里芋だとか、大根だとか、やがて、豚骨はとろけるようになって、骨を包む筋のあたりまで軟かく喰べられる。いや肋骨の軟骨の部さえコリコリと嚙みとれて、あんなに素朴でうまいものはない。

その豚骨の味が、まんべんなくコンニャクや、里芋や、ゴボウや、大根にしみついて、焼酎のサカナには豚骨料理にまさるものはないかも知れぬ。ただし焼酎と、黒砂糖が入ってないと、鹿児島本来の豚骨料理らしい味にならないから、用心が肝要だ。

豚骨料理だったら、市中のどこの一杯飲屋だって喰べられるだろうが、鹿児島料理一式、それも、キビナゴの刺身や、春寒《しゅんかん》まで喰べてみたいと云う人は、「重富」や「鶴丸」など、割烹旅館に出かけていって、はじめから註文しておかねばならぬ。

キビナゴの刺身の季節はいつだったかもう忘れたが、たしか晩秋の頃、「さつま路」で喰べ、宿に帰ってみたら、宿もキビナゴ、さて、その夜の招宴に出向いたら、そこもキビナゴと、キビナゴの刺身攻めに会ったことがある。

十センチにも足りないような細く、透き通るような小魚で、刺身に作るのは面倒だろうが、魚の肌の縞目がクッキリとしていて、目にも美しいお刺身だ。

「春寒」は粗野に見えて、実に贅沢な料理である。云ってみれば猪の田舎煮で、私は「重富」で喰べ、再び「鶴丸」で馳走になったが、この時、佐藤春夫先生御夫妻と御一緒にいただいたような記憶があるのは、何かの錯乱であるに違いない。

私は先生のお伴をして、熊本から引き返した筈だ。すると、その春寒の話を私が先生にして、先生が後に同じ宿に出かけられ、春寒を喰べてみられ、その思い出話になった時に、情景を一つに、混同してしまったものかもわからない。もっとも、もう今日では猪をつかった春寒など、おいそれと出来るわけがなく、豚の春寒だって上等の部と思った方がよろしかろう。

兎にも角にも、桜島の噴煙を眺めやりながら、キビナゴの刺身を喰い、豚骨料理をつつき、春寒を啜りながら、酒を飲める仕合せは、やっぱり鹿児島でなくては味わえないことだろう。

その昔、幼年の日に、「ボンタン漬」は先ずよいとして、「カルカン饅頭」のお土産ばかりは、私は閉口したものだ。

しかし、年と共に、カルカンと云う菓子を、やっぱり天下の名菓だと信じるようになった。一度、桜島大根の大きいのを抱えて帰って家人に笑われたが、薄味で炊きしめると、シャブシャブとして、聖護院大根とはまったく違った歯ざわり、味であり、やっぱり、土地土地の味の変化の嬉しさを思うのである。

日本料理・西洋料理味くらべ

大阪・神戸

私は少年の頃から、大学の生活を終るまで、あらまし十年の余り、春夏冬の休暇ごとに関東と九州の間を、往復する慣わしになっていた。

と云うのは、私の父は中等学校の教員をやっており、その任地が足利であって、私はその父と共に春夏冬に、郷里の柳川に帰省する習慣になっていたからだ。

父が安定した家庭生活を営んでいたならば、ほとんど二昼夜近く三等車を乗り継ぎ、揺すぶられてゆくような、バカバカしい長途の旅を繰り返す必要はなかったろう。

幸いにして（？）、私が十歳の秋に、私の母は父の家を出奔し、父はその家庭の淋しさをまぎらわす為にか、それとも祖父母のところに預けている三人の私の妹達に会う為にか、休暇の度ごとに九州への帰省を繰り返した。いや、ひょっとしたら、学割の旅費を使っても、柳川の小地主である祖父母の家に寄食する方が、安上がりであったせいかもわからない。

どうして、私がこんなことを書くか。私は時たまその往路帰路に立ち寄った京都、大阪、神戸あたりの不思議な印象をまざまざと思い出すからである。少年時の、そのみじめに暗い驚嘆の気持を忘れないからだ。

おそらく、今日、私達が、例えばグラスゴーだとか、また例えばハンブルクだとか、サントスだとか、見馴れない異国の町々に、出かけていくくらいのあやしさと、おそろしさ、であった。

私は父に伴われて、梅田界隈の安食堂や、京都のそこここのウドン屋や、神戸駅頭の牛メシ屋などに宛もなく入り込んでいって、その時々の空腹を満たしたけれども、この地上に、これほど異様で雑多な言語と飲食の作法があるものかと、脅えおののいたほどである。

もっとも、この習慣がしみついてしまった為に、私は高等学校から、大学と、ようやく一人旅に馴れるに及び、それらの町々を、まっすぐ通り過ごしが出来なくなった。

私がどの町にも、それなりの遊蕩と飲食のなまなましい記憶を持つのは、私の性情そのもののとめどなさにもよるだろうが、少年時から、潔癖な排他性を失って、私のあやしい同化性と、放浪性ばかりがいつのまにか育成されてしまったからだろう。

今でも私は、飛行機に乗らない限り、東京から九州まで直行が出来にくい。名古屋に降り、京都に降り、大阪に降り、それらの途中下車の宿々に東京の雑誌社から金を取り寄せて、それをまた使い果し、とうとう目的地に辿りつかないまま、東京へ舞い戻ってしまうことがしばしばだ。

もう十四、五年くらいの昔のことになるだろうか。ツユ明けの頃、白麻の背広を一着着用に及んで、フラリと大阪に出かけていった。そのまま秋になり、冬になり、アロハを買ったり、ジャンパーを買ったり、その時々の寒暑を防いだが、東京の女房がオーバーを送ってくれないものだから、旅先でオーバーを買うことだけはバカバカしく、東映の京都撮影所で当時製作課長をしていた岡田茂氏（東映社長）からオーバーを借り受けたまま、年の暮れも押しつまった大晦日に、ようやく、東京に帰りついたことがある。

さて、その大阪で、一体、私は何を喰べていただろうか。いや何を大阪の味として味覚しただろうか。東京に帰ってしまえば、ああ大阪の味、とその全体をひっくるめた甘さと云うか、塩梅と云うか、色どりと云うかを、漠然と思い出してなつかしむのだが、はて、どの店に限定して出かけても、それなら、今日の東京の、どこかにだってありそうな頼りなさだ。

しかし、まあ、強いて云えば、その昔の「卯月」の狐《けつね》ウドンがひょっとしたら、私に大阪を思いおこさせるよすがの店のようなものであったかもわからない。

今の毎日会館から一筋南の細い道を左に折れ込んでいって、一丁ばかり、右側に間口一間にも足りないような店であった。客をいくらつめ合わせても七、八人とは入れない小ささで、私はいつでも、十一時頃の開店まぎわに出かけたから、大抵、客は私一人。

先方も、客の出迎えから、釜前まで、おばはん一人。そのおばはんは愛想が良いでもなく、悪いでもなく、多少片方の眼でも悪いのか、私をすかし見るようにして、

「ああ、五右衛門ハンでっか？」

などとうなずきながら、奥にひきこもって、コトコトとその狐ウドンを作ってくれる。閑散、まったく閑散。おばはんの作ってくれる狐ウドンを、私は一人黙って店先で待ったものだ。

その甘揚げはたんねんにふっくらと煮上げられて、多少私には甘かった。それがいかにも大阪らしいまろみに感じられて、私は先ず二日酔の口中に一啜り、丼の汁を流し込むのである。

少量の青葱が薄く斜めに切られ、肝腎のそのウドンだが、周囲が軟かくほとびるように煮上がっているのに、その太い芯のあたりが、シコシコとしっかりした歯ごたえがあった。

たしか、「美々卯」のウドン玉を、縁故で分けて貰っているように聞いていたが、「卯月」はその店のナリと、おばはんのものうい声や動作と、ウドンの味わいとで、私にはその都度、大阪にやってきたの感銘を強くしたものだ。

ところでその「卯月」は五、六年前頃から、毎日新聞社の真裏のあたりに引っ越して、店の構えも大きくなり、三、四人の給仕人まで立ち働いていると、私はようやくその店を尋ねあてて、よそながらめでたく思っていたところ、今度大阪に立ち寄って、毎日新聞社の界隈を、いくら探してみても見当らない。

そこで「美々卯」の「ウドンすき」を喰べにいったついでに、「美々卯」の若奥さんに「卯月」のおばさんの消息を訊いてみたところ、「卯月」はもう閉店したと云う話であった。

今は三の宮に隠棲して、好きな俳句を作っているとも聞いた。しかし、適当な場所さえあれば、もう一度店を開きたいと云う意向だそうだから、なるべく早い機会に、「卯月」の狐ウドンをもう一度喰べさせて貰いたいものである。

「美々卯」のウドンすきは、やっぱりその十四、五年昔から、時々連れてゆかれては、大阪をハッキリ感じ取った喰べ物の一つであることに間違いない。

そこに入れられる生麩、生湯葉をはじめ、くさぐさの魚介類、鶏、野菜等、何となく、なまめきたつような味と色どりは、大阪人でなくては創造出来なかった味覚だろう。その繁昌と隆盛は、もとより当然のことである。

この間は、壁の張出紙に、スッポンのウドンすきと云うのがあったから、こころみに註文してみたが、これもまたおいしかった。

京都の「大市」の豪華に縁遠い私達が、スッポンの小片をつつくのは、せめてもの憂さ晴らしになるかもわからない。

そう云えば、上方の味は、小芋を煮ふくめた味だと、一口に云えば云えそうな心地がする。

初秋の頃、例えば法善寺横丁の「正弁丹吾」でも、いや例えば、お初天神の境内の「常夜灯」でも、いやいや、どこの関東ダキだって、小料理屋だって、小芋のコロコロとよく煮ふくまったものを口の中に入れ、盃の酒を流し込んだとたん、ああ、関西に来たなと私は実感する。

また、例えば「タコ梅」のグツグツ煮つまる鍋の中に「サエズリ」だか「コロ」だか知らないが、鯨の舌やウネ（？）の塩蔵が、ほどよくトロリと煮上がっているのを口にしながら、その脂肪の甘味を、無骨な鍋徳利の酒でほぐしてゆくと、何となく、ローマのネロでも糞喰らえと云うような、爽快な生存の愉悦が感じられてくるから、不思議である。

関東では鯨の塩蔵の調理をまったく知らぬふうで、サエズリだって、コロだって、これを喰べようと思えば、関西まで出向き、やっぱり、「常夜灯」とか「タコ梅」とかに押しかけなければ、味わうことが出来ぬ。

もっとも、私は、鯨の専門家を以て自任するから、これを長時間ぬるま湯にほぐし、屢々《るる》里芋や、コンニャク、大根等と一緒に関東ダキにするが、我家の子供達など、大好物の一つである。

かりに、江戸は「ドジョウ」と「アンコウ」鍋だと云って、上方は「サエズリ」や「コロ」の関東ダキだと云ってしまったら、上方の人は怒り出すだろうか。しかし、そう云ってしまいたいほど、上方の庶民の間で、鯨の塩蔵物の調理が特殊な発達を遂げているように思われる。

「吉兆」だの「一一」だの、その他数限りのない一流料亭は、十年に一度かそこいら、大新聞、大会社の招待によるほか、出かけたことはないが、いつだったか「吉兆」でオコゼの雑煮を馳走になり、そのおいしさに驚嘆したことがあった。

さて、亡くなった宇野浩二先生御夫妻と、帰京の列車の中で一緒になり、「鮨万」の雀ずしがうまいから、と云って、一本分けていただき、スジカイ橋のその店のあり場所まで教えていただいたことがある。

バカの一つ覚え、爾来、私は大阪に立ち寄る度に「鮨万」の雀ずしを買って土産にしないと申し訳ないような気になって、わざわざそのスジカイ橋まで出かけていったものだが、よく聞けば、駅前の「甘辛のれん街」に、いつでも売っているそうである。

しかし、私は、やっぱり、あのノレンをくぐって行儀よくお茶を一杯貰い、出来上がったすしをごしょう大事に抱えて帰らないと、今でも宇野先生に会わせる顔がないような心地がする。

私は近年大阪を訪れること稀だから、大阪在住のBさんに、ズバリ大阪らしい喰べ物は何でしょうと訊いてみたところ、Bさんの話では、例えば昔船場あたり、丁稚小僧に住み込んでいたような人々が、仕事がすんだ後だとか、時たまの休日だとか、安くておいしい喰べ物を近所にあさったから、その頃までは、大阪の町なかに、大阪らしい安くて特色のある喰べ物が多かった。

しかし、現在では、みんな会社員であり、いや、ちょっとした人達はマイカー族であって、彼らはハッキリした休日を持っている上に、交通の便益が重なって、何も大阪で喰べなくったって、京都だとか、神戸だとか、外に出ていって喰べることの方が多くなった。

だから、大阪固有の安くて、うまい店や喰べ物など探すのは今ではむずかしいことでしょうと、そう云うような答えであった。

Bさんはそう云いながら、「キクラゲの天麩羅」を一包み私に摑ませ、

「東京にしばらく行っていると、ああ、今日あたり、キクラゲの天麩羅を喰べたいな、とフッとそんなことを思うことがありますよ。これを生姜醬油で喰べるのです」

そう云われて、その、カマボコのような、ハンペンのようなものを生姜醬油で喰べてみたところ、コリコリとしたキクラゲの口ざわりが素敵であって、なるほど、これは大阪の食品

の目だたない代表であろうと、感嘆したことである。

そのBさんにすすめられるままに大黒屋の「カヤクメシ」を喰べに行ったが、細く切った油揚とゴボウと人参の炊込み御飯は、サラリとした淡味で、酒の翌朝と云うのに、おいしく思われた。ほかにはハマグリの入った白味噌の汁と、皮鯨の赤ダシと、カス汁だけの店である。

北の新地の「菱富」は、その昔も二、三度やってきたことがあるが、巨大な「菱富オムレツ」など子供を同行してきたら、どんなに喜ぶだろうかと、あらためて感心した。コーン・スタウチでも入っているのだろうか、それとも卵の白味を泡立てて焼き上げるのだろうか、フワフワとまるで雲をつかむような口ざわりだ。それでいてデカイ。

オニオン・スープの方は、もう少し玉葱を焦がした方が、私は好きだけれども、パンの代りに、麩が投げ入れてあるような気さえする、大阪らしい面白さであった。もっとも、そんな筈はないが、そんな気がするような、日本的洋食屋だ。

その昔、私が大阪をうろついていた頃は、先ず道頓堀の「コンドル」から飲みはじまって、つづいて「ダルニイ」、次第に北進して「ストーク・バー」「青い鳥」「O・K」と、ワン・コースきまっていたものだ。時には坂口安吾さんが、重戦車のようなその巨軀を見せながら、大阪を南北に縦走して飲みつづけたものだが、当の安吾さんは死んでしまったし、私にしたって、もうあんな気力も体力もない。

その昔の「青い鳥」は「雪」に変り、その「雪」の店もあっちに変り、こっちに移り、ようやく見つけ出した「雪」で、ママと一緒に大酒を飲んでしまったのが悪かった。

神戸に向かった朝は、頭が上がらないほどの二日酔であった。

それでも名神高速道路を疾駆して、六甲周辺の白い山肌と、青い樹木を、眺め上げながら、この山ふところの人達が、よその土地に住みつきたがらないのを、今更のように当然のことだと納得した。

この土地の日本ばなれをした明るい環境と、周りの喰べ物のゆたかさのせいだろう。

「六甲山ホテル」で久方ぶりに広闊な眺望をほしいままにしたが、何しろ二日酔である。折角出して貰った見事な「成吉思汗鍋《ジンギスカン》」も、とても手をつけてみる気さえしない。そのままとろけるような神戸牛であり、豚マメであり、白くて粒のそろったシャンピニオンではあったが、食欲皆無だから、今日は黙って手を拱《こま》ねき、他日を期するよりほかになかった。

私は「成吉思汗鍋」と云われて、てっきり、羊肉を焙り焼きし、香菜（ペトルーシカ）をまぶして喰らう「烤羊肉《カオヤンロウ》」だとばかり思い込んでいたら、実は神戸牛の超デラックスなバーベキューであった。もっとも、京阪神の紳士淑女が大方の客に相違ないから、ニンニク臭や、ペトルーシカの臭気ふんぷんたる本来の「烤羊肉」では、誰にも相手にされなくなってしまうだろう。

神戸の町ほど、女が愛好するところは少ないかも知れぬ。

「神戸まで行きたいわ！　町が素敵なのよ。靴だって、財布だって、ハンドバッグだって、垢抜けしてるのよ。それに安いの。それに喰べる物がおいしいわ」

神戸を知っている女はきっと、そう云い出すだろう。町がキラキラしていて、そこに下がっているペンダントだの、ハンドバッグだの、何によらず女達に、媚びる異国趣味が、たしかにある。

だから町を歩いている御老人でも、ベレーとか、ハンチングとか、ステッキとか、ドキリとするほど、ハイカラなのである。ハイカラがよく似合うのである。

そのハイカラな町の異国趣味の中で、やっぱりイギリスの出店らしく、重苦しく、どっしりしているのは「キングス・アームス」かもわからない。

イギリスの出店ならローストビーフか、鮭の温燻がおいしい筈だと思ったから、私は躊躇なくローストビーフとビールを註文した。

その昔、ロンドンの「サボイ」でローストビーフを喰べ、そのおいしさに堪能したことがあったからだ。その時同席していた読売の嬉野さんが、「シンプソンもうまいよ」と云ったから、また「シンプソン」に出かけていってローストビーフを味わってみたが、いずれ甲乙はつけ難かった。何れにせよ、外側はチリチリ焼き上がっていて、その外から中心に向うにつれ、トキ色になり、アカネ色になり、やがて、したたるような肉の色。私はあんなにうまい単純でいて変化のある、肉の御馳走に出会ったことがない。

「キングス・アームス」のローストビーフはいささか小ぶりであり、それに目の前で切るのではないから、温度もさめ気味で、私は「サボイ」や「シンプソン」の肉の味をなつかしみながら「キングス・アームス」のローストビーフを喰べたことである。もっとも、「サボイ」

や「シンプソン」のローストビーフの値段から考えれば、「キングス・アームス」のそれは、五分の一の値段にも当らぬだろう。

同じ、異国趣味の店では、「ドンナ・ロイヤ」がよかった。

赤のゴバン縞のテーブル・クロスは、イタリー人がよほど愛好するものか、世界中、イタリー人の店はどこでも、この模様一色なのが面白い。

例えばニューヨークのグリニッチ・ビレージのはずれにある、イタリー人の店でも、寸分違わない赤のゴバン縞のテーブル・クロスであった。

私は二日酔の続きで、「ピッツア」とか云う、肉パイのような前菜も、「フェッチーネ」とか云う幅広キシメンみたいな御馳走も、横眼でにらんでみるだけで、ただ、濃縮コーヒーをガブガブとお代りするだけであった。

二日酔は、ビールで醒ますほかにない。そこで最後に、「ミュンヘン」に出かけていってみたところ、「ドンナ・ロイヤ」の「ピッツア」の五分の一ぐらいの大きさの「ピッツア」が、お通しの中に書き出してあった。

「江戸の仇を長崎で……」ではないが、私はいそいでそのピッツアを一皿とり、ひろびろとしたドイツ風のビヤホールで、ビールを飲みながら、何とか二日酔を醒まそうとあせるだけだ。

折角、「旅」の編集部が、私を選抜してくれて、神戸のうまい物を片っ端から喰べてみてくれと云う千載一遇の好機にめぐり会いながら、私の意気は一向に揚がらない。

まだ「みその」のビフテキも、「アラガワ」のビフテキも喰べていないのに、戦意喪失の心境である。もっとも、到着早々「バラライカ」だの「カルメン」だの、異国趣味に、あてられ過ぎた気味がある。

そこで、今度は一転、日本趣味の生粋で行こうと思い立ち、穴子ずしの「青辰」を探し廻ったが、ようやくそこと知れて、先ず薬屋に入り、消化薬を買い、それとなく「青辰」の噂を聞いてみたところ、冗談じゃない、夜分今頃、絶対やっていない、とたしなめられた。どんなに遅くても、もう三時には店仕舞だと云う話である。

そこで、その翌朝は日曜であったから、少し早いが十一時に思い立って、「青辰」に駆けつけてみたところ、「売切申し候」の仕舞札をかける瞬間であった。

ようやく泣きつくように歎願して、穴子ずしにありついたのは、まったく仕合せである。つい先日、鷲羽山の麓の町で、穴子のハエナワを見学したばかりだが、家島を中心とした内海の穴子のうまさだけは、ほかの地域とは桁違いである。例えば、「美々卯」のウドンすきの中にも穴子が盛り合わされてあったけれども、関東の穴子は何となしに穴子臭がぬけぬ。「青辰」の穴子ずしは、その味をややカラ目に焼煮してあるようだが、酢がうまい具合に消していて、スガスガしい後味であった。ほかに卵と、穴子と、椎茸の配分された押ずしもい い。その切落しの椎茸をふんだんに使った海苔巻と、都合三種のすしが、こもごも味わい深く響き合って、ようやく私は大阪から持ち越した三日酔をふるい落す心地であった。

帰りの車の中に、私はBさんからフロインド・リーブの堅焼の棒パンを三本いただき、さて、家に持ち帰って、オニオン・スープの中に切って浮かべてみたところ、私のオニオン・スープが、にわかにパリの「ピエ・ド・コーション」以上に思われたことである。

ちなみに云うが、神戸港の見渡せるオリエンタル・ホテルの一室でキスさんと歓談したひと時は楽しかった。キスさんは日本在住四十年を越えるハンガリー人であり、オリエンタル・ホテルの料理担当の副支配人らしく、さまざまの香辛料の話、洋食の話、和食の話、一転して、また関東大震災の頃から、帝国ホテル炎上の頃の思い出話等に移り、しばらく時を忘れるほどの愉快さであったが、肝腎のホテルの料理を賞味する時間の余裕も、お腹の余裕もなくなってしまったのは残念であった。

瀬戸内海はカキにママカリ　山陽道

岡山に着く飛行機は、その昔の児島湾と水島灘とをつないでいた藤戸の峡江近くに着陸する。

例えば、大伴旅人が、

大倭《やまと》路の吉備《きび》の児島を過ぎてゆかば
　つくしの小島おもほえむかも

と歌っていた頃は、児島は本当の意味の島であって、現在の児島湾から、水島灘に抜けてゆくはっきりとした水路があり、安全で、また美しい船のコースだったろう。

そうして、その児島湾は、早くから「アミ」の名産地であった。アミの塩漬などと云ったって、今の人は余り感興が薄いかもわからないが、ポッと桃色に赤味さしたアミの塩辛ほどうまいものはない。茶漬によく、炊きたてのメシによく、酒のサカナによく、私など少年の頃は、有明海の「ツケアミ」なしでは、一日がすまされなかったようなものだ。

先日は、新潟の阿賀野河口の「アカヒゲ」を賞味したが、さて、「アカヒゲ」と、有明海の「ツケアミ」と、児島湾の「ヌカエビ」と、いずれに軍配を挙げねばならないだろうか。兎にも角にも、このアミの塩辛なしには、朝鮮漬が出来にくいから、承知しておいて貰いたい。

またこの児島の界隈は、クラゲの名産地でもあった。クラゲなど、中華料理の前菜でしか喰べたことがないような人達に云っておくけれども、私の郷里の柳川では、ウチの婆さんが、クラゲの漬け頃になってくると、塩とミョウバンで、何樽も何樽もクラゲを漬け込んでいたものだ。その塩とミョウバンの漬け汁も、月に二、三度ぐらいずつ、漬け直していたような記憶がある。

また、「紫クラゲ」とか、「赤クラゲ」の方が上等だと云っていたが、白いクラゲだって、これを塩ヌキして、熱湯を通し、胡麻酢和えにしたり、酢味噌和えにしたりすると、実においしいものだ。

中華風のクラゲにして喰べたいのなら、よく塩ヌキした揚句に、熱湯を通す。熱湯を通したあとのクラゲを、もう一度水にもどして、三、四時間ほどびらせる。そのクラゲを線に切って、胡麻油を垂らし、二杯酢で喰べたらいいだろう。

コリコリとした歯ざわりと歯切れは、日本酒や、紹興酒《しょうこうしゅ》の、快適なサカナになること受け合いだ。

岡山の町にやってきたのは、正直な話、二十何年かぶりであった。その昔私の妹が、高梁《たかはし》川の上流の巨瀬《こせ》に縁づき、岡山の町から、倉敷、巨瀬と、出かけていったことがある。

その折の、高梁川の水の清さと、紅葉の見事さばかりは、今でも私の目に焼きつくように残っているが、今回の旅は、「花より団子」の旅だから、「風流とは喰うことと見つけたり」の精神で一貫しなければならぬ。

そう云えば、「キビ団子」ほど岡山の名を天下に高くしたものはないだろう。私など、少年の日の往路帰路、必ず汽車の窓から、その「キビ団子」を買って、岡山通過のハッキリとした護符を貰ったような気になったものだ。

さて、日本で、どこの地帯が一番日本的食品に恵まれているだろうかと云えば、これはもう考えるまでもなく瀬戸内地帯である。

明石あたりからはじまって、家島群島を過ぎ、小豆島《しょうど》を過ぎ、児島を過ぎ、鞆《とも》から、尾道、呉、広島、岩国と、やっぱり魚介類の宝庫をひかえて、あんなに、原料の贅沢な地帯は、世界でも珍しいに相違ない。

この地帯にだけ、まだ到るところに、一膳メシ屋が残っているのも、原料の贅沢さがかけがえないからであろう。何もえり好んで、ラーメン屋や、ギョウザ屋や、チキンライス屋や、カレー屋にしなくたって、鯛やエビなどと、贅沢なことを云わなくたって、獲れたばかりの穴子を煮付け、オコゼをカラ揚げにし、サワラを刺身にし、塩焼にし、シャコを煮付けて並べれば、それの方がうまいのだから、どうしようもないのである。

例えば栄町に、「筆」と云う素人料理の一杯飲屋がある。その店先のカウンターに並べられた「穴子」だって、「イイダコ」だって、「タコ」だって、「芝エビ」だって、「ママカリ」だって、何も調理がどうのこうのなどと云うことは全然ないんだが、それでいて、東京のどこの小料理屋の店先の、苦心惨憺した料理よりうまいんだから仕方がない。ついでに云っておくが、ママカリは、「サッパ」のことだろう。九州の柳川あたりでは、「ハダラ」と云っていて、「ハダラのポンポン焼き」と云ったが、塩をまぶし、これを焼いて、時に酢などをかけて、喰べたものだ。

格別にどうと云うこともない、ただ平凡な、その後味のなさが、なつかしい味になっているのかもわからない。

「筆」では、塩でシメて、酢につけて、「ママカリ」「ママカリ」と騒ぎながら、私達旅人を喜ばせてくれるつもりのようであったが、なるほど、この土地で喰べてみると、舌に媚びまつわるような甘さがあった。

鮮度の相違であるか、それともサッパそのものの種類とか、水温とか、餌とかの、相違であるか、私にはっきりとは断言出来ぬ。出来ないが、ママカリのおいしさはやっぱり、土地の人が自慢するだけのことはあった。

「ママカリ」の言葉のおこりは、この魚が余りにおいしいから、つい自分のところの「ママ(メシ)」を喰べつくして、隣りに「ママをカリ」に行くからだと、「筆」のおばさんが云っていた。

もしそうだとすれば、博多の「アブッテカモ」と同じような面白い魚の「シコ名」である。

「アブッテカモ」は「焙って喰べよう」の意味からとった名前に違いないだろう。

　岡山のすし屋には、そこここに「ママカリずし」があり、私は念の為に、宿に買って帰って、深夜こっそりと喰べてみたが、やっぱり、後味の残らないような味わいの、小魚のすしであった。

　ところで、牛肉で有名な松阪牛はそのほとんどが、岡山県の阿哲《あてつ》郡千屋《ちや》村の「チャウジ(千屋牛)」だそうだ。カルシュウムで骨骼をしっかり作り、家族同様にふとらせてから、さて、松阪に身売りして、そこで何カ月か、ようやくほんものの松阪牛になるものらしい。うまい牛肉が育つのにも、私達の知らない、不思議な道行があるものだ。


　さて、岡山で、私が一番気に入った店は、城下内山下《しろしたうちさんげ》の「太平楽」であった。「鮒メシ」の店である。

　老人夫婦が、あわてず、急がず、コツコツと調理し、給仕してくれる店で、あんなに楽しい店に坐れたのは、実に久方ぶりのような気持さえした。

　腰をおろして、「鮒くづし」などつついている人のナリフリも、何となく、「ああ、岡山にやってきた」の感慨を催させるような店であった。こころみに壁に張り出してある献立を見ると、

鮒メシ　　一一〇
鯉コク　　四〇

モロコ　　　三〇
鮒姿煮　　　五〇
鮒くづし　　四〇

等々。「鮒姿煮」は鮒の姿煮の上に、大豆を十粒ばかり煮て、のっけてある。鮒は頭から骨まで、軟かく喰べられることは勿論だ。

「鮒くづし」と云うのは、鮒のミンチに、ゴボウと、人参と、葱をまぜ合わせて、油で揚げたものだろう。塩味が効いていて、シコシコと、大層おいしく、ビールのサカナにはもってこいであった。

「モロコ」がまた、生姜で煮て、全体が煮こごりになっており、まるで、婆さんから作ってもらった田舎の料理のような、気易さ、なつかしさなのである。

私はビールでお腹がダブついていたけれども、勇をふるって「鮒メシ」を喰った。ミンチの鮒と、ゴボウと、人参と、油揚と、葱の、入りまじったカケ汁をメシの上にかけて喰べる。ワサビがちょっと効いていて、私は至極満足したものだ。

鮒は、「江波の鮒」と云って、「干拓地五番の鮒」がおいしいらしく、この「鮒メシ」は岡山県の南部一帯の家庭では、どこでも作る家庭料理らしい。

ところで岡山の藩主が倹約を旨とする為に、一汁一菜をきびしく触れ渡した為に、岡山のすしが、かえって豪華になったと云う話を聞いた。

つまり、恰好を一菜にして、すしの中に、時々のうまいものを、何でも彼でも、ブチ込んでしまったわけである。例えば「魚勝」で喰べた岡山ずしには、蓮、貝柱、サワラ、穴子、エビ、竹ノ子、椎茸などが入っていたが、このほか、何だって構わない。鯛のシュンには鯛だろう。松茸のシュンには松茸だろう。

云わば「ゴモクずし」「チラシずし」の豪華版が、岡山ずしだと思ったら間違いない。

ほかに、「ベラタ（真穴子の幼魚）」の辛子酢味噌和えがうまいと聞いていたが、残念なことに、私はそこまで手（いや、口）が廻らなかった。

岡山で不思議なことは、食堂に、やたらと「欧風」と云う文字が目につくことだ。江戸前だの、京風だの、相手にしないで、ただちにヨーロッパの生粋を伝える意気込みででもあるだろうか。

それにしても、「純欧風ホット・ドッグ」と云う看板をだした移動ホット・ドッグ屋を街頭で見た時には微笑がとまらなかった。その純欧風ホット・ドッグ屋は「スバル・サンバー」か何かを改装して、ホット・ドッグの移動販売をやっているわけだが、立喰いのあんちゃんだけでなく、令嬢や令夫人風の、御婦人方が、争って買ってゆくのを見かけて、楽しかった。

岡山はまた、ちょっとした食堂や酒の店に、必ずと云ってよいほど「雑煮」を売っている。雑煮の具はブリであり、サワラであり、エビであり、穴子であり、カマボコであり、春菊等であるが、やっぱり、瀬戸内の魚の具やダシがいいから、おのずから雑煮がすたらないのである。

東京で雑煮などやったって、誰も喰べる人はないに違いなく、夜啼きのワンタンやラーメンが、東京の街頭を席巻するワケだ。

相変らず、倉敷は、静かな、いい町であった。美術館の傍の「グレコの店」など、日頃コーヒーなど飲んだこともない私が、うっかり「コーヒー」を頼んで、坐り直してみたほどである。

ただ、やたらと民芸調の店が、町の中に乱立しているのは、鬱陶しく、わずらわしかった。

倉敷はドジョウのうまいところと聞いていたから、そここで、ドジョウを探し廻ってみたが、時季はずれのせいか、うまいドジョウを喰わせる店に行き当らなかった。

どこで喰べた「ドジョウ汁」だったか、ニラとゴボウと里芋と油揚とソーメンと豆腐と、ドジョウのごたまぜの味噌汁を喰べたが、感心出来なかった。やっぱりドジョウは江戸の「駒形」とか「伊勢喜」とか、「平井」や「飯田屋」の、「丸鍋」や「柳川」が一番のようである。

蛇足ながら云っておくけれども、世間では「柳川鍋」の本場を、九州の柳川だと思い込んでいるが、きっと何かの間違いに相違ない。柳川は鰻は上質のものがあるけれども、有明海の魚介類が豊富だから、わざわざドジョウまで喰べてやろうと云う者がいない。

私達は鷲羽山の眺望をほしいままにしながら、下津井まで抜けて、どこぞ海近い料亭で、真新しい魚を鱈腹喰べてやろうと思ったが、生憎、下津井たった一軒の料亭は改装中であり、いたずらに、穴子のハエナワをつくろう漁民の群と、大鍋に煮立っている柿シブの汁を見学したばかりであった。

広島は、何と云ったって「カキ」である。

カキは一体どうして喰べたらうまいだろう、などと思いわずろうことなどまったくないほど完全な地上の（いや海中の？）珍味であって、アイツは、ただコツコツと殻の一部を叩きこわし、そこに金梃子《かなてこ》をさし入れて蓋をはずし、レモンを少々しぼり入れ、液汁もろとも、口のなかに啜り込めばそれで終る。そのまろい舌ざわりも、甘味も、贅沢なほどの複雑なイキモノの味わいも、そこに尽きる。

ウニだってそうだ。ウニのトゲの殻を、帯鋸か何かで、うまく輪切りにし、そこの中へレモンをしぼり、殻の中の液汁もろとも、口中に啜り込めば、人間、雑食の仕合せは、舌端からうずまき起ってくるのである。

ただ、日本人ほどの、食通人種が、カキもウニも、ムキ身にしてからでないと、喰べなくなってしまったと云うのは、何とも情ないことである。

今からでも遅くない。ムキ身のカキやウニなど一切買わず、殻ごと自分の家に持って帰って、自分で割って喰べる習性を身につけたいものだ。

パリで何が嬉しかったと云って、街頭に、「殻ごとのカキ」があり、「殻ごとのウニ」があり、その側にレモンが置いてあって、これを買えば、立所に割って、レモンをしぼり込みながら、立喰いが出来ることであった。

広島のカキは平べったいパリのブロン種とはかなり違った味だ。どちらかと云えば、青洟《あおばな》を垂らしたようなエクレール種に近い。

しかし、やっぱり、カキは殻ごと買ってきて、自分で割り、レモンで啜り込むのが一番だから、日本人も早くこの完全な喰べ方の習慣を身につけたいものだ。

そうは云っても、「サカムシ」もうまい。「ドテ鍋」もうまい。「カキフライ」もうまい。煮ても、焼いても、揚げても、叩いても、カキは依然としてうまいから、どうもカキに対しては、みんな加虐症の気味がある。

が、本来のカキの味は、本来のカキの姿のまま、数滴のレモンで足りるのだから、余り無駄な労力は使わない方がいいだろう。酢ガキの喰べ方を知っている日本人が、どうして、カキを割って売買する習慣になってしまったのか、まったく腑に落ちない。

どうせ加工してしまうなら、いっそ中国並に、「カキ油」でも作って、さまざまの調味に活用してみたら、いかがだろう。

まったくの話、カキは広島湾をはじめ、松島湾や、有明海などに、うんざりするほど豊富に養殖されていて、私達はそのほんとうの価値に目覚めていないのかもわからない。

広島の市中を六つに分流して広島湾にそそいでいる太田川は、日本の大都市のなかで、たった一つ、ここだけ、まったく清流の名にふさわしい澄明さで流れている。

平和大橋のたもとに立つと、折から夕映えの空が、太田川に照り映えて、にわかな食欲を誘うほどの清らかさだ。

そこで目の前の「カキ船」に押しかけてみたが、先約で一杯で、坐るところがないと云っている。京橋川に沿ったあたり、昔なつかしい一膳メシ屋が軒並みに店を連ねていて、どこに入り込んでも、よさそうに思われたが、同行のF君が、

「もう少しマシなところに入りましょうよ」

ようやく、立町、中ノ棚の「酔心」に上がり込んだ。「酔心」なら酒だけは間違いがない筈だ。大変繁昌のようである。家族連れの人達が立って順番を待っている。

やっとのことで、その順番が私達に廻ってきた。

お通しが通される。芹と、葱の千切りと、竹ノ子と、魚の皮を、玉子で和えてある。さて、その「酔心」を二、三杯口にふくんで、ようやく人心地がついた。うまい酒だ。

あとはカキである。「モダン・ガキ」と云うのがあったから、こころみに頼んでみたら、殻付のカキであった。トサカノリとワカメが敷いてあり、酢味噌とマヨネーズらしいものが、添えてあったが、私はレモンと塩を貰い受けて、カキを啜る。うまい。どうころがしてみたって、そのカキと酒がうまいのである。

そこで調子にのって、「フグ肝」と云うのを喰う。「海藻の前菜」と云うのも喰う。ツノマタやトサカノリやウドやモズクやコモチワカメに、ナマウニが添えてあったが、コモチワカメとは、きっとカナダあたりからの輸入品だろう。それでも、胡麻酢味噌のタレをつけて、大満悦である。

酒がうまいからだ。

「オコゼ」の煮付を喰った。オコゼのカラ揚げも喰った。オコゼと云う奇っ怪な魚は、刺身にして、その皮の湯ビキしたのと一緒に、フグ作りにして喰べてうまいし、味噌汁にしてうまいし、雑煮にしてうまいし、どうも目の仇のように、オコゼと聞くと、何でも喰ってみたくなる。しかし、今夜はとうとう喰べきれずに、そのオコゼの煮付と、カラ揚げを、折りづめにして帰ったまではよかったが、悪くならないように、ホテルのガラス窓の外に出しておいたのが大失敗であった。

翌朝、チェック・アウトした時に、すっかり忘れて、ホテルの窓外に置いたままにしてしまった。

さて、厳島の帰り途に、競艇場の前の一膳メシ屋に入り込み、ビールのサカナにして喰べてみた「アブラメ」や、「メバル」などの煮付だが、魚の頬っペタの肉片までが、しっかりとした生体反応をでも呈しているようで、たしかな魚の手応えのある味がした。その時喰べた、「モガイ」と一緒に忘れられないことである。

たまたま、同じ店に腰をおろして、穴子の煮付をとりながら、弁当をすました行商人らしいお婆さんが、

「ヤレ、御馳走様！」

と腰を叩き叩き出ていったが、たったそれだけの風情さえ、私など、久しく見馴れなかった世界に戻ったようななつかしさであった。

尾道の千光寺山から見廻す眺望が、すっかり変った。もっとも、もう何十年ぶりか、自分

でも見当がつかないくらいの再来だから、むしろ変りようが少ないと云える方かもわからない。

波止場近く並んでいる魚屋の店頭を覗き込んで、私はすっかり逆上してしまい、目の仇のオコゼを買い、ママカリを買い、シャコを買い、今度は乾物屋に廻って、デベラガレイを二束買い、まるで弁慶が七つ道具を背負った以上の恰好になった。

尾道みたいな町では、とりたててどこの店、どこの食堂などと云うことはないだろう。新しい魚だったら、その本当の味を殺しさえしなかったら、うまいのが道理なのである。内海の魚に食傷気味の私は、久方ぶりに「朱」と云うラーメン屋に入り込んでいって、ラーメンを喰い、そのうまさにびっくりした。

尾道では、「暁」と云う、世界万国の洋酒を寄せ集めた居酒屋と、この「朱」と云うラーメン屋に、おそれ入ったようなものだ。

東京に帰りついてみると、尾道のシャコがまだザワザワと生きており、オコゼとママカリの籠を開いて、にわか調理士は、庖丁を握りながら大イソガシになった。

さい果ての旅情を誘う海の幸　釧路・網走

帯広で半分ばかりの客を降ろし、私達の飛行機は長い直線の海岸線を飛んでいる。寄せている、白い波。そこから続いている丘陵の原始（?）の木立。飛行機は海から、その丘陵に向って、突入するように、降下していった。素晴らしい飛行場である。

規模は小さいけれども、無人の雑木林の丘陵の中に、ひっそりと静まり返ったような滑走路だ。

それにしても、何年前だったか、I女と二人、北海道を放浪して、夜汽車で辿りついた、侘しい釧路の町は、一体どっちの方角なのか、まるきり、心もとない気持である。夢のまた夢のような、自分の半生を振り返りながら、タラップを降りてみたら、ゲートのあたりで、私に向ってしきりに手を振っている人の姿が、見えた。

どうやら、佐々木栄松画伯のようである。佐々木さんとは、ソビエトへの旅で一緒になって、大層楽しかったから、札幌から人づてに、「そちらに行きます」とだけ、伝言を頼んでおいたけれども、まさか出迎えにきて貰っていようとは、思いがけなかった。

おまけに、飛行機は二時間近く延着していたから、待つ身にしてみれば、大変なことだったろう。

しかし、佐々木さんに案内して貰えたら、こんな仕合せなことはない。

画ばかりではない。佐々木画伯は釣りの大家なのである。

私はひそかに、佐々木さんの釣り上げてくれる、さまざまの魚類の姿を妄想した。その魚をさまざまに調理して、喰っている、自分の姿をだ……。

「とにかく、釧路にやってきたんですから、何事も貴方任せですよ。大いに釣って貰って、私はただ、パクパクと喰べるだけのつもりにして来ましたからね」

と云ってみたら、

「いくら、何だったって、そりゃひどすぎますよ。連絡があったのは、昨日の晩ですよ。釣る暇も何も、ないでしょう。それにしても、釧路にはどのくらい、泊っていただけるんですか？」

「二泊です。明後日の朝は、網走に向って発たなくちゃ」

「あれ、明後日？　それじゃ、何もする暇なんか、ないじゃないですか。一緒に発動機船でも出して、湿原地帯の奥の方に行ってみようなんて、計画してたんですけど。正味明日一日だけじゃ、折角来て貰ったって、何も出来やしない」

佐々木さんが真顔になって、気を揉んでくれるから、

「私が悪いんじゃないんですよ。何事もこの〝旅〟の編集部が悪いんです。やたらと目先だ

け変えて、無意味なスケジュールばかり、組み込むもんだから……」

と私は、同行のカメラマンのF君を指さした。

「いつもこれだから……。まったく、かないませんよ」

とF君がとりなしてくれて、私達はソビエト以来の愉快な再会になった。

佐々木さんは、ナナさんと云う、美人のオーナー・ドライバーを連れている。紹介された。ナナさんも、どうやら絵描きさんらしく、二人は自動車で出迎えにきてくれていたわけであった。

車は林の丘陵を降りて、丹頂鶴の群生しているあたりの湿原に抜ける。しかし、保護が行き届いているのか、それとも見世物になり過ぎたのか、金網の囲いまでしつらえてあった。

もっとも、その金網は、丹頂鶴の保護だけの意味だから、遊覧客が差し出す餌を喰べに、鶴は金網の外へ翔びだしてみたり、逃げ返ってみたりしているが、どうも日本中、野生の猿を飼い馴らしたり、天然の鶴を遊覧客の手もとに呼び寄せたり、さっぱり、その原始の威容と、オソレを失った。

人間の側からも、鳥類または獣類の側からもだ。

私は中国の山岳地で、野猿の大群の行進を見たが、あの凄まじさと云ったら、なかった。アイツらに、もし襲撃されでもしたら、どうなることだろうと、息を飲んだものだ。

鳥類だって、そうである。アイツらが、かりに五十羽集って、無人の原野で私の周りに蝟《い》集《しゅう》するならば、たちまち、アイツらの嘴《くちばし》から眼球をえぐりとられそうな、恐怖を感じるものだ。

動物愛護だの、鳥類保護だのも結構だが、アイツらの威容と、オソレだけは、保持してやりたいものである。

ナナさんの運転は、きわめて獰猛だ。一度、釧路の町の溝に車輪を突っ込み、一度はホロロ川畔で、泥濘を猛烈なスピードで突破したのはよかったが、危うく私は自動車の天井を、私の頭で突き破りそうになった。

おかげで、「旅」の編集部の組み上げた超短日スケジュールで、釧路周辺のあらましの威容を、見聞することが出来たわけである。

その中では、ホロロ川とセッツリ川の合流点近い「雪裡逆水門」の上からの落日の眺望が、第一等であった。

線香花火が、燃え尽きる真際に爛熟する、あの火玉のような落日は、広漠たる湿原の葦の真向い、つまり、雌阿寒、雄阿寒の左方に見える連山の中にたぎり落ちる。

落日の手前、葦の湿原の中には、セッツリ川が、夕映えを映して流れており、その逆光の中に、アイヌの爺さんが造り上げた、水上家が見える。

まったくの、水の家だ。周囲から断絶してしまっていて、二頭の犬と、アイヌの爺さまは、こちらにやってくるのにも、舟にたよるほかにはないが、こちらから訪ねていこうと思っても、泳ぐか、舟を借りるかするほかに、手立はない。

難攻不落と云いたいところだが、水嵩でも増した日には、一体どうして眠るのだろう。爺さんは、人の気配を感じたらしく、舟に犬を乗せて漕ぎ寄せてきた。

私にしてみれば、マスか、ヤマベか、鯉か、爺さんから分けて貰って、思う存分の手料理がやってみたいところである。

「いやー、何もねえ」

と爺さんはぼやきながら、取り出してみせた大籠の中には、あらまし半分ばかり、見事なウグイがばたついていた。

全部で三貫目で、六百円だと云っている。

しかし、ウグイなら、林間の私の家に出入りする植木屋が、相模川のウグイをいつも何十匹と持ってきてくれて、うまく喰べおおせたことがない。

「どうやって喰べるのが、一番うまい？」

と訊いてみたら、アイヌの老人は、

「まあ、刺身だな」

と答えていた。

しかし、ウグイは正直な話、私にとっては難物で、まだこれと云って、うまいと思って喰べられるような調理にめぐり会ったためしがない。買ってみたい気持は山々であったけれども、ばたつくウグイを見棄ててしまったのは、永年にわたる私のウグイ嫌いからである。

「ここだったらね、檀さん。マスだって何だって大物が釣れますよ。ホラ、これがマス釣りの仕掛です」

と佐々木さんは、逆水門の裏側に仕組まれている素木のウキを一メートル間隔ぐらいに結わえつけた、太い釣糸の流れを指さしてみせた。

「あの爺さんがやってるんですよ。うまく釣れてる時だったら、あの家に押しかけていって、焼いて喰べさせて貰うんですけれどね」

私にしてみたら、あの爺さんの水小屋に、一週間くらいでも、居候をきめこみたいところである。

しかし、なにしろ、あわただしい「旅」の旅である。私は恨みを飲んで引きさがるよりほかにない。

「なーに、檀さん。今度、一ト月ぐらいの予定をとってこっちに見えたら、あすこから舟を出して、どこにでも案内しますよ」

と佐々木さんは慰め顔に、私をホロロ川の孵化場まで、案内していってくれた。

そのセッツリ川畔、ホロロ川畔のドロ柳の風情、枯葦の風情は、そのまま、シベリヤの湿原を見るようだから、

「こんな所にしょっちゅうやってきてるんでしたら、佐々木さん、何もわざわざ、シベリヤくんだりまで行って見る必要はなかったじゃないですか?」

と私が云うと、

「そうなんですよ。でも、行ってみなくちゃ、わかんないことだから」

とたんに、私は、佐々木さんが釣り上げたアムールの鯉や、コーカサスのマスの姿を思い浮かべるのである。

ホロロ川畔には、サンナシの木が多かったが、まだ花をつけていなかった。わずかに、土手のあたり、蕗のトウが萌えだしていて、手にとって嗅いでみると、絶妙の香気が感じられる。二つ、三つ、ポケットに納め、旅先の宿の味噌をまぶしつけて、朝の酒を楽しむつもりである。

私達はナナ女史の猛運転で、釧路の町に引き返していった。

なんと云っても、釧路の雑踏の町角の、「ツブ」焼屋の屋台ほど、楽しいものはない。柳川のあたりでは、「ツビ」と云っていたし、ツビは女陰の隠語でもあるが、とても北海道のツブほど、見事なものではなかったように思う。

釧路のツブ焼屋の屋台店は、例えば、パリの生ウニ屋以上の風情があると、おそれ入った。喰べてみれば、やっぱりバイとも違う、タニシとも違う、ツブはツブなりの味と、シコシコした歯ざわりと香気だろう。

格別にうまいものか、どうか。例えば、長万部《おしゃまんべ》や、室蘭の毛蟹のうまさなんかとは、比較出来るわけがない。

ただ、無心に手に取って、無心に喰べる。そう云う、なつかしい喰べ物だ。

ツブを料亭ででも出されたら、うんざりするだろう。しかし、私は釧路にやってきたなら

ば、町角に立ち止って、坊やのわき、オカミさんのわきにまぎれ込み、

「ツブを頂戴」

とまず、ツブ焼屋のツブを喰うだろう。

ただし、ツブ焼屋には、はたして酒が用意されてあったものだか、どうだか、あんまり繁昌していたので、うっかりたしかめ洩らしてしまったのは、遺憾であった。

佐々木さんは、

「私はあんまり喰べる店なんか、知らないんで……」

となんとなく、しりごみの気配になった。

そうだろう。海の物だって、山の物だって、勝手気儘に、釣り放題。その釣りたてのヤツを焙ったり、焼いたり、人間の至福をほしいままにしているのだから、私みたいにヤチマタを、あっちにうろうろ、こっちにうろうろ、末世末流の喰べ歩きとは、およそ桁違いの贅沢さだ。

そこを、無理に頼み込んでみたら、

「じゃ、〝うたり〟にでも行きましょうか」

「うたり」とか、「炉端」とかは、北海道中のどこの町にも、支店だか、連鎖店だか、傍店だか、他店だか、わからないが、必ずあって、中央に巨大な囲炉裡。そこで、九州で云う「ヒシテボシ（一日干し）」の魚を焙って、焼いて喰わせるわけだ。

あとで聞いたことだけれど、「炉端」は仙台に本店があるらしく、東北、北海道一円に、

一大連鎖店を形成して、ニュースは出す、同業新聞は作る、超大ブロックを形成しているらしい。

さて、釧路の「うたり」だが、例のとおり、その炉の上に、「カンカイ」と「メメセン」などが、ぶら下げてあった。

「カンカイ」は「コマイ」とも云って、氷下から釣り上げる魚らしい。

「メメセン」は「メヌキ」の小さめのものらしく、函館のあたりでは「キンキン」と云っているし、東京の魚屋に出廻る「キンキ鯛」のことである。

しかし、北海道で獲れたばかりのメメセンを背びらきにし、ヒシテボシにし、それを囲炉裡の上でジイジイと焼き上げると、そのこってりとした脂肪、その表皮の半乾きの口ざわり、やっぱり、なんの無理もない、われわれ庶民の安堵のいける喰い物だ。

「うたり」のママさんは、

「頭の所も、パリパリとおいしいんですよ」

と云ってくれるから、用心しいしい齧ってみたが、なるほどパサパサと、なんとなく口の中で崩れてしまう。

私は手あたり次第、カマボコの天麩羅だとか、コンニャクのおでんだとか、喰べてみたが、コンニャクは、東北美人の塩梅に、フワリと白く、超大型のコンニャクであった。

あらまし、「うたり」で満腹なのだけれども、ここで引き下がっていたら、「旅」の取材旅行の本旨に背くだろう。

そこで、

「寄せ鍋を喰わせる店はないですか?」

と佐々木さんに訊いてみたら、

「そうですねえ。〝鍋好〟か、〝博多屋〟でしょうけどねえ」

いくら私が郷土贔屓《びいき》だと云ったって、釧路の喰べ物の中に、「博多屋」を推薦するわけにはいかないだろう。

そこで、「鍋好」に上がり込んでいった。

これはいい。まるで、田舎の寄席にでも上がり込んで、酒を飲んでいる恰好だ。

二段桟敷になっている。

折柄、佐々木画伯の令夫人、ほかに瀬高の旧友H夫妻などがやってきてくれて、久しぶりの大宴遊になった。

ここの石狩鍋は、味噌味のようである。

タラチリも喰ってみたが、なんと云ったって、北海道は、鮭と、タラと、鰊だろう。その真新しい「真ダラ」のチリの、モツも何もぶち込んだような豪快な料理を、いつだったか、小樽で喰べて、思い出が深いから、なんでもかんでも、タラの全貌をぶち込んでくれるように所望したが、そうそう私みたいなバカな客を相手に用意ばかりはしていられないのだろう。

女中さんは、笑いにまぎらわせるだけである。

佐々木さんの話では、釧路は夕映えの名所だそうだ。そう云えば、何年か昔、「やつ浪」

という料亭に出かけていって、たしか、原田康子さんと会ったのだけれども、眼下に海が見渡せる眺望で、あの時、その落日か、夕映えかが、原田さんのうしろに照り明っていたような記憶があるが、「やつ浪」ははたして、どちらの海に向ってひらいているものか、今度の旅行では、とうとうたしかめずじまいになった。

ナナさんの話では、釧路に「東屋」と云うソバ屋がある、と云っている。釧路のソバなど、何を差し置いても喰ってみたいから、そのあくる朝、ナナさんの運転する車で押しかけてみたが、春採湖《はるとりこ》が見えてくる頃から、ここは一遍やってきた所だと、私はにわかに思いだした。

「女郎屋のような、大きな、山麓のソバ屋さんじゃありません?」

訊いてみると、ナナさんはその通りだ、と答えている。

なんだ。そのソバ屋なら、I女と二人、もう何年か昔、入り込んでいって、酒を飲み飲み、二、三時間も、自分達の行末を案じあったものだ。

ただ、自分達のことばかり、思い煩っていた時期だから、すっかり、その周囲の状態を忘れてしまっていたのである。

私は、昔の部屋と寸分違いのない部屋に通され、寸分違いのないソバずし、蘭切りソバを喰って、自分勝手に酔っぱらっていった。

変っている事と云ったならば、私の傍にI女がいないことだろう。いや、池の中で、かまびすしい鵞鳥の声が啼きしきっていることか。

佐々木さんとは、他日を期して、惜別した。

列車は細岡駅から塘路湖《とうろ》のあたりを通過しているが、この大湿原の、原始林と、沼沢地と、丘陵ほど、めざましい風物は、ほかになかった。

「あ、佐々木さんの川がありますよ」

「あ、佐々木さんの池がありますよ」

と同行のF君は、釣道楽の極致を行く佐々木さんの言動にイカレちまって、水をさえ見れば、佐々木さんの名を連呼する有様だ。

しかし、その水の上に、白鳥の群を見た時には、私もオソレを感じた。

四十年以上昔だが、私は九州の久留米の近郊の沼の中で、浮遊する純白の大鳥を、目撃したことがある。自分では、白鳥を見た、と思い込んでいるが、はたして、シベリヤの白鳥が九州まで南下していたものか、どうか。

右手に斜里岳《しゃり》が見えてきた。

斜里の町の裏の海に、幅広い流氷が流れ寄っている。

網走までの、寂莫の砂丘になった。

この砂丘の上のあたり、六、七月頃の花の頃は、咲き乱れる野花の群で、かけがえのない美しさだろう。

網走の街は、シンと静まり返っているように思われた。

私達は車を駆って、網走の刑務所のわきを抜け、網走湖畔から天都山《てんと》の展望台に上がったが、熊笹の周りに、まだ残りの春雪が、凍りついていた。

しかし、西北は網走湖から能取湖まで、水面の高さの違う湖がキラキラ光り、東はオホーツク海の黒い海が、ひろがり尽くしているのである。

晩酌は「木村屋」で、一杯やった。刺身は「オヒョウ」とエビの作りだが、この関西風の割烹店で一番うまかったのは、青々とした新ワカメと、二ツ岩のナマウニであった。

このナマウニのうまさは、どう表現のしようもない素晴らしさであったから、その翌朝は、「たちばな」の主人に車で案内された時も、ここが二ツ岩かと、まるで自分の旧知の景物にでも会うようななつかしさであった。

二ツ岩のうしろの山の残雪の傾斜面に、しきりと山鳩の啼き声があった。

楡の林の間には、雪を終って、福寿草、水芭蕉、蕗のトウ、それにイラグサの紫の花が咲いていた。

「たちばな」の主人の話によると、蕗のトウのことを、「バッキャ」と云っているらしい。ただし、これはその主人の郷里である、一ノ関の方言かもわからない。

「たちばな」の御馳走は、超弩級の豪華版であった。聞くところによると、板前さんは天皇の供御《くご》をうけたまわったこともあるらしく、飯《いい》ずしの色どり、お吸物の青味、ボタンエビの見事な作り、その周りにアオサや、トサカノリを敷き散らして、一流の絵心を感じたが、しかし、トサカノリはきっと天草のものだろう。

それでも、網走の二ツ岩のナマウニは、どんなにほめても、ほめきれるものではない。希くば、ウニを殻ごと、客膳に出して、そのまま、液汁まで啜り喰べられるようにしてほしいものである。

網走から稚内までの汽車の旅は、永かった。

豪雪の谷間を縫う、到るところに蕗のトウが萌えている。水芭蕉が萌えている。

それでも、稚内のノシャップ岬の灯台から、礼文島と、利尻の利尻富士を眺めやった時には、とうとうここまで来た、とそんなつまらない感傷も湧いた。

渚にめくれたっている、白い波のあちらの果てに、樺太が見えていた。

私達は車を駆って宗谷岬に走らせたが、その途中の第二清浜の沢で、云うところのアイヌ葱の株を数限りなく、発見した。

実は釧路のナナさんに教えて貰い、釧路の市場で、アイヌ葱の束は買ったのだが、自生しているところを見つけたのは、これがはじめてだ。外側を一枚ばかり剝いで、味噌につけて喰べると、きわめてうまい。

きっと、ヌタにしても、おいしいだろう。

第二清浜の浜辺の漁師が、身のたけを越えるような、巨大なタコを獲っていた。目方は二十貫もあるだろう。

「潮ダコだ」と云っていた。同じ漁師が、ブチの「ソイ」を五、六匹、持っていたから、私はソイのチリをこころみてみたく、随分ねだってみたが、相手の漁師はうなずかなかった。

そうだろう。自分で一匹、奥さんに一匹、子供に一匹ずつ、と、都合五匹だけを獲ってきたものに相違ない。

稚内の町に帰って、浜辺の漁師町で、天高く翻る「真ダラ」の干物を買った。若い、気さくな青年が、その乾燥棚の頂の方まで登っていき、パリパリに乾上がったタラを持って降りてきてくれたが、

「どうやって喰うんだね？」

先方の方から、質問になった。

「貴方達は、どうやって喰べる？」

「オレ達はこんなヤツは、喰わねえよ」

私は黙ってそのタラを貰い受け、幼年の日に、祖母が夜通し真ダラを叩いていた、木槌の音を思い起した。ついでながら云っておくが、その昔、姉妹の美人がやっていたという侘しい「炉端」には、イカ、鰊、ホッケ、真ガレイが吊されてあった。

素朴な料理法で活かす珍味の数々　山陰道

まだ、この日本の中に、見たことも、行ったこともない大きな地域が残っている、と常々思っていられるのは楽しいことだ。

私にとって、松江、鳥取の地域がそうであった。因幡《いなば》から、伯耆《ほうき》、出雲《いずも》と、永いこと神話や伝説で馴染んでいながら、いや、ラフカディオ・ハーンとか、志賀直哉とか、ゆかりの文学者達のゆかりの文章に親しんで、実に身近なところと思い込んでいながら、まだその宍道《しんじ》湖も、弓ヶ浜も、中ノ海も、出雲大社も、大山《だいせん》も、鳥取の砂丘も、見てはいなかった。

私のような、無計画な旅行者にとって、ある土地へ出かけると云うことは、きわめて気まぐれな偶然に左右される。

松江の島根大学に、駒田信二君がいると聞いて、何度、その松江まで出かけていってみようと思ったか、わからない。

その都度、京都でひっかかり、大阪でひっかかり、結局、中途から引き返してしまうハメになった。

一昨年の夏であったか、自動車で本土全周の旅を思い立ち、その時、鳥取、松江、石見《いわみ》のあたり、たんねんにうろつき廻るつもりでいながら、道路事情が甚だ悪いと聞いて、富山のあたりから折り返してしまったのは、残念であった。

だから、昨年の夏、ソビエトを旅した時にも、今度、日本に帰ったら、真っ先に、鳥取、松江のあたりに出かけてみたい、としきりにそう思ったことである。

例えば、テレビだとか、グラビアの写真の中だとかで、宍道湖の白魚獲りの模様を見たりすると、その都度、締めつけられるような憧憬を感じたものだ。

ようやく、その、多年の願望がかなえられたわけだけれども、出迎えの人達から、異口同音に、

「今が、松江のあたり、一年のうちで、一番何もない時です。白魚もなければ、赤貝もない。スズキもなければ、鴨もない。鳥取にしてみたって、そうですすよ。蟹もなければ、梨もない。防風だって、もう終った頃ですよ」

と脅された。

まるでもう、島根、鳥取の人達は、今頃から秋にかけて、何も喰べていないような錯覚をあたえるほどの口ぶりであった。

しかし、私は、そんな口車には、金輪際乗らないのである。

例えば、見給え。自動車が米子の町に入り込んだから、こころみに山本魚屋の店先に車を止めてみると、透き通るようなキスが、贅沢に並べられてあった。

その昔、坂口安吾さんと、新潟の寄居浜の海辺の茶屋で、こんなキスを刺身にして貰って、

鱈腹喰べたことがある。やっぱり、キスの刺身は、日本海に限るようだ。

私も、このキスを山ほど買って、キスの刺身を思い立ちたいところだが、今晩の宿屋で、きっといやがられるだろう。

そのキスの傍には、バイが並べられ、バイのわきには、「青手蟹」の、コバルト・ブルーの青い手が見えた。

その傍に盛り上げられている小魚は、これは一体何だ？

土佐で喰ったニロギと寸分違いのないような魚だが、こころみに、名前を訊いてみると、

「エノハ」

だと答えている。

どうして喰べたらおいしいか、と訊いてみたら、塩焼でも、お吸物でも、チリでもいいという返事であった。

そのおなかのあたり、黄色い、細い縞目が通っている、美しい小魚の姿に見とれているうちに、あとはもう、どうなったってかまやしない。

「このエノハを、一キロ下さい」

と自分の欲望には抗しがたい。呆気にとられている同行の人達を尻眼にして、ポリエチレンの袋の魚を、自動車に持ち込んだ。

あとで、塩焼にして喰ってみたけれども、やっぱり、高知のニロギと同一物であった。

半日干しにしたり、ムニエルにしたり、お吸物にしたりして、さまざまに喰べてみたら、

一週間喰べ続けても、飽きないだろう。

ついでながら、云っておくが、日本国中、名前が千差万別で、まず、まあ、「ヒイラギ」と呼ぶのが、通り名かもしれぬ。

こころみに、「出雲うまいもん鑑」と云う番付表を見てみると、前頭七枚目で、シュンは二月、となっていた。

さて、米子にやってきたと云うのに、肝腎の伯耆の大山は、一向に姿を見せなかった。雲煙縹渺《うんえんひょうびょう》。案内の人達から、大山について、千万言説明されてみたって、見えない山は、仕方がない。

なにしろ、うまいものを喰べにやってきたなどと云う、不心得者を相手にしては、大山女史も、その容姿を隠すのだろう。

ところで、私達の第一番のコースは、見えない、その大山に向っている。

出来上がったばかりの、素晴らしいドライブ・ウェイが、ゆっくりと裾野をめぐって登り、左右の林の蔭には、ようやくさかりを過ぎた、ウツギの白い花が見えた。

やがて、巨大な黒松の並木通になり、その黒松の木蔭に、規則正しく、お地蔵様が祀ってあると思ったら、一丁地蔵と云うそうだ。

一丁毎に立っているわけである。

洞明院という宿坊に上がり込んでいった。

巨大なブナや、黒松や、イタヤカエデの木立の蔭に、シンと、山の霧が滲み込むような宿坊であった。

精進料理だそうである。

青い山ウドの胡麻味噌和えが、大層に香ばしく、太いワラビの青さが、眼にしみるほどであった。

ただし、私自身は、余り精進料理などと云うものを、好まない。

山門の中で、特殊な発達をとげた、その珍しさに敬意は表するが、私は、雑食の愉快を、人間の特権だ、と心得ている者である。道理で、大山が姿を見せないわけだ、と今更ながら苦笑した。

さて、山をくだり、皆生《かいけ》温泉の東光園に辿りついたが、思いがけなく、キスの刺身の大盤振舞にあずかったのは、愉快この上もなかった。

まるで、スパイでも先廻りして、私の意中を伝え、わざわざ用意しておいてくれたような恰好であった。

おまけに、松露を醬油焼にした、贅沢きわまる御馳走が出され、これまた、何十年かぶりに味わった、快味であった。

その昔、福岡の生ノ松原でも、松露は簡単に採れたものだが、近年、松露なぞと云う、高級な食品は、絶えて口にすることが出来なくなった。事のついでだと思ったから、

「明日の朝の味噌汁に、松露を入れて下さいね」

オゴリのきわみ、大山が見えなかった腹いせだと思って、許して貰いたいものである。香りの高い、八丁味噌の味噌汁の中に、香りと歯ざわりの、松露の実を浮かべて喰べるのは、私の永年にわたる妄執であった。

さて、そのあくる朝は、私の我儘な申し出通り、松露の味噌汁を啜って、まったく堪能した。松露は鳥取の砂丘地帯と、この弓ヶ浜に自生するらしいが、しかし、とてもよそに搬出するほどは出来ないそうだ。

米子から山一つ越えると、島根県である。

島根新聞の吉岡さんと、松江の「味の山海」の工場長、若松さんが、出迎えに見えて、今日は海遊びにしよう、と云ってくれている。

私達は、松江から恵曇《えとも》街道を抜けていって、手結《たい》ヶ浜に出た。風土記の、虫津浜らしい。

ここでは、「タイ」と云っているが、「タユイ」であろうし、高知の「テイ」と同じ、「手結」を宛ててあるから、この地名の起りは、ひょっとしたら同じような海辺の地形を呼ぶのかもわからない。

高知の手結と、島根の手結と、思いなしか、海の彎入《わんにゅう》の感じが似通っているように思われた。手結（タユイ）は、手纏く（タマク）と同義語だそうであるから、彎入が丁度、両手で海を抱きかかえているように見えるからでもあるだろうか。

若松さんは、

「あっちの島に行って、弁当にしましょうか」

私達は船に乗り移って、手結の洞窟を見たり、岩燕のヒラヒラと群れ翔ぶ姿に見入ったり、やがて、ほど近い島に漕ぎ寄せた。

若松さんの一家も、弁当を抱えながら同船してくれていて、まったく、家を挙げての大歓待を受けたわけである。

割石島と呼ぶ、その小島の汀には、岩と岩との間をセメントで塗り固めて、恰好のお座敷があった。その上に蓆《むしろ》を敷き、日本海の海の青と、波の音を聴きながら、まったく、あんな愉快な海遊びはなかった。

さて、若松さんの奥さんや、お母さんが、丹精をこめて作ってくれた御馳走は、

カマスの刺身
イカの酢味噌
アゴの皮巻焼
アゴの身の半ペン焼
イガイの煮付
アワビとサザエ
ナマウニ
べべ貝の貝飯

と、浜辺そのままの素朴な料理であったが、私は感じ入った。

「べべ貝の貝飯」なぞ、生れてはじめて味わった珍味である。「アゴ」は勿論、飛魚のことで、博多でもアゴと云っているが、そのアゴの身をすりつぶして半ペンに焼き、また、すりつぶしたアゴの身を、たんねんにアゴの皮でグルグル巻にして焼いたアゴの皮巻焼は、生れてはじめて味わったものだ。

ついでに云っておくけれども、米子、松江、出雲では、アゴをすりつぶしてカマボコに焼いたものを、「野焼カマボコ」と呼んでいる。出雲の野焼カマボコが一番大きく、上井から北の鳥取地区は次第に形が小さくなって、「アゴ竹輪」と呼んでいるようだ。

しかし、丁度、私の出かけた時が、ホトトギスとアゴの季節だったから、どの町でも、アゴのカマボコばかりは満喫した。

割石島の饗宴に浮かれきった私は、とうとうパンツ一枚で、海に泳ぎ出す始末であった。

若松さんは、島の北面の汀で、「オツレ貝（藤壺）」の「オツレ焼」をやってみせると云って、焚木を沢山積み上げていたが、残念なことに、少しばかり波が高く、オツレ焼は賞味するに至らなかった。

しかし、若松さん自身、潜水服に身を固めて、海にもぐり、モヅクや、さまざまのウニを拾い上げてきてくれた。モヅクは、藻に着く宿り木の塩梅で、藻にツクから「モヅク」と云うのだ、と今更のように、感服したりした。

「海鹿《うみしか》」という奇っ怪な生きものも、獲ってきて、見せてくれた。カタツムリの、殻の中味だけが、海にもぐったような恰好の生きものだ。裏返して、中の紫（ハラワタ）を洗い去り、乾して、黒豆と一緒に煮て喰べるそうだ。ゆでて、酢味噌でもいい、と若松さんの奥さんが云っていた。

さて、玉造温泉で一泊して、そのあくる朝は、吉岡さんと、「味の山海」の主人、荒木さんの出迎えを受けた。

宍道湖と海とをつなぐ、中ノ海の周遊をやろう、と云うことである。荒木さんの説明によると、中ノ海は、日本海と宍道湖の天然の稚魚の、一大養魚池であるらしく、松江の味の千変万化は、ひとえに、この中ノ海の存在に負っているらしい。

私達は自動車で、中ノ海の漁業根拠地、本庄に抜けていった。

なるほど、その本庄の漁業組合のタタキの上にはスズキの子、ボッカ（ドンコか?）、ナキリ、アオギス、マーカレ（岡山のママカリのことだ）、エイ、コノシロ、芝エビ、アミエビ、青手蟹、磯蟹、鰻、エノハの類が、積み上げられてあった。

大半は、荒木さんの工場で、海山の味に加工されるものらしい。

私達は本庄で、モーター船に乗り換えて、中ノ海を渡っていく。途中、マス網を見学しながら、弁天島に抜ける。

その弁天島から、一艘のソリコ舟（丸木舟）が加わって、エビ網の漁をやって見せてくれた。

沢山の手鉤のついた網を、ソリコ舟を揺すぶりながら、拍子をとりとり、湖の底を引きずっていくわけだが、その拍子をとりとり舟を揺すぶる有様がバカに面白かった。

芝エビはあまり獲れなかったけれども、たちまちのうちに、赤貝が山のように掻き獲れた。

土地では赤貝と云っているが、形の小さい藻貝である。例えば、有明海の周辺の柳川では、「ミロクゲ（弥勒貝）」と云って、大きな赤貝の「サブロゲ（三郎貝）」とは区別しているが、これを缶詰で売り出す時には、やっぱり、赤貝として売っている。

さて、この赤貝（藻貝）は、土地の流儀では「殻むし」にして賞味するらしいが、そう云えば、神田の「出雲そば」で、いつだったか、皿もりの赤貝の殻むしを喰べて、おいしかったから、お代りをしたことを覚えている。

私がぜひ、この赤貝を殻むしにして喰べたいと云ったところ、「味の山海」の荒木さんが、今日獲った分はそのままそっくりお宅に送りましょう、と云ってくれた。

「もつんですか？」

と訊いてみたら、

「いやー、この赤貝は、一週間は大丈夫です」

と云うことであった。

荒木さんは、飛行便で送ってくれたらしく、私は帰京早々、その赤貝を受け取った。そこで早速、大鍋を熱くして赤貝をほうり込み、酒と醤油を半々にして殻むしにしてみたら、バカにうまい。喰べても、喰べても、もう一つ、喰ってみたくなるような有様であった。

独特の泥臭とでも云うか、貝臭とでも云うか、相当きついが、しかし、貝のうま味は、また、この泥臭の中にあるとも云える。

ピースと一緒に、赤貝飯を作ってみたが、これもまた、うまかった。

さて、中ノ海の横断の途中、ボラのサシ網の模様を一見することが出来たのは、望外の仕合せであった。

一隻の発動機船が、サシ網の中を全速力で走り、水面を竿で叩いて、ボラを驚かすのである。そこで、

海叩くボラの漁師の昼日永

の駄句を詠みすてて、ひとり、悦に入った。

ボラはさしてかからなかったが、例のエノハが鈴なりに、網ノ目にぶら下がっているのである。

大根島を通過する。この島は、朝鮮人参と牡丹の産地だそうである。

対岸の意東《いとう》に上陸し、揖屋《いや》町に抜けていった。「橋本屋」の鰻を喰うためである。

大阪の鰻屋によく見かける、出雲地焼の本場だから、私もいささか、シコシコとする「出雲鰻」を心して喰べながら、酔っていった。

中ノ海の「鼻はげ鰻」が、うまいそうである。つまり、貝の身をむさぼり喰って、鼻のあたりが貝に傷つく頃が、うまいのだそうだ。

さて、柳川の鰻と、いずれがうまいか。調理の方法を論外にすれば、凡庸な私の舌では、甲乙がきめられなかった。

宍道湖のおっとりとした湖の趣は、実に好かった。殊更、私の宿泊した皆美館《みなみ》の一室は、つい先年、旧師、佐藤春夫先生が宿泊されたと聞いて、なつかしさはひとしおであった。

このあたりで「鯛飯」と云っている、鯛のむし身のそぼろと、卵の黄味と白味のうらごしと、それに葱や、ノリや、大根オロシや、ワサビの薬味を添えた丼メシに、ダシ汁をかけて喰べる「汁飯」も、楽しい喰べ物であった。

夜は松江の町の中にさまよい出して、「京茶屋」の車エビの鬼殻焼を喰ってみたり、「千嘉」であったか、出雲美人の一杯飲屋に、二度も押しかけてみたり、こんなとこなら、一ト月ぐらい居坐って、松江から原稿を送って暮らそうかと妄想してみたり、これでは大山が顔を出さぬ筈だ、と自分で笑いだす始末である。

翌朝は出雲大社にお詣りした。

カラリと大模様のその社殿は、入口の陽明門のような門をさえ除けば、明るくて、豪宕《ごうとう》であった。

十軒以上もある出雲ソバ屋は、どれもうまいそうだが、私は「荒木屋」で、「割子ソバ」を喰った。

さて、松江市寺町の「松本ソバ」と、どちらがうまいか、と云われれば、私は困る。

松本のソバは、主人老夫婦の人柄のような、フワリとした滋味がある。荒木のソバは、出雲流のコシがあり、根性があるような気持がした。

ここで書き洩らさないうちに、書いておかなければならないのは、ホイロで焙った板ワカメの、口ざわりだ。その香ばしさだ。その青味だ。

あんなに結構なものはない。

ホイロは、行火《あんか》の塩梅に造った乾燥器で、昔の人は助炭《じょたん》と云っていたそうだが、ホイロで焙ったメノハ（ワカメのこと）は、フリカケで喰べてよく、お握りにまぶしつけてよく、なんと云う果報な喰べ物であろう。

翌日は鳥取に抜けた。

鳥取の「たくみ割烹店」で御馳走になる、と云うことだったから、何の気もなく入り込んでいってみると、その昔、外村繁さんや中谷孝雄さんなどと、時折、顔を合わせていた浅沼喜実さんが、当の店の責任者であった。奇遇というほかはない。

それにしても、この店の御馳走は、素晴らしかった。

子持イカの筒切煮
蝶子蟹の天麩羅
飛魚の卵
バイ
アゴ竹輪

イガイとナスビのシギ煮
ナマガキ
アユずし
湖山池のエビ
ソバガキのトロロかけ

別して、ソバガキのトロロかけは、砂丘のソバ粉をねった団子にダシとトロロをかけて、ミジンの防風を刻み込んである。新作の料理に違いないが、私は感じ入った。

ナマガキは、夏泊《なつどまり》のあたりの天然ガキで、夏にも喰べられるように、蒼古の海ゴケをはやしていた。

御馳走は山のようだが、ぐずぐずはしていられない。そのまま、浦富《うらどめ》の海岸に急いでいった。

途中、フクベの砂丘ラッキョウをみつけたのは仕合せであった。真珠のように小さく輝く、ナマの花ラッキョウである。

南米の友人達へ、手土産のラッキョウを漬ける為に私は大量に買い入れた。

さて、網代から舟に乗り、浦富の奇勝を探訪したが、海のうねりは次第に高くなり、おまけに大雨さえ沛然《はいぜん》と降ってくる始末であった。

案内の人達は、お天気の日には紺碧の海で……などと残念がっていたけれども、冗談ではない。うねる海面ぜんたいに、巨大な真珠をばらまきつけるような素晴らしい景観を眼のあたりにして、浦富の雨の風情を満喫した。

観潮楼で、宿のオカミさんが、わざわざ摘み採ってきてくれたという、太い浜防風の酢味噌和えの香気と、すがすがしい味わいと一緒に、忘れられぬことである。

観潮楼では、「ボッカ（赤カサゴ）の煮付」や、「イカ団子」の天麩羅など、土地の人々の思いやりに感佩《かんぱい》した。

鳥取駅の「カニずし」の阿部さんから案内されて、湖山池から白兎海岸のあたり、面白おかしくドライブしたが、喜見山摩尼寺《きみさんまにじ》の門脇茶屋で、主人が手作りしてくれた山の料理は、殊更、淡竹《はちく》の竹ノ子の胡麻味噌和え等、あんなにうまいものはなかった。おかげで、鳥取の砂丘の落日を見るのが三十秒ばかり遅れ、同行のF君がシャッターをきろうとした時は、もう赤い落日は落ち尽したあとだった。

しかし、その落日の上にひろがるモヤモヤの雲の夕映えと、砂丘のうねりと、海の色は、終生、忘れられぬような心地がする。

夜店の毛蟹に太宰の面影を偲ぶ

札幌・函館

もう三十年の昔のことになる。

太宰治と、ここかしこ、喪家《そうか》の狗《いぬ》のように、酒と女の店をうろつき廻った揚句の果てに、新宿の夜店の通りを歩いていた。

おそらく、冬の夜であったろう。売り物のヨーヨーを投げては掬《すく》い上げている男……、バナナの叩き売り……等々。三越から高野に抜けるあたりの夜店の通りはゴッタ返していた。

私達のふところの中には、もうどこかの店に入り込んでいって酒を飲むような金はない。なんとなく自分達の生きていることそのものに、うんざりしていたような時間であった。

太宰は、何を思ったのか、その雑踏の夜店の前で立ち止まった。

「これを、一つ」

うずたかく積み上げられた蟹の山の間から、一匹の蟹を手摑みに選び取り、それを新聞紙にくるんで貰って、またさっさと歩き出した。

さて、一匹いくらであったか、もう私は覚えていない。

十銭か二十銭、せいぜい五十銭を越えてはいなかったであったろう。

「毛蟹だよ。檀君、喰えよ」

と、太宰はやがて、その蟹を、そのまま手でむしって、ムシャムシャと喰いはじめたから驚いた。立喰いをおそれたわけではない。手摑みにびっくりしたわけでもない。

その蟹の異形の姿に驚いたのである。

それまで、私が知っていた蟹は有明海の渡り蟹だ。または筑後川の支流で自分でも獲って喰べていた「山ガネ」だ。中国の江南一帯の地で「横行将軍」と呼んで賞味する鋏《はさみ》の脚に黒い毛が密生している沢の蟹で、あれをこそ私は「毛蟹」だと思い込んでいた。

が、太宰が路傍の夜店から買い取って喰べはじめた毛蟹は、まったく異形の様相を呈している。毛がするどくとがっている。ゆでてあるらしいが、赤くない。第一、桁違いに大きい。私の郷里のあたりでは、蟹に関してだけは極めて神経質で、生きているところをはっきり見届けてうで上げた蟹でなかったら、普通喰べないものだ。

それを太宰は、路傍の夜店から事もなげに買い取って、手摑みで、むしり裂きながら喰っている。私は驚嘆した。

勿論、私も太宰の蟹を半分貰い受けて歩きながら喰って、そのうまさにまたびっくりしたものだ。

これが、私が北海道の「毛蟹」にはじめて見参し、またはじめて賞味した歴史的な出来事である。

太宰は早くから、この毛蟹に馴染んでおり、この毛蟹を路傍で買って立喰いする流儀を、昔から身につけていたわけだ。

後日、函館や、長万部や、室蘭の町角で、この毛蟹さえ見つければ、まるでカタキにめぐり会ったように買い入れて、手摑みで立喰いをしながら歩くのは、この時以来、私の身についてしまった慣わしである。

しかし、何と云っても、北海道の毛蟹は、その全貌を手摑みにしながら、先ず甲羅をはいで中のミソを舐め、バリバリと齧り、しゃぶり、喰ってゆくのが一等うまい。

勿体ぶった皿の上に、分解して並べたて、酢だの生姜だの、ワサビだのをくっつけて喰うような、そう云う恰好を、この蟹そのものがどこにもしていない。

塩うがきだけで、実に充分な、実にうまい蟹である。

その毛蟹の立喰いでは、室蘭の銀行の横っちょで買って喰った蟹が一番うまかった。丁度時期のせいでもあったろう。

また、たしか森田たまさんと同行の列車で、長万部の車窓から買って喰った毛蟹も、おいしくて、ひろげた新聞の上いっぱいにひろがるその殻の堆積の有様を眺めながら、いかにも喰ったと云う幸福感を味わったものである。

北海道は、やっぱり、あの「毛蟹」と「トウモロコシ」と「ジャガ芋」と「アキアジ」の国だ。

晩夏の頃、札幌の何広場か……、あの広場の手前のビルの横にズラリと並んだ屋台から、トウモロコシを焼く匂いが漂ってくると、私など、ここで一本、あすこで一本と、まったく逆上したように、そのトウモロコシを漁り喰って、しみじみとした北海道の晩夏の情趣を満喫する慣わしだ。

ジャガ芋もまったく、北海道で喰べるとうまい。たしか札幌の「北のイリエ」で、春の穴出しのジャガ芋をオーブンで焼き上げ、すぐに喰べさせて貰ったが、あんなに仕合せな気持をみたしてくれる喰べ物はない。なにも天火で蒸焼きにしなくたって、バターを塗りつけなくたって、マーシュドしなくたって、うがいただけで、塩をつけるだけで結構だ。穴出しの、ジャガ芋の、コッテリと充実した甘味は、まんべんなく口腔いっぱいを塗りつぶしてしまう感じになる。

さて、パリで「アンディーブ」と呼ぶ白菜の芯のような紡錘状のほろ苦い野菜を喰べて、これを日本にも普及したいな、と思ったことがある。

そのままサラダに生食しても歯ぎれがよく、またバター煮にしてもそのほろにがさがスッキリしていて、肉類ときわめてよく調和する。

あいつを日本でも喰べたいなと思っていたところ、東京のあるデパートの食品部で、見つけ出した。たしか一本五十円見当であったろう。フランスやデンマークなどで見かけるものより、やや紡錘の形が乱れているように思われたけれども、私は大喜びで買って帰り、久しぶりにヨーロッパの味をなつかしんだものだ。

しかし、そのデパートには一、二度品が並んでいただけで、あとはもう見えなくなった。

残念だから私は、再三、売子に催促したところ、余り売れませんし、産地も北海道だから、と云う答えであった。

そこで、今度の北海道旅行の間中、函館でも、札幌でも、釧路でも、稚内でも、会う人ごとに「アンディーブ」を栽培しているところを、訊いて廻ったが、誰も知らぬ。

北海道大学の、館脇博士にも伺ったが御存知ない。なんとなしに、函館のトラピストあたりで栽培していそうに思って訊いてみたが、あそこはバターはやっているけれど、「アンディーブ」と云うのはやってないと云う答えであった。

私にしてみたら、及ばずながら、アンディーブ普及の為に、どんなことでもやってみたい意気込みでいたし、その栽培の場所を訪ねて、大籠一杯のアンディーブを土産に買い、誰彼に差し上げて評判を高めてみるつもりでいたのに、とうとうそのアンディーブの栽培の現場を見つけ出せなかったのは、残念であった。もしアンディーブが普及すれば、北海道の新食品として、日本中の人に喜ばれるに相違ない予感がする。

さて、「アキアジ」の鮭は、やっぱり、北海道をおいては考えられない。

凍りついた「ルイベ」の鮭を刺身にして、そのとけ加減の冷たさを頰ばる楽しさと云ったらない。

先ず札幌の「蝦夷御殿」からはじまって、到るところでルイベ攻めにあってしまったが、兎に角、東京の人間を見たら、ルイベを喰わせろ、とでも思い込んでしまっているのではないだろうか。

はなはだしいのは、鮭を刺身にして、電気冷蔵庫の冷凍の部に放り込み、「はい、ルイベ」の有様であった。

ルイベと云うのは、丁度スペインの「ハモン・セラノ」と同様の方法で作った保存食であるらしい。「ハモン・セラノ」は豚の前足を半分燻し、これをピレネー山脈の雪と寒気と光線にさらして作るのだが、あれを庖丁で大きく半月形に削ったものを喰べると、脂肪がよく凍《しば》れていて、ひきしまった肉の味が何とも云えぬほどうまい。

北海道のルイベも同様に鮭を氷雪の中にさらしたものだ。佐々木画伯から送って貰ったから、それを削り喰ってみたら、丁度、ハモン・セラノのような味がした。

「石狩鍋」もまた到るところで馳走になったが、味噌で味をつけた鮭と野菜のゴッタ鍋である。鮭が新しかったら、そのヒズとか、皮とか、どこもここもうまい道理なのである。

佐藤春夫先生が御存命の間は、毎年正月前に北海道の御令弟から(?)鮭の飯ずしが届けられ、新年の御挨拶にまかり出る私達は、いつも御馳走になる慣わしであった。赤い鮭の肉片や、「トトマメ(イクラ)」があざやかに白色のイイ(飯)の中に浮き上がって、あんなに色どりの美しい馴れずしも珍しい。

鮭はどうして喰べてもうまいものである。そのまま焙って焼いてよく、「マリネ」にひたしてよく、「ヒズ」の酢漬よく、「三平汁」にしておいしい。

古い塩ビキの頭を買ってきて、そのヒズをただうで上げるだけでうまいのだから、鮮度のいい塩鮭を野菜とカス汁に煮込めば、うまいにきまっているようなものだ。なにも、わざわざ「イクラ」「イクラ」と騒がなくたって、本体そのものが、充分にうまいのである。

さて、北海道でおいしいのは、漬物だ。キャベツがおいしいせいか、キャベツやセロリーや、人参や、大根や、シソの実など、一緒にザクザクと一夜漬にしたものが、ほんとうにうまい。

全体の野菜の組合せがちょっとハイカラで、ひょっとしたらクラーク博士あたりとの接触から、アメリカのサラダ「コールスロー」流の漬物が発達したのじゃないかなどと思うことさえある。

私もよく思い立って、北海道流の一夜漬を作ってみるが、キャベツの歯切れが悪く、どうしても函館や室蘭の宿で喰べたような漬物が出来にくい。

もう一つ、函館の友人のお母さんが、例年自分で作って私に送ってくれていた「ニシン漬」の味が忘れられない。

その老夫人は一昨年他界して、その方法をおぼろげに聞き齧っただけだが、何でも、身欠き鰊を灰のアク汁に二、三日漬けると云っていた。

あとは大根に麴をまぜ、一緒に鰊を漬け込むのだろう。ただ、北海道の気象でないと、すぐに酸敗し、ふやけた味になってしまう。

やっぱり氷雪の中に生れた、特殊な漬物で、あれを東京でやってみようと思っても、よほど大きな電気冷蔵庫でもなかったら無理である。

うまく出来上がった「ニシン漬」は、大根やキャベツが飴色の一歩手前のすき透るような色を呈し、鰊の味が交々《こもごも》しみ通って、その歯ごたえと、うまみとは、どんなにほめてもほめきれるものではない。

丁度、朝鮮のキムチのように、鰊のアンチョビーが大根、キャベツに滲み入るものなのだろう。

鰊と云えば、その昔、小樽の海陽亭で、大層うまい身欠き鰊の飴炊《あめだき》を喰べたことがある。生姜で長時間煮しめたのか、それとも煮付ける前に、特殊のアク抜きをでもやったのか、その鰊をサカナに酒を飲みながら、周りの海の眺望を眺め廻した一瞬のことを、奇妙にはっきりと覚えている。

その海陽亭のオヤジさんとオカミさんが、札幌に店を出していると聞いて、出かけていってみたが、なるほど、その昔、お酌をしてくれた、当のオカミさんの横顔にはっきりとした見覚えがあった。

さすがに、この「ルイベ」は素晴らしく、そのルイベの横に、奇妙な刺身のツマがあると思ったら、カボチャの漬物の千切りであった。

ロシア人（などと云うと大ゲサだが）、私が長春の寛城子で同居していたロシア人は、カボチャを酸っぱくロシア漬にしてそれをよく私にくれたものだ。

日本でも稀にカボチャを糠味噌に漬けるところもあるが、これを千切りにして、刺身のツマは面白かった。

小樽の海陽亭のような高級料理店とは違うが、札幌に三川屋と云う気楽な一杯飲屋がある。お通しには豆腐の煮付、料理を註文すると、昔ながらのカルタのような木札を配るのには、おそれ入った。

身欠き鰊あり、アマエビあり、鰊のイズシあり、三平汁あり、云わば、何でも食堂だが、私は三川屋のような店に入り込み、周りの人々の飲食の姿を眺めやりながら、その喧騒に埋もれるようにして、酒を飲んでいるのが大層好きだ。

さて、北海道は羊の産地だから、ここいらで成吉思汗鍋のことを書いて置かねば叱られるだろう。

私は、札幌では、グランド・ホテルの屋上の精養軒で喰った。

成吉思汗鍋と云うのは、先ずまあ、ロシアのシャシュリークか、中国の「烤羊肉」を、日本流のあの特殊な鍋を製造して、日本調に変えたバーベキューだろう。

私は蒙古や、新疆《しんきょう》省のあたりもうろついたし、ソビエトもエレバンのあたりまで出かけていったから、羊肉の喰べ方に関してなら、先ずまあ、権威と云うことが出来る。

思うに、シルクロードの起点から終点まで、羊肉をほとんど同じ焼き方で、またほとんど同じ香草をつけ合わせて喰べている。

烤羊肉は、中国人がそれを料亭の座敷料理に持ち込んだから、先ず細長い炉を造り、そこにロストルをさし渡して、羊の肉を焼く。

しかし、原始の料理の趣を残して、炉の火は薪をボンボンと、煙を上げて燃やすのである。

さて、肉を焙って、酢醤油につけ、薬味はクルミだの、胡麻だの、トンガラシだの、さまざま油にといて皿に並べたてているが、この時に絶対欠かさないのは、「芫荽」だ。「香菜」と云っている。その香菜を刻んでまぶすのである。

さて、この香菜はウィグル族でも、カサックでも、羊の肉を喰べる時には、必ず使っており、ロシアでは「ペトルーシカ」と云っている。

私はエレバンのセバン湖畔で、「シャシュリーク」を馳走になったが、大きな剣に突き刺して炭火で焼いて喰べる羊肉にも、このペトルーシカ（つまり香菜）は絶対欠かさない。いや、ペトルーシカと、「ウクロープ（ディル）」と、「ラハーン（メボウキ）」を根っ子のところから摘み採って、それをむしゃむしゃ齧りながら、焼いた羊肉の薬味にして喰べるのである。

つまり、シルクロードの発端から、末端まで、羊を喰べる時には、このペトルーシカを、必ず薬味にして添えるのであって、この香菜ほど羊の肉の味わいを助ける香料はない。

残念ながら、ドイツまで行ってしまうと、高級料亭は知らないが、ドイツの立喰屋は、シャシュリークにこの香料を用いない。

同じく、また日本も、成吉思汗鍋だとか、「義経鍋」だとか、羊の肉を喰べることは、かなり普及したけれども、肝腎の香菜を薬味にすることを忘れている。いや知らないようだ。

私が長々と書いたのは、この香菜を用いて、羊を喰えと云いたいばっかりだ。折角、北海道が日本の羊肉の本場なら、せめて、成吉思汗鍋を売り物にしている店くらいは、中国から香菜の種子を取るか、ソビエトから「ペトルーシカ」の種子を取り寄せて、発芽させ、成長させ、羊の焼肉に添えるがいい。

羊のうまさが、格段ひき立つのである。ニンニクと葱だけでは、羊肉の薬味にはもの足りない。

脱線がつづいたが、話をもとに戻すとして、函館近傍の「イカの飯づめ」は、楽しい庶民の喰べ物である。

鳥取界隈でもイカのイイがつまったものをよく煮込んで、「イカの筒切り」を喰べさせるし、下関から瀬戸内海にかけて、「イイダコ」の煮付がおいしいが、函館界隈の「イカの飯づくり」は、中にモチゴメを入れて、煮ふくらせしてある。

モチゴメがふくれるから、イカの皮はパンパンにふくらんでいて、米とイカは交々味がまじり合い、楽しい喰べ物の一つである。

函館や森で、駅弁として売りに出しているから、汽車に乗ったら、先ず、森で「イカメシ」を買い、長万部で「毛蟹」を買っていけば、喰べ終る前に小樽や札幌に着くだろう。

私は札幌に着く度に、真っ先に出かけてゆくところは、二条市場なのである。

二条市場の盛況を見て歩くのは、まことに、楽しい。例えば新潟の市場とか、鳥取の市場とか、二条市場は、裏日本の市場と並べられてある魚介類がいくらか似通っているけれども、また、北海道の濃厚な郷土色はかくせない。

シャケ・マス
毛蟹
タラバ蟹
身欠き鰊
ホッキ貝
魚のホッケ
メンメン
ツブ
ソイ
ボタンエビ

等、何遍見廻っても見飽きないほどだ。

いつだったか、私は大きな舞タケを見つけて買い、見事な真ゾイを買い、友人のT君が札幌の町はずれにサイロを改装して住んでいるので、そこへ運搬して、盛大なチリ鍋をやらかしてみたが、真ゾイのチリはうまかった。

ダシの昆布もいいのだろう。

それに味をしめて、今度も二条市場で頃合いの真ゾイを一匹買い、T君にあずけて、あっちこっちバーを梯子して飲んで廻ったのが悪かった。

肝腎のそのソイを、T君はスッポリと袋の中から落してしまっていた。

奥さんに電話をかけておいたから、鍋はグラグラ煮立っている。コブのダシはとってある。野菜は青々と切られてある。

当のソイがどこに泳ぎ逃げてしまったものか、タクシー会社にも二、三軒あたってみたが、とうとう行方がわからなかった。

T君の奥さんは大いに気を揉んで、夜ふけだと云うのに魚屋を叩き起し、ソイを探して廻ってくれたらしいが、ソイはなく、奥さんはすごすご身欠き鰊と、ナンバエビを抱えて帰ってきた。

「これで、我慢をして下さいね」

と奥さんは云ったが、私は大むくれ。

鰊の焼き立てを生姜醤油で喰べたのはまったくおいしく、ナンバエビは、とろけるほどの甘さだったけれど、

「オレをどうしてくれるんだ？」

凄み凄み、大酒を喰らったのは、まったくもってなっていない。

野菜のひとかけらにも千年の重み　京都

「石川五右衛門」を書いていた頃のことだから、もう十四、五年も昔のことになるだろう。梅雨明けの頃から、麻の背広を一着、着用に及び、フラリと京大阪に出かけていったまま、とうとうその年が暮れ終るまで、東京に帰らなかった。

暑くなれば、アロハシャツだけでよかったが、京の秋が深まるにつれて、ジャンパーを買っても凌ぎきれず、とうとう東映の岡田（現東映社長）さんからオーバーを借り受けて、氷雨の醍醐あたりをうろついた揚句、ようやく東京に帰りついたのは、元日の朝であった。

宿は転々。時に、「柊屋」や「炭屋」、それから嵐山の「長谷川」などを泊り歩いたが、そのうち、大仏殿のすぐ間近いあたり、「むら井」というシモタ屋風の家に住み込んで、ここを塒《ねぐら》にきめてしまった。

簡便安直。何も、御大層な宿屋などに泊るがものはないのである。

京都は仕出《しだし》屋が実によく発達していて、スキ焼と云えばスキ焼、鯛チリと云えば鯛チリ、半月弁当と云えば半月弁当、好みのままのおツクリから鍋物に至るまで、飛脚さんが運んできてくれて、どんなシモタ屋に居坐っていようが、「菱岩」級の料理を堪能することが出来る。

　つまり、酒の燗をつけて貰うだけで、水タキからチリに至るまで、見事な材料が器に盛られて、卓上まで運び込まれるわけである。

「京都の着倒れ、大阪の喰い倒れ」と云うそうだが、土地の人はつましい暮らしをして、香の物かなんかを齧っているつもりかもしれないが、その香の物や、豆腐一片に至るまで、さすがは永年にわたる日本のミヤコ、京都はその色、形、味わい、やっぱり日本中で群を抜いている。

　大げさに云ってしまえば、よその町は、せいぜい、ただの栄養料理とでも云うものだろう。京都に至ってはじめて、その市民らが食品に対して、永年の好みを持ちつづけ、野菜のひとかけらに至るまで、はっきりとした選択を行いつづけていた、と云えるような気持がする。

　こころみに、錦市場を一巡して見給え。

　私がいくら福岡の渡辺通一丁目の市場を贔屓だからと云ったたって、また、いくら鳥取の市場の魚介類を見事だと思ったたって、または新潟の本町通、札幌の二条市場、そこらに積み上げられ、並べ立てられた魚や野菜類の愉快さをわめいてみたって、京都の錦市場に並べられている京人参、加茂茄子、子芋、ズイキ、人参の若葉、百合根、クワイ、ゼンマイ、貝割、日野菜等、いや、コンニャク、ハモの皮、葛きり、湯葉、ナマ湯葉、ヒロウス、カワクジラに至るまで、いやいや、モロコ、ゴリ、シジミ、鮎、シャケ、鯛等、くさぐさの魚介類までが、京都の姿と、色と、味わいによって、きびしく選び、ふるわれている感じであり、東京の、そこここの市場の店頭に、何の好みも愛着もなく打ち棄てられたような、コンニャクだの、サツマ揚げだの、十円豆腐だの、べらべらのゼンマイだの、眺めやるだけでうんざりする。

まったくの話、京都は豆腐がうまい。

「嵯峨豆腐」と云ったら、もうあんまり有名になり過ぎてしまったが、おそらく、「森嘉《もりか》」の嵯峨豆腐は、日本を代表する数少ない食品の一つであることに間違いない。

その豆腐で作った「ヒロウス（ヒリョウズ）」は、勿論のこと、東京のガンモドキだが、東京のガンモドキの粗雑で、いいから加減なものとは桁違い、キクラゲの歯ざわり、銀杏や百合の根のねばっこい口あたり、「オの実」のぱりぱり、製品に対するよほどの愛着がなかったら、ああいう結構な喰べ物は維持出来ない。と云うより、「森嘉」の豆腐やヒロウスを愛好し、選び、育てていった、京都市民の洗練された味覚をほめるべきかもわからない。

京都からのヒロウスの土産は、いつ貰っても嬉しいが、「森嘉」の店先で、その豆腐を味わうことは出来ないと思っていたところ、天竜寺の境内に、「西山艸堂」と云う豆腐の料亭が出来たらしい。「森嘉」の豆腐を喰わせるそうで、早速押しかけていってみたが、やっぱり湯豆腐は、とろけるほどにうまかった。

もっとも、やたらに京風を誇示する湯葉揚げだの、山芋天麩羅だの、高野豆腐の天麩羅だの、クワイ揚げだの、続けて追討をかけられると、一、二度は有難いが、そうそうつき合いは致し兼ねるような殺伐な気持になってくるのは、私が野蛮人である証拠かもしれぬ。

湯豆腐と云えば、「五右衛門」執筆の頃に、時たま、南禅寺の「奥丹」に出かけていって喰べた湯豆腐の味も、なつかしい。

やっぱり、その安直さと気楽さが、愉快なのである。

その昔……、と云っても、私が大学生の頃だから、もう三十年近い大昔の話だが、柳川への帰郷の都度、いや、柳川から上京の都度、きまって京都に途中下車をしたものだ。

さて、その京都のどこに行ったのかと云えば、まっすぐ祇園か、島原に出かけていって、意味もなく、一泊してしまうのがオチであった。

或いは、京都子女（はたして、祇園や島原の女達が、京都子女であったかどうかは疑わしいが……）の客扱いのうまさに、引きずられていたのかもわからない。

ところで、祇園の妓楼から朝帰りのたびに、きっと云ってよいほど、「一力」の筋向いのあたりにあった、「十二段家」に入り込んでいったものだ。

茶漬を喰うのである。

九州の蛮地から京へ上って来た学生にとって、この「十二段家」の色とりどりの漬物や塩コンブは、眼の覚めるようにみやびな食品に思われたものである。

その値段が、はたして、いくらであったのか、もう記憶も何もないが、九州の貧乏学生が、ちょっと腰かけて気楽に喰べられる、手頃な値段であったことは、たしかだろう。

そう云えば、その頃、円山公園や八瀬で喰った芋ボウにしたって、学生がちょっと腰をかけて喰べる、云わば、ラーメン級の値段であった筈だ。

棒ダラが高くなったのか、それとも、学生や庶民達のふところ具合が一段低下して、ギョウザや、ホルモン焼に移行してしまったものか、久しぶりに「平野屋」に立ち寄ってみたが、喰べている人達は、もう昔の気楽な人種達とは事かわってしまったようである。

この春であったか、稚内の海岸に櫓を組んで乾し上げてある真ダラの行列を見て、私は二、三本買い入れ、リュックに納まりきらぬのを抱えて帰ったが、たしかあの時、一本二、三百円だったような記憶がある。

こころみに、東京のデパートで調べてみたら、一本千円近い値段であった。

面白いのは、当の稚内の漁場で、

「こんなタラ、買っていって、どうやって喰うんです？」

と質問されたことだ。いや、もう日本全国、棒ダラの煮方なぞ、余り知っている家庭は少なかろう。

私達の幼年の日には、一週間に一、二度は、うちの祖母が、夜鍋に木槌で棒ダラをとんとん叩き、そのタラをほとびらせて、トウガンやジャガ芋や玉葱などを、トロトロ煮込んだものだ。

その煮込みに生姜をすりおろし、片栗粉でトロ味をつけて、まったくの話、私達の日常の食品の中に、不可欠のものであった。

京都の芋ボウは、絶滅しかかった庶民のなつかしい喰べ物の一つであるが、その昔より、幾分甘くなり過ぎたキライはなかろうか。

私はエビ芋の甘さだけで、格別に砂糖を濫用する必要はない、と信じている。

さっきも書いたが、京都で嬉しいのは、仕出屋が発達していることだ。

例えば、「菱岩」や、「いづう」や、「河しげ」の半月弁当等。それを抱えて、あとは一瓢の酒。高雄の神護寺に出かけたり、嵯峨の二尊院に出かけたり、大原の寂光院を訪ねたり、醍醐の醍醐寺を訪ねたり、石川丈山の詩仙堂を訪ねたり、京都は物見遊山の、その言葉がぴったり似つかわしい行楽が出来る町である。

「いづう」と云えば、京都を通過するたびに、「いづう」や「寿し政」の鯖ずしを、東映の玉木潤一郎さんや、亡くなったマキノ光男さん達から差入れされて、殊更、鯖が好物の私は感佩《かんぱい》したものだが、まったく、京都の鯖ずしはうまい。

鯖ずしの原料の鯖は、日本海の鯖がよく身がしまっておいしいらしく、私は先日、はじめて「いづう」の料理場の中に図々しく押し入って、シメられている鯖の模様を一見した。

さて、鯖の姿ずしを三本買い、それを後生大事に抱きしめて、折からテレビ映画の打合せの約束があったから、松竹テレビの佐々木君の所まで出かけていってみたところ、当の佐々木君が「いづう」の息子だと聞いて、あいた口がふさがらなかった。バカバカしいではないか。

「そんなら、原作料の一部として、鯖ずしの二、三十本も持ってきてくれよ」

とヤケクソで凄んだことである。

京阪神の人達は、格別、鯖のシメ方がうまいようだ。いつだったか、五味康祐君の所でシメサバを馳走になり、それが余りおいしかったから、

「今度、鯖をシメたら、オレん所にも、運んできて下さいよ」

と歎願しておいたところ、五味君の奥さんが、

「鯖をシメましたから、持って参りました」

と律気に約束を守って、運んできてくれた。まことに見事なシメサバであった。その折、

「これを、かけて下さいね」

と壜入りの二杯酢のようなものを、一緒に添えてくれたが、つまるところ、シメサバのカケ汁だ。

仔細に見ると、上質のコンブを一本、そのカケ汁の中に浸し込んである。

なるほど、そのカケ汁をかけてみると、シマッた鯖に、トロリとした甘味が加わった。すしで思いだしたから、このあたりで書き添えるけれども、京都はその背後地がいい。海から離れてはいるが、すぐうしろが琵琶湖である。瀬戸内海だって遠くはないし、日本海だって、それほどの距離とは云えぬ。なによりも、古代からミヤコとしてつながる道があり、各地の喰べ物への馴染が深いのである。

例えば、松江の板ワカメだって、京都には相当な量が流入しているようで、この間、久しぶりに保田与重郎君の家に立ち寄ってみたら、上質の板ワカメを取り出してはパリパリ齧り、

取り出してはパリパリ齧っている有様だ。

また、例えば、「ゴリ」でも、「モロコ」でも、「ヒガイ」でも、京都人の凝り性が喜び、選んだだけではないだろう。

背後地の多彩な食品の変化を、自家薬籠中のものにしてしまったわけである。

その昔、ミヤコに乱入してきた義仲が笑われたが、おそらく、その「ブエンのヒラタケ」だって、一度は京都人の味覚を通過したわけだ。

私が大仏殿間近い「むら井」にタムロしていた頃、飛脚さんがよく、大津の鮒ずしを運んできてくれた。やっぱり、馴れずしの最も優秀なものの一つに相違なく、あれに針生姜とサラシ葱と、醬油を垂らし、お茶でスマシ汁を作ると、なんとも云えない香気があって、あんなに結構なお吸物はない。

京都に深入りすると、本来の人間の精気が喰い荒らされそうで、私は「辻留」だの、「瓢亭」だの、なるべく行かぬことにしているが、それでもやっぱり「大市」のスッポンなぞ、喰べるたびに感歎する。

「畜生、人間の喰い意地は、とうとうここまで来やがったか」

と仕合せだか、おそれだか知らないが、奇妙な戦慄を感じることがある。

柳川に、今でもスッポン獲りの名手がいるが、残念なことに、柳川でうまいスッポンなど、喰べたタメシがない。

つい去年、ソビエトに行った時に、ロシア汽船の船中の話だが、「この船で、日本に向け、三杯の大籠につめ合わせた亀を送ったことがある。あれは何にするものだ?」

と訊かれたことがある。おそらく、スッポンに相違ないだろうから、私はソビエトの行く先々で、スッポンの獲れそうな場所を訊いてみたが、とうとうわからずじまいであった。

おかげで、ソビエトのスッポンの手料理は実現出来なかったが、亀を三杯輸出したという話だから、どこかの地域にウジャウジャ、棲息しているのかもわからない。

その輸入業者になって一財産作ってみようか、と笑ったことである。

日本のスッポン料理が、余りに高価に過ぎるからだ。

そう云えば、アメリカのキイウェストで、イケスの中に巨大な海亀を、何百となく囲っている所があった。

海亀のスープの缶詰を製造している会社らしく、こころみにそのスープを啜ってみたが、やっぱり「大市」のスッポン鍋の味わいには及びもつかなかった。

京都は漬物がいい。

「スグキ」もよろしく、菜の花漬もよろしく、日野菜漬もよく、千枚漬よく、柴漬もまたよろしい。

私にしてみたら、柳川のタカナ漬の方が重厚な厚味があり、泥臭い生気に充ち溢れているように思えるし、広島の人だったら、ヒロシマ菜の漬物の方が百層倍も水々しく思えるだろうし、秋田の人だったら、秋田の「ガッコ」が最上であり、京風の漬物は、フリも、歯ごたえも物足るまいし、北海道の人だったら、ニシン漬と云いたいところだろう。

しかし、その姿、その香気、その色どり、やっぱり京の漬物は、ミヤコの漬物だけのことはある。

先日も、寂光院の周りの茶店で、香気と色の紫に滲みとおった柴漬を喰べてみたが、京都周辺の紅葉が美しいばかりではなく、野菜、竹ノ子、松茸の香気は、格別のような心地がする。

竹ノ子と云えば、京都の竹ノ子に匹敵出来るものは、わずかに、九州の久留米周辺の山地に生える、竹ノ子ぐらいではなかろうか。

東京の孟宗の竹ノ子を喰べるくらいなら、味もそっけもない淡竹の竹ノ子の歯ざわりだけを楽しむ方が、よっぽどいい。

こないだ、木屋町三条の「松寿し」の前で、Bさんの奥さんが、

「ここのすしは、おいしいですよ」

と立ち止ったが、当日は超満腹で、立ち寄る気がしない。

あとでこっそり、喰べに出かけてみたら、聖護院大根を千枚漬にした、その千枚漬で若狭の小鯛を巻き上げたものだった。

うまいのが、当り前だ。どっちの材料だってうまいのだぞ、と憎まれ口をきいてみたくもなったけれど、この取合せは気が利いている。

総じて京阪神の喰べ物は、コンブの味とヌメリが存分に滲み込ませてあって、ユズや、シソや、木ノ芽の香が、東京よりは鋭敏にあしらわれているように感じられる。

例えば、人参の若芽のおヒタシなど、東京人は誰も喜ばないであろう。また、例えば、摘菜の貝割なぞ、京都人の手にかかると、なんとなくもっともらしい食品になるから、不思議である。

私は錦市場に出かけていって、魚ソウメンと、葛キリと、モロコの汐吹煮と、ゴリの飴炊と、カワクジラと、大ぶりの新生姜とを買い込んだが、新生姜は梅干しの中に漬け合わせる紅生姜用だ。

カワクジラは東京のサラシクジラだが、東京のサラシクジラは、さらされすぎている。京都の物は、こってりとした鯨脂のうま味が残っており、それに、黒っ皮の耳が残されてあって、やっぱり、鯨の喰べ方に対する京阪神の人々の、格段の愛着と執念が感じられるわけだ。

例えば、鯨鍋だが、東京の人は見向きもしないけれども、水菜（京菜）と炊き合わせる妙味を知っているのも、関西の人々に限る。

芋ボウは、棒ダラと芋と炊き合わせたものであるが、それと並んで、北海道の身欠き鰊を巧みにソバに抱き合わせたのが、「松葉」の鰊ソバである。

鰊のアク抜きにコツがあるのか、それとも、炊きしめたその軟かさがうまいのか、身欠き鰊の姿のまま、カケソバのツユの中に投げ込まれているだけであるが、その鰊が、青い葱の薬味と、ソバと、こもごも響き合うようで、たしかに、「松葉」の鰊ソバはうまい。

安堵のおける、庶民の食品だからである。

ソバで思いだしたけれど、祇園切通の四条を上った所に、大きな赤提灯を吊した「権兵衛」があって、その釜揚ウドンがうまい。

白く濁ったウデ汁の中からウドンを引き揚げ、ツユに浸して喰べるだけだが、オロシ生姜と、薄い青葱の薬味が、たまらなくよく調和する。

さらっとした、ツユのダシ加減のせいかもわからない。或いは、関西特有の淡口醬油の味わいの、腰の強さのせいかもわからない。

私は群馬界隈で喰べる「葱南蛮」が、ドップリとした下仁田葱の厚味と、ソバとまじり合うウマ味をも愛するが、また関西の青葱の、その薄手の歯ざわりが白いウドンとからまり合う味わいも、大好きだ。

また、京都に早く着き過ぎた朝なぞ、「河道屋」に入り込んでいって、ソバをサカナに飲む朝の酒の閑寂さが、またたまらなくよい。酒をいとおしみ、くさぐさの喰べ物をいとおしみ、オノレの生をいとおしんでも、いずれは須臾《しゆゆ》のうちに、化野《あだしの》原の無縁仏よりもはかない塵埃に帰するだろう。

誰とても留るべきかは化野の
草の葉毎にすがる白露　（西行）

攻撃をさばいて喰べるワンコソバ　津軽・南部

津軽は太宰治その人と一緒に、なつかしい所である。

太宰の書いた名作「津軽」は、狭い一地域の土俗と風物を活写して、何よりも美しい津軽への道しるべになるだろう。

私が津軽人の飲食に馴れたのは、まったく太宰治の手引によってであった。

時たま、彼の家へ出かけていくと、郷里のお母さんからこっそりと密送された（と云うのは、太宰が勘当の身であったから）さまざまの漬物類があった。

例えば、ほとんど透明になってしまったかと思われるばかりの、青くて、細い、胡瓜の漬物。かと思うと、紫紺の、ほとんど結晶したかと思われるばかりに見事な小茄子の漬物。

大まかで、はなはだ寛闊な東北人の、喰べ物に対する嗜好が、また、時に驚くほどの繊細な神経を見せるのである。

私が「ハタハタ」という異形の魚の味に馴染んだのも、彼の家に送られてくるハタハタを、彼の流儀にむしり喰らってからのことである。

まったく、太宰は、すさまじい喰い方の手ほどきをして見せた。

ハタハタを山のように焼かせ、これを手摑み、指先でむしり喰らう。たちまちのうちに、皿一杯の骨を残してしまう有様だ。

さて、今考えてみると、ハタハタは小包で送られてきていたわけではあるまい。おそらく、親類縁者の誰かが、上京の際に、津島家乃至はその縁者からことづかってきたものであったろう。

私が馳走になったのも、一、二度の事ではなかったから、冬の候になると、かなり頻繁に送られてきていたに相違ない。

多分、鰺ヶ沢か、小泊あたりに陸揚げされたハタハタであったろう。

鰺ヶ沢と云えば、太宰はしばらく鰺ヶ沢出身のY子と云う娼婦に馴染んでいて、太宰とY子が、ハタハタや、タラの話になると、際限がなかった。

折から、太宰は前の自殺行の前後であり、鰺ヶ沢と聞けば、一種、名状しがたい、陰惨な海辺を想像していたが、先年、鰺ヶ沢に遊び、砂丘の蔭に、ほとんど憩っているような、安らかな、小さな町を見て、ひどくなつかしい心地がした。

太宰やY子を思いだしながら、タラチリを所望して、一軒の温泉宿で飲んだことである。

さて、去年の春だったか、弘前の鉄道線路に近いノレン街（と云うより、半屋台のような汚い飲屋街だが）で、ボンボン燃える石油ストーブにあたりながら、飲んだ地酒の暖かさが忘れられない。

相客達は大抵、身欠き鰊を長いまま、焙りもせずに、味噌をからませてサカナにしているから、驚いた。

大まかで、放胆な、津軽人の磊落《らいらく》さである。

私も負けてはいられないから、その身欠き鰊を所望して、酒のサカナにしたが、なるほど、うまい。

うまいばかりじゃない。爽快な気持になってくる。

「人生カクノ如ク我在リ」とでも云った楽しさで、ついでに喰ったヤリイカの鉄砲焼も、うまかった。

もっとも、ヤリイカの鉄砲焼なら、弘前なんかで喰べないで、下北半島や、津軽半島の海浜部に行った方がよいだろう。

一昨年の夏だったか、ひとつ、太宰のユカリの地を全周してやれと思って、浅虫からはじまって青森、蟹田、三厩《みうまや》、竜飛《たつぴ》崎、小泊、十三湖、金木、五所川原、弘前と抜けていったことがあるが、ウニやホヤの総攻撃にあったようなものである。

浅虫のナマウニは結構だったが、帆立貝の貝焼で、ウニを山のように差し出されたのは、勿体なくて、多すぎて、おそれ入った。

ホヤは、磯の香でむせ返るような食品であり、少しばかり身贔屓をさせて貰うならば、有明海の「ワケ」と、東西珍味の両横綱と云ってよいかもわからない。

ただし、ワケの方は、やっぱり、高級の食膳には供したくないような気がするから、やっぱりホヤの方に軍配が挙がるかもしれぬ。

佐藤春夫先生は、竜飛間近い、三厩のホヤが格別美味だ、と云っておられるが、なるほど、太宰ユカリの竜飛の旅館で喰べたホヤはおいしかった。

ちなみに云うが、「ホヤを喰べると、その味が口からはいって、スーッと後頭部に抜けていく」と云うそうだ。また、ホヤに胡瓜はつきもので、「胡瓜なしにはホヤは喰べるな」と云っているらしい。

津軽に出かける度に、私は太宰治の旧友、蟹田の中村貞次郎さんの御馳走になってしまうことになる。

いつだったか、

「蟹田に来たからには、蟹を鱈腹喰わして下さいよ」

と無理を云ったら、

「丁度、今、ない時でね。今度、見える時には、きっと用意するからさ」

と、困りきったような、悲しい顔であったが、その次出かけていった時は、もう決死の覚悟で集めていただいたのだろう。海の蟹はなくて、沢の毛蟹（中国の蕪湖あたりの蟹と同じもの。九州では山蟹と云っている）を山のようにうで上げて、観瀾山の太宰の文学碑の前で、馳走になり、恐縮した。

私一人だけなら、まだしもである。九州から同行した悪友、四、五人、飲んだり、喰ったりの大騒ぎで、それでも、地下から太宰を呼び戻したような愉快さであった。

蟹田から中村さんも一緒になって、案内して貰った、鷹ノ岬のあたりの美しさが忘れられない。

断崖の荒芝の間に、浜ナスの群生が、そろそろ終りの花の色を見せていた。

私はまた、中村さんに貝焼《けやき》用の帆立貝の貝殻をねだったり、まったく、なっていない。

しかし、ショッツルもあの貝鍋でやるとおいしいが、ニラ玉なぞ、貝焼で焼き上げると、格別だ。

土地の人は、貝のダシが出る、と云うのだそうである。

今年もまた、五月の三日、金木町に太宰治の文学碑が出来るので、その除幕式に出かけていった。

丁度、桜の真っ盛りの筈だということで、弘前の花見も兼ねて出向いたが、例年にない寒さで、金木の芦野公園は花一輪開いておらず、雪さえ降りだす始末であった。

しかし、ようやく除幕になり、震えながら見上げた太宰文学の碑は、阿部合成君の丹精の甲斐があって、大層立派であった。

その周囲に花を生けるという趣向は、伊馬春部さんが考えついたものだけれども、随分と気が利いている。

勿論のこと、堂々たる新名所になるだろう。

私など、何もしなかったが、あとでお礼にと云って、金木の役場から、大量に缶詰のリンゴジュースを送って貰った。

子供達が大喜びで飲んでいるから、私はうまくもないもんだと思いながらも、朝の酔醒ましに、一缶、二缶と飲んでいるうちに、どうも中毒になった塩梅で、朝はリンゴジュースを飲まないと眼が覚めない。あわてて、子供達の乱飲を禁止して、こっそり自分だけで飲む始末になったのは、笑止の沙汰であった。

さて、金木の帰りに弘前に廻ってみると、弘前は金木よりいくぶん暖いのか、城の桜が二、三分咲きというところであった。

その昔、八戸の人から、「ズブシ」というものを送って貰ったことがある。何の子だろうと思って、おっかなびっくり喰べてみたところが、ホウキ草の実であった。

草野心平さんは、味噌漬の大根などを小さく刻んで喰べるとうまい、と云っていたが、イクラと一緒に和えて、レモンを垂らしてもうまい。

秋田では、「トンブリ」と云っているそうだ。

「ブリコ」と好一対の、珍しい喰べ物である。

ブリコはハタハタの子が波にうたれて、渚に漂い寄ってきたものらしい。だから、秋田から青森にかけて、日本海側の人々になつかしい珍味だけれども、よほど強靱な歯がなくては、そのツブツブを完全に嚙み潰すことがむずかしいだろう。

弘前で思い出したが、「鍵の花」と云う飲屋は、まったくなつかしい店だ。「鍵の花」とは、「自在鈎」のことを云う言葉らしいけれども、その「鍵の花」で喰べさせて貰った、「マガリ筍と身欠き鰊の煮ふくめ」など、忘れられない津軽の味である。

八戸はもう南部に入るのだろうが、八戸から鮫を抜けて種差まで出ると、北国の太平洋岸には珍しい、艶に、優雅な海辺である。

少しばかり規模は小さいが、その岩と云わず、あたりを包む森や丘陵と云わず、丁度、人間の規模にピッタリの心地さえする。

さて、蕪島《かぶしま》の海猫の啼き声をすぐ間近にした石田家は、八戸界隈のうまいものを喰べさせてくれるのに、行き届いた親切さを持ち合わせた宿屋である。

主人が詩人だからだろう。

例えば、「南部のイチゴ煮」など、ウニとアワビに熱湯をそそぎかけただけのお吸物だろうが、野イチゴの熟れる時期が丁度ウニのシュンで、合わせてその色が似ているから、名づけたものかもしれぬ。勿論、鮫のあたりも、ホヤはふんだんに喰べさせられる。

また、南部のワカメの根のあたりをこまかに千切りにして、熱湯をくぐらせ、酢醤油で喰べる「メカブ」もさっぱりしておいしいが、このメカブを山芋のトロロのように擂鉢ですって、味噌汁やダシ汁でのばした「メカブトロロ」も、なつかしい喰べ物だ。

石田家で特に作るのか、それとも鮫一帯の特産品か知らないが、ウニの佃煮は珍しく、乙なものであった。

秋は菊の季節だが、その黄色い花弁をつなぎ合わせて、蒸して、乾した「菊ノリ」は、デパートでどこでも売っているけれども、八戸界隈が上質の特産地と聞いた。

また、春の二、三月頃に、赤葉ギンナン草をウルチと一緒につき合わせて、カキ餅にした、「赤ハタモチ」を喰べる頃になると、もう春が近いと心が浮きたつそうである。

盛岡はいつ行っても、どっしりと沈着な町である。

駅を降りると間もなく中津川であり、その中津川が雫石川と合流して北上川になるが、川の多い町は、それだけでもゆたかな感じがする。

さて、盛岡の人は、朝、豆腐にマツモ（松藻）を散らした味噌汁がないと、夜が明けないらしい。

私は盛岡出身の鈴木貫甫さんから、そのマツモを分けていただいて、豆腐の味噌汁の中に散らしてみたが、なるほど、豆腐にうまく調和するものは珍しい。

ワカメだって結構だけれども、マツモは繊細な金魚藻のような細さで、歯ざわりといい、姿といい、まったく、豆腐のフワフワを引き立てるのに恰好の海藻である。

今日まで私が知らなかったのだから、少なくとも九州にないことは確実のようだが、北国の海辺の特産品かもしれぬ。

また、盛岡の人達は納豆汁を愛好するらしいが、納豆を潰すのに大根を用いる話を聞いて、その土地土地の食品に対する智恵の細かさに驚いたことである。

鈴木さんの話では、「ヨセドウフ」と云って、ニガリを入れる前の豆腐のフワフワを買ってきて、これに生姜と醬油を加え、暖い飯にかけて喰べるのが一番だ、と云っていた。

しかし、これは盛岡に限らないことで、私の少年の頃までは、柳川でも、久留米でも、ニガリ前のフワフワ豆腐を貰ってきては、飯にかけて喰べていた。

ただ、そういう流儀が、今日まで温存されていて、盛岡の町でまだやっているということが、なつかしさを通り越して、舌を巻いたことである。

盛岡と云ったら、何と云っても、「ワンコソバ」だろう。

出雲の「割子ソバ」も面白いが、ワンコソバは濃厚な郷土色を発揮して、マグロやスジコなどのブツ切りあり、鶏肉のソボロあり、ナメコあり、クルミ、葱、ノリ、カツブシ、ゴンパチガラミ等、さまざまの薬味類が続々と登場するところ、痛快と云いたいくらいである。「ゴンパチガラミ」とは、紅葉オロシのことだ。椀に盛ったソバは、喰べ終れば、たちまち、例の肩越しのお代りが投げ込まれる塩梅で、いやはや、おそれ入った。

蓋を閉じるまでは、この猛攻撃が続くわけである。

大体、無理強いが歓待の証拠であるのは、どこの田舎でも変りないことだけれども、盛岡周辺では、家庭でソバを饗応する時も、やっぱりこのお代りを無理強いするところが、歓迎と愛情のしるしであるらしい。

とにかく、何はなくとも、人さえ集まれば、ソバの接待であり、そのソバも、お代り、お代りとすすめたり、すすめられたりしなかったら、どうにも淋しいもののようである。

その風習の機微を摑んで営業に変えたのが、「わんこ屋」さんの先見の明だろう。

遠野市にも、またこれは素敵なソバ屋があり、「ワンコソバ」ではなく、木製の山弁当につめ合わせる「ヒスコソバ」だが、これは、スッキリと品のよい、云わば「ザルソバ」であった。

誰でも知っている通り、「南部の鼻マガリ」と云って、大槌湾のあたりに流れ込む河川を遡上する鼻マガリ鮭は、鮭の中の第一等だとされている。

盛岡のあたりではその鮭を使って小豆飯を喰うのが、大晦日や、吉日や、祝日の無二の御馳走であって、「アズキマンマニサケノヨ」と土地では云うそうだ。

「サケノヨ」とは、鮭のおかず、と云う意味らしい。

勿論のこと、「南部の鼻マガリ」で飯ずしを作るのは、北海道と同様であるが、南部の方が元祖であって、次第に北海道に流布していったものだろう。

北海道の時にも書いたが、鮭の飯ずしほど、色どりと味わいの深いものはない。

飯ずしなら、ハタハタでも、鰊でも、マスでも、鮎でも、鮒でも、アワビでも、地方地方によって、千変万化のすしが作られるが、やっぱり鮭のすしは、その王座の貫禄があるだろう。

南部ではまた、「イカのポッポ煮」が愛好されている。北海道の「イカメシ」は、胴にモチ米をつめて炊きしめているようだが、南部の「イカのポッポ煮」は、イカの胴に、豆腐や人参などをつめ合わせて、塩して蒸すところが変っているかもわからない。

東北一帯の山地はどこでもそうだが、キノコと山菜の宝庫である。

シドケだの、ミズだの、タラボッコだの、バッケ（蕗のトウ）だの、ワラビだの、根マガリダケ（月山筍の一種か？）だの、これらの山菜が、春から夏にかけて、どのくらい季節の感触を土地の人の食膳に供しているか、わからないだろう。

いかに国自慢の私だって、九州のワラビは、東北の山中のワラビに比べると、その太さも、軟かさも、半分にも及ばないことをよく知っている。

いつだったか、盛岡の町をうろついていて、背負籠を負ったオカミさんが歩いていたから、ふとその背負籠を覗き込んでみると、背負籠いっぱいのキノコであり、あわてて少しばかり、分けて貰ったことがある。

ハッタケ、キンタケ、ギンタケ、アミモダケ、ウェツコ（足黒のことか）、シメジ、アイタケ等、秋の東北の山岳地帯はキノコで賑わうのである。

秋田の「ガッコ」とほとんど同一の鉈漬を、盛岡では「ガッキラ漬」と云っているようだ。また、例えば、「ホシパ汁」だって、寒冷地の人々が、生活の中から自然と生み出した、あわれ深い食品でなかったらなんだろう。

大根の葉をよく乾燥させて霜にあて、その縮れたものを温存して、酒のカスで汁を作るわけだ。

クルミがまた、あらゆる調味料に活用されていて、ソバにも、コンニャクにも、「ウコギのホロホロ」にも、クルミのかんばしさと味わいが和え込まれているのである。

ウコギの新芽を摘んでうがき、クルミと、味噌漬大根を微塵に刻んで、御飯のフリカケにするわけだが、土地の人には、かけがえなくなつかしい春の食品だろう。

十和田は佐藤春夫先生にすすめられるままに、両三度、出かけていった。先生から教えられたままに蔦湯に泊り、ブクブクと足もとから噴き上がってくるような、木造の浴槽の湯を楽しんだものである。また、

「厠がほんとうのカワヤになっているからね」

と教えられ、なるほど、しゃがんでいる足もとを、淙々《そうそう》と流れくだる水の音を聞いた。しかし蔦湯にも、このしばらく行ってみないから、随分と様子が変ったかもわからない。その蔦湯で喰べたマイタケのオロシ和えと、丁度釣り上げたばかりの岩魚を、近所の人から無理にねだって、焼いて貰って喰べたおいしさが、忘れられないことである。

草野心平さんから、よく遠野の「凍《し》み豆腐」を貰うが、ワラの紐でおぼつかなく結えられていて、おまけに、さわるとたちまちこぼれそうな、高野豆腐の一種である。

薄味で静かに炊きしめると、あんなにおいしいものはない。

飲食の極致・松阪のビール牛　志摩・南紀

今回は紀伊半島を自動車で全周するつもりで、「旅」の編集部のF君、K君等、東京から愚息太郎の運転する自動車に乗り、今日、出発して名古屋に向っている筈だ。

私と名古屋で落ち合う約束なのである。

私はと云えば、道後の松山にあり、とりあえず飛行機に乗り込んで、伊丹飛行場に到着した。

さて、伊丹から名古屋に向う飛行機があるものとばかり思い込んでいて、簡単に伊丹から乗り換えられると信じ込んでいたのは、迂闊《うかつ》を通り越していた。

そんな航路は、日航にも、全日空にも、国内航空にもない、と云う話である。

よろず出たとこ勝負の、日頃の放漫旅行が、今度ばかりはいやと云うほど、思い知らされた。

しかし、大阪からならば、近鉄だって、国鉄だって、簡単に名古屋に抜けられる筈だ。新幹線は無理だろうか。

まあ、当って砕けろと、新大阪の駅に駆けつけてみたのが、大当りだった。

自由席がいくらでも、手に入る。

発車十分前の切符を買い受けて、なんなく「こだま号」に乗り込めたのは、まったくツイていた。

おかげで、まだ日の高いうちに、約束のホテル・ニューナゴヤに到着した。

名古屋なら、鶏か、キシメンだが、今日はひとつ、味噌ウドンにしてやれと思い立って、地下街のウドン屋に入り込み、素焼の鍋にグラグラ煮立っている「ホートウ式味噌ウドン」をサカナに、一人ビールをあおって、F君達の到着を待った。

F君達がやってきたのは、翌朝になってからである。

訊けば、真夜中に東京を出発したそうだ。

そこで、英気を養って貰うつもりで小休止をとり、名古屋を出発したのは、もう昼を廻っていただろう。

今日は先ず、「その手は桑名の焼蛤」に敬意を表し、松阪の牛を鱈腹喰って、手土産に伊勢の赤福餅を買い、鳥羽のおっとりした彎入を眺めやれば事は終りである。

ところで、その桑名の時雨蛤の本舗は「貝新」だと聞いていたものの、肝腎の「貝新」が何軒でもあるのには驚かされた。

こっちが本舗、あっちが元祖、もうどうだって構うことはない。

あっちも、こっちも、買い漁って自動車に積み、早速車内で、缶入りビールのつまみにする。

四日市のコンビナートを過ぎ、鈴鹿を過ぎる。

つい二、三年前にも、鶴見の大事故で列車が不通になり、津の講演会場まで、自動車で出かけていったことがあったが、あの時と比べると、鈴鹿を過ぎるあたりから、道路の面目が一新した。

たしか、あの時は、鈴鹿川のあたり、土手の上の細い道をおぼつかなく走ったのに、今はようやく、国道四十三号線の、威容の片鱗をうかがう心地である。

うまく時間を合わせてドライブしたから、丁度夕暮れの空腹時に、伊勢の松阪に着いた。

早速、「和田金」の主人の好意により、日本残酷物語の牛諸君にお目にかかることにした。

自動車は、松阪の細くてうねる町中を抜けていって、牛舎はその町はずれの田んぼの中にある。

見事なアメ牛共が、清潔な牛舎の中に並んでいた。

さて、その一頭を裏に引き出し、例のビールを飲ませるわけだが、私の差し出しているビール瓶を横くわえに、あっという間に二、三本を飲み乾した。

一気に吸い上げて、泡だけを瓶の中に残す。

フーフーと、酔っているのかどうか、足もとあやういが、おそらく濃厚飼料と運動不足で、歩行もあやういのであろう。

私はなんと云うこともなく、その腋の下から桃色の汗を垂らしていたという、楊貴妃を思いだした。

楊貴妃の肌艶と、そのよろけ足を……。

何によらず、飼育されることの不幸を……。

人間、喰べる事の一心不乱で、ついにフォア・グラを作り、ビール牛を作る。まことに、おそるべきものである。

さて、「和田金」の店に引き返して、ヒレの網焼を喰った。

今しがたよろけていた、あの牛の肌艶の味である。

箸でちょっとつつくだけで、いくらでもちぎれる軟かさだ。

いつだったか、福田蘭童さんが、ソビエトからの客があったから、奮発して「和田金」のヒレの網焼を御馳走したところ、

「これは軟か過ぎます。おいし過ぎます。ほんとうの牛の味がない」

と云われてガッカリした、と笑っていたが、ロシア人の強靱な喰べ物に対する考えからは、そんなものかもわからない。

余談になるが、去年の夏、福田蘭童さんとソビエトを廻った時に、レニングラードだったか、リガだったか、珍しく大きなビフテキが運ばれたので、みんな大喜びでナイフを入れてみたところ、これが堅くて、とても嚙みきれたものではない。誰だったか、

「ソビエトの牛は堅いなあ」

と大声をあげたところ、通訳のロシア人が奮然として、

「それは、ソビエトの牛じゃありません。アルゼンチンの牛です」

とたしなめられたことがある。

　私達は日本人だから、この不思議に飼育された牛の軟かみを満喫して、ビールをあおったことである。

　それにしても、この松阪牛の心臓（ハツ）や肝臓の味わいは、どんなものだろうか。

　ちょっと朝鮮焼にでもしてためしてみたい心残りがしたが、残念ながら、もう満腹であった。


　道中、赤福餅だけを買って、ようやく鳥羽の「鳥羽国際ホテル」に辿りついた。

　門戸《もんど》岬にそそり立った、デラックスな観光ホテルである。

　もう十年も昔のことになるが、高橋義孝さんとやってきて、眩しく光る鳥羽湾の海の色を眺めながら飲んだ宿は、丁度この門戸岬の根っこのあたりではなかったろうか。

　その岬の山を削り、道を造り、海にそそり立つ、近代観光の大ホテルだ。

　ヤマハで経営しているらしく、折柄、丁度社長がやってきていて、大変な御馳走になった。

「ありきたりの料理じゃ面白くありませんから……」

と、苦心の跡の歴々と見える、御馳走の山であった。

「エスカルゴのつもりでやってみましたが……」

と、サザエの洋風壺焼が出されたが、これはおいしかった。

　私もエスカルゴの真似ごとをやってみたいと思い、バイでこころみたことがある。

今日の若者でなくったって、どこもここも、海浜では刺身と、エビと、壺焼では、うんざりするだろう。

「鳥羽国際ホテル」は、社長以下、新機軸を出すのに大わらわのようで、サラダも、コキールも、おいしかった。

私にまで、何か面白い料理はないか、と訊かれたから、一般向の大衆料理として、

「スペイン風のパエリアを出されたら、どうですか？」

と答えておいた。

焼飯やライスカレーより、ほんのちょっぴり贅沢な感じがするし、貝やエビを殻ごとまぜ合わせるのだから、みんな珍しがるだろう。スペインでは、与謝野秀大使が、

「パエリアばかりは閉口ですよ」

と云われていたけれども、日本ではツナギが米だから、もしはやりだせば、カレーライス並の流行を生むかもわからない。

海の近い所なら、一皿二百円くらいで、名物料理になるだろう。

これもまた余談になるが、バルセロナあたりの料理屋には、店の前に大きな樽が置かれてあり、その樽の水の中に躍っている一、二寸の小魚がある。

「アングワラ」と云っているから、鰻の子の筈であるが、どう見ても、日本の鰻の子とは違うようだ。

日本の鰻の子は、白魚のようであるし、それが変化すると、形は小さいが、はっきりとし

た鰻の姿になる。

「線香鰻」と云うヤツだ。

スペインでは、素焼の小鍋にオリーブ油をはり、ニンニクと唐辛子を丸のまま、そのオリーブ油の中に落し、さて、躍っているアングワラをボールの中に盛ってきて、熱く焼いた素焼の小鍋の中に、網で掬ってほうり込む。

バタバタ躍る。とたんに火を止めて、木製のフォークで突っついて喰べるわけである。歯ざわりがシコシコして、うまい白葡萄酒なぞを飲む時には、シャレたものである。私はこれを復元しようと思って、白魚でやってみたが、駄目。他愛なく、崩れてしまうのである。が、ついせんだって、一寸ばかりの田んぼの落ドジョウを沢山貰ったから、こころみにスペイン風を実行してみたところ、バルセロナで喰べたアングワラと寸分違わないような味がした。

さて、落ドジョウなど、ざらに手に入るものではあるまいが、埼玉の大工さんは、

「こんなもの、今頃だったら、いくらでも獲れますよ」

と云っていた。捕獲した時間は、一、二時間だそうだ。

貰ったドジョウは、二、三升はあったろう。

埼玉の珍味の話だが、珍しいままに、紹介しておいた。

さて、あくる日は、安乗《あのり》崎まで、出かけていった。

折柄、安乗の波止場には、夥しい鯖が陸揚げされていて、その鯖どもが躍り騒ぐ有様はす

さまじかった。

昔、福岡にいた頃、よく新しい鯖を買ってきて、塩や酢なんかではシメず、そのまま刺身にして、お茶漬で喰ったりしていたが、今日は久しぶりに鯖の刺身、鯖の茶漬を喰ってやろうと、生きている鯖を二、三本買い入れた。

が、生憎と、その鯖をトランクの中に入れていたせいか、すっかりむれてしまって、その夜の宿で刺身にしてみたら、喰べられるものではなかった。

安乗崎あたり、到るところに、アラメがワラコヅミの塩梅に、高く積み上げてある。

道ばたの一軒の食料品屋に腰をかけ、ビールを貰ったついでにアラメを所望してみたところ、うまい具合に水にもどしたアラメがあり、それに酢醤油を垂らして丼に盛ってきてくれたが、私はアラメをこんなにおいしく思って喰べたことはない。

そこで、丁度アラメの乾燥工場の前を通り合わせたから、細く千切りにされた乾燥アラメをダンボール一杯買った。

しめて、八百円也であった。

熊野灘にさしかかると、なんと云っても、佐藤春夫先生の思い出ばかりのようなものである。

あれは、紀勢線の全通祝の時であったろうか。

先生御夫妻のお供をして、尾鷲《おわせ》のトンネル間近い鉄道の工事現場で、小憩したことがある。

その時に出された鰹の塩焼が、バカにおいしかった。

「これはねえ。獲れたばかりの鰹を、塩の中にほうり込むんだよ。そのあくる日に、焼いて喰べるのだ」

とたしか先生が、そんな事を云われたように覚えている。

尾鷲と云えば、講談社の大久保君が尾鷲の出身で、時折、生ワカメや青ノリを持ってきてくれることがあって、その青ノリの美しさは無類である。

お吸物に浮かし、酢醤油で喰べ、焙って振りかけ、あんなに有難いものはない。

この春、大久保君のその青ノリを貰ったと思ったら、佐世保の港外の大島から、友人の武富敏治君が、同じく今度は九州の青ノリを送ってくれた。

私は毎日喰べ比べてみたが、まったく甲乙がつけられない。ただ、宮崎の青ノリとは、種類が違うもののようだ。

私達は尾鷲から矢ノ川峠の険を越えたが、何度胆を冷やしたかわからなかった。

殊更、峠を越えて下り坂の道は、石がゴロゴロところがり放題、これでも道かと、慨嘆したことである。

しかし、広闊な熊野浦の砂浜に出て、海上に白い夕月を眺めわたした時には、まったく生き返ったような心地好さであった。

やがて、新宮である。

佐藤春夫先生が他界されてから、これで都合三度新宮を訪れるわけだけれども、その生家が近畿大学の分校になっているのに、どうして「佐藤春夫先生生家」と標識ぐらい立てないのであろうか。

ソビエトでも、フランスでも、ドイツでも、大詩人や大音楽家等を遇する道を知っている。例えば、チャイコフスキーの邸跡だって、アパートだって、マヤコフスキーの住居の跡だって、はっきり顕彰《けんしょう》し、誇らかに指し示すのである。ボンの町を歩いたって、ベートーベンの家はすぐに知れる。

殊更、近畿大学の分校になっている公共の施設が、標識一つ出さないなどと云うのは、怠慢と云うより冒瀆である。それとも、佐藤春夫先生の詩業が、マヤコフスキーの詩業より、下であるとでも云うのだろうか。

私は丹鶴城趾に立って、つい先年、先生とこの山上に遊んだなつかしさを思い起した。

あの時は、たしか「二の丸旅館」に一泊し、「湯川ホテル」に二、三泊し、下里の「懸泉堂」に一晩泊めていただいたように記憶するが、新宮では「鹿六」の鰻を喰べに連れていっていただいた。

なつかしいままに、またその「鹿六」に出向いていって鰻料理の一式を喰ったが、特に頼み込んで作って貰ったメハリずしがおいしかった。

新宮の界隈では、どこの家庭でも作れるものらしい。紡錘状の握りメシの中に、シソの実と木ノ芽の佃煮を握り込んで、外側にタカナの漬物を巻いただけのものである。

勿論、中味は梅干しをくるんでも、オカカをくるんでもよかろうが、素朴な握りメシの野趣がある。

去年だったか、旅館の「御園」で、鮎の馴れずしを御馳走になったけれども、ひょっとしたらあのすしも「鹿六」で作ったものかもわからない。

馴れずしと云えば、佐藤春夫先生の所に、新宮のあちこちから送られてきていて、後には先生の縁故から、私の所まで送って貰ったこともある。

サンマや、カマスの馴れずしのようであった。

漬け込む樽も、年々漬け込んだ樽でないと、雑菌がはびこって、うまい馴れずしは出来ないものらしい。

その馴れずしを作る人々も、だんだん減っていくばかりのようなのは残念である。

その昔の「神之崎狭野《みわがさきさの》のわたり」の風光は、いかにも上代の人々が愛したような、淋しく、また際のない風景であるが、佐藤春夫先生のお供をした頃までは、まだ浜辺の松が青々としていたのに、今日ではパルプ工場からの松喰虫に荒されてしまったのであろう、見るかげもなく枯れてしまった。

そう云えば、

ふだらくや岸打つ浪は三熊野の
那智のお山にひびく滝津勢

の補陀落《ふだらく》寺も、まるで置き忘れられたように、寂れはてていた。

久しぶりに、那智の滝を見に廻ったが、いつ見ても、優雅な、女性的な滝である。

新宮から湯川までは、立派な道になった。しかし、湯川から太地までは大変な難路で、私はいつも、勝浦から太地までは、巡航船に乗り換えることにしている。

勝浦の盛大は勿論結構だが、私は湯川の閑寂や、太地の豪宕《ごうとう》が好きだ。湯川ホテルの前の小さな潟沼は、佐藤春夫先生が、私がお供をした折に、「ユカシ潟」と命名されて、今日ではもう一般化しているようである。

あの時に、先生は、潟のほとりに小さな別荘を造りたい、などと云っておられたものだ。どう云うわけかわからないが、私は太地の町が大層好きである。

南氷洋に出かけていった時に、船団の乗組員に多勢太地の人が乗り組んでいた馴染もあろう。もともと私が柳川の沖端と云う漁村の出身だから、漁師の気風に心安いせいもあろう。

太地の町の家並のありようも好きだが、灯明岬から梶取岬を経て、継子投《ままこなげ》に至る、豪宕広闊の台地の模様がたまらなく好きなのである。

あすこに掘立小屋を造って、一日海を眺めていたら、どんなに愉快だろうかと思う。

もっとも、魚の新しいせいもあるかもわからない。

佐藤春夫先生のお宅で、時々「アジの背越し」などをいただいたことがあって、

「紀州で喰べたら、ほんとうにおいしいよ」

と云われたが、いつだったたか、太地の「観鯨荘」で、「太刀魚の背越し」を喰い、あんな

においしい物を喰べたことがなかったような気さえした。

また、太地の町の中に「ふさ屋」という小さな旅館があり、そこの気さくなオカミさんが作ってくれたマンボウの刺身は珍しかった。

刺身と云っても、マンボウの肉は水っぽくて、庖丁など通せないらしく、細く裂いたままである。

その水っぽい、透明の白身を、生姜醬油で喰べると、スッと味が後頭部に抜けていくような感じである。

「ふさ屋」のオカミさんはまた、そのマンボウの肉を肝で和えて味噌煮にしてくれたが、これがまた不思議な味がした。酒のサカナにはきわめて好い。

太地は鯨の名どころであるから、今でもゴンドウ鯨やイルカなら、刺身にして喰わせてくれる。

また、このあたりでは、俗に、

「古座男に太地女」

と云うだけあって、美人の数がきわめて多い。それも、腺病質型、鳩胸型の美人群ではなく、堂々、五尺四、五寸を越えるような超大型美人が多いようだ。

いつだったか、盆踊りを見にいって、そこで踊っている少女達の、生き生きした美しさにびっくりしたことがある。

思うに、男達は海に出て金を稼ぎ、女達は鯨を喰い、豊富な魚類を喰い、海藻を喰っているからに相違ない。

例えば「ふさ屋」のおばあちゃんなど、七十歳を越えるだろうが、今でもなまめかしい色香が残っていて、いつだったか、美人のお年寄と、美人の花ざかりと、美人の卵を写真に納めたいと思って、おばあちゃんに美人のお年寄の代表になって貰いたいと申し込んでみたところ、

「もう自信がございません」

と云って嫣然と笑っていた。

海外篇

サフランの色と香りとパエリアと　スペイン

今年の二月頃のことであったろう。何しろおそろしく寒い時期であった。

私達は、リスボンからパリに向う国際列車の、一等のコンパートメントの中にいた。夜汽車である。ほかに相客はいなかったが、お互いに関係のはっきりしない男女が、同じコンパートメントの中に同席していると云うことほど、厄介なことはない。恋人なら抱き合っていれば、よろしい。夫婦なら、相枕でよろしい。

が、私達は日本国にいた頃のバーのマダムと、その借金主と云ったような間柄だ。たまたま、人の出迎えで、パリまで同行しようと云うことになったのだが、お互い、窮屈に同席しながら、弱りきっている。

生憎、ほかに相客がいないので、尚更気づまりなのである。これでは、どうせ眠れないにきまっているから、私は手持のブランデーを口飲みしながら、時折、カーテンを指先で繰っては、窓外の雪の山肌と、ハガネのように冴え返っている月光を眺めやるだけである。

どうやら、ピレネー山脈にさしかかっているようだ。

同行は新宿のバーのマダムだが、彼女も眠りつけないらしい。そうだろう。席はあいているが、私を前にして長々と寝そべるわけにはゆかず、隅っこにうずくまり、襟許をかき合わせながら、眠ったふりだが、しょっちゅう、腕時計をすかし見たり、溜息をついたりのようだ。

暗い蛍光ランプ一つだけで、あとは消灯されているのである。

列車は雪の山間の駅に、停った気配である。カラーンカラーンと、一しきり、機関車のつなぎ替えのような音が響いていると思っているうちに、ドヤドヤと人の気配がした。客席の扉をハデにひき開け、パチンとまぶしいほどの電灯にスイッチを入れ、ハンチング横っかぶりの二人の荒武者が、私達のコンパートメントの中に割り込んできた。

二人とも巨大なリュックサックを背負っている。その上、両手にも、大型トランクを二つずつ下げている。

私達をジロリと見て、

「いいかね？　お邪魔して……」

とても云った様子だったが、この時の、我が新宿女史の応対ほど、素晴らしかったものはない。

「プリーズ。プリーズ」

だか、

「ポル・ファボール。ポル・ファボール」

だか、何だか、知らないが、彼女なりの世界語を連呼して、両手をひろげ、まるでシケ時の自分のバーに、上客を迎えるような大歓迎の様子を見せた。

先方は、生き返ったような喜びようだ。

「グラーシアス（有難う）」

「グラーシアス」

その巨大な背中のリュックと、両腕の中のトランクを、ドサドサと、我が新宿女史の頭上の網棚の上にのっけるのだが、とても彼女の上だけでは乗りきらず、私の頭上にも堆く積み上げることになった。

二人の荒武者はそれで、ようやくホッとした様子で、ハンチングの下の汗をぬぐい終ると、皮袋の葡萄酒を取り出した。

その皮袋の口から、二人とも、葡萄酒をたくみに自分の口の中に流し込んで、喜色満面、

「セニョール。一杯やらないか？」

私の方にその皮袋を差し出してくれたが、スペイン流の曲飲みは、私には出来にくい。そこで、手持のコップを差し出したら、そのコップの中になみなみと葡萄酒を注ぎ入れてくれた。飲んでみると、極上の赤葡萄酒である。

そこで、私も答礼の意味をこめて、目配せしながら、手持のブランデーを新宿女史に手渡したところ、さすがに、女史は手馴れたものだ。

グラス二つに、紙ナプキンまで添えて、そのブランデーを、トクトクと二人の荒武者のグラスにお酌してやっている。

列車は、汽笛の声をあげながら、雪の山間をあえぎあえぎ走っている。

しかし、一等車の中は、思いがけない国際親善の酒盛りになった。

この時。交替したばかりのスペイン車掌が入り込んできて、検札をはじめたのだが、残念なことに、我が相客達は、二等切符しか持ち合わせないのである。

車掌は差額を払えと繰り返し云っているようだが、荒武者達は、何とか彼とか、云い逃れて、一等料金を払おうとはしない。押問答の末に、車掌は一度出ていった。

さあ、そのあとの二人のハシャギようと云ったらない。手提の鞄の中から大きな紙包を取り出したと思ったら、豚の足一本のハムである。

荒武者はポケットの中からジャックナイフを取り出して、その見事なハムを手さばきよろしく削りはじめ、赤い肉片を、新宿女史の懐紙の上に積み上げていった。

「さあ、喰べよう。おいしいぞ」

と私の方に差し出すから、私も、遠慮なく、その赤い一片をつまみ取って喰べる。

「こりゃうまい。ハモン・セラノじゃないか?」

と私が、そう云ったとたん、相手の荒武者は、私の肩をドンと叩いて、

「そうだ。ハモン・セラノだ。日本にもあるのか?」

「いや、ない」

「じゃ、うんと喰え。いくらでもある。この鞄も、リュックも、全部ハモン・セラノだ」

先方は天を呑みこむように胸をそらして、

「一番いい奴だ。会社の倉庫から、今しがた、いい奴ばかり、盗み出してきたところだ」

おそれげもなく、大それたことを云っている。たどたどしいが、はっきりした英語なのである。その英語で、大それたことを口走り、さすがに、私達を見比べながら、ベロを出してみせた。

それからは、もう、その真紅のハモン・セラノをサカナに、私のブランデーと、彼らの皮袋の葡萄酒と、さしつ、さされつ、あたり憚らぬ大酒盛りになった。

揚句の果ては、一人の荒武者が鞄の中から、トランジスタ・ラジオまで取り出して、狭いコンパートメントの中は破れるようなフラメンコの深夜放送だ。

やがてもう一度、差額料金を請求にやってきた車掌も、私達が一緒になって酒盛りをしているのを見届けると、もうあきらめたのか、請求するのをやめて、

「ブエナス・ノーチェス（おやすみ）」

とか何とか、愛想よく引き揚げていった。やっぱり外国人の前で、同国人の名誉を傷つけたくない思いやりかも知れぬ。

いや、まったく、痛快な一夜であった。

彼らはコッソリとその鞄やリュックを開き、私達に中を覗かせてみせたが、まったくの話、ハモン・セラノの最上品が、ギッシリと、すき間なく、つめ合わされてあった。

「これをジュネーブのホテルに売っ払って、あとは遊びだ。ピーピー」

と彼らは手真似、口笛を繰り返しながら、愉快そうに笑ってみせた。記念に私達に一本ずつくれやしないかな、と思ったが、酒が終ると、削りかけのその足一本も、パチンと鞄の中につめ込んで、あとは彼らの豪快に過ぎる鼾声ばかりになった。

「この男達、面白いけど、泥棒さんだそうだからね、自分達でそう云ってるんだから、気をつけなさい」

とスキを見て、私は新宿女史に囁いたが、

「嘘よ。きっとホラなのよ」

そう云えばそうかも知れぬ。私も思いがけない葡萄酒にありついて、周りが白みはじめる頃、うとうととした。

すると、その私の肩をつつく者がある。

例の荒武者どもで、

「オレ達は、ここでスイス行に乗り換える。パリ行は、次の駅で乗換えだ。じゃ、さようなら。ボン・ボワイヤージュ」

いつのまにか、巨大なリュックを肩に背負い、甲斐甲斐しく身づくろいまで終っている。寝ぼけ眼《まなこ》の新宿女史とも、熱烈な握手を交し、彼らは朝霧のプラットフォームの中に勇ましく降りたっていった。

たしか、イルンの駅だったろう。私達は、次のアンダイユで乗換えだから、身の周りの手廻品を片付けていると、い。


「嫌だ——。アタシの襟巻がないわ」

新宿女史が泣くような声をあげはじめた。なるほどない。棚の上にも、椅子の下にも、ない。

「ほーら、やられたんだよ」

と私は、青ざめた新宿女史の顔を振り返りながら、笑いが止まらないのである。

「しかし、盗る気じゃなかったよ、きっと……。同席した日本美人の、記念のものが、ほしかっただけだよ。あげとかなくちゃ、そのくらい……」

と云ったばっかりに、終着駅のパリで、私は豪快男子達の尻拭いをさせられた。

これが、パリの襟巻を、私が買わされた、ハモン・セラノの因縁話なのである。

あれほど気前のよい男達ですら、ハモン・セラノの足一本となると、私達にやすやすとくれようとはしなかった。

しない筈だ。マドリッドの肉加工品の店先にぶら下っているさまざまのハモンの類の値段を、ためしに覗いてみるがよい。

ハモン・セラノとなると、中級品だって、百グラム、おそらく六、七百ペセタはするだろう。

足一本となったら、万金がフッ飛ぶのである。その色、その匂い、そのコッテリとした舌ざわり、まことにハモン・セラノはハムの絶品と云うにふさわしい。

ハモン・セラノの最良質のものは、グラナダのうしろに聳えたっているシェラ・ネバダの山ふところの、雪と日光にさらされたものだと云われている。

まったく、グラナダのアルハンブラ宮殿から眺めやる雪の山ほど、見事なものはない。何となく身ぶるいが止まらないような、シェラ・ネバダの雪の肌だ。

最上等のハムと云ったら、東洋では、よく中国の雲南の火腿《ハム》と云われるが、やっぱり、四時《しいじ》雪の絶えない山の気象と、日光にさらされたものでないと、脂肪と肉質の緊密で精緻な、塩梅がとれにくいのかも知れぬ。

だから、シェラ・ネバダの山ふところとか、スペインの北方一帯を横切るピレネーの山ふところとかが、ハモン・セラノの名産地と云うことになるわけだ。

さて、ハモン・セラノの枕話が長過ぎたけれども、もう一つ、後日譚があって、これをはぶくわけにはゆかぬ。

つい、こないだのことだが、T画伯と一緒にスイスをうろついていた。ジュネーブだったか、チューリッヒだったか、湖水の見えるレストランで、「ホンディユ」「ホンディユ」と、日本人は親の仇をでも取ったように「ホンディユ」鍋を註文するのは気が利かない話だから、今日は、そこらで喰べている人のを見て、なるべく突飛なものを註文してみようじゃないか、と云う話になった。

そこで先ずスープを飲んで、山中でヒラメを喰うなど乙なものではないか、と、私は「ソールのムニエル」のまずいのを、ヤケ気味で喰べていた。どうせ、酒さえ飲めれば、よいのである。

そのうち、T画伯が奇声をあげて、

「檀さん、檀さん。今しがたね、赤大根の皮をむいて、その皮にチーズをくるんで喰べてましたよ。あれをやってみようじゃないですか?」

「じゃ、それだ」

そこで、ギャルソンを呼び、英語、ドイツ語、知っている限りの言葉を並べ、最後には絵まで描いて、註文してみるが、相手には一向に通じない。

「ここには、スペイン人か、ポルトガル人か働いている人ないの?」

と云う騒ぎになった。T画伯はマドリッド在住だし、私はポルトガル在住だからだ。

やがて、二人のスペイン人がやってきた。そこで、どこのお客さんが喰べてましたかと云うことになり、

「ああ、わかりました」

とひきさがったから、大安心、しばらく待っていたら、まもなく、大皿一杯に盛りひろげられたハモン・セラノが、恭《うやうや》しく卓上に持ち込まれた。

「いや、これじゃない」

とT画伯はうめいたが、酔眼で、遠目に見たら、ハモン・セラノが赤大根の皮に見えたのだろう。

そこで、私は、T画伯に、ハモン・セラノが、どのようにして、スペインからジュネーブ

きたハモン・セラノに、またまた、ここで再会したような、おかしさであった。おかしくないのは、その支払いの方である。

さて、世界中で、どの国の立喰屋、または立飲屋が、一番私達に向いているかと訊かれるなら、それはスペインだ、と私は答えたい。

その安直さ、その雑多さ、その面白さから云ってである。

高級料亭に入るなら、別の話だ。

私は、主として立喰屋をほっつき廻っているのであって、十年以上昔の話だが、昨年亡くなられた与謝野大使が、まだマドリッドに健在でおられた頃、

「そこらの居酒屋を少し、うろつきませんか？」

と誘ってみたところ、

「檀さんは、気楽でいいけれど、大使って云うのはね、うろつきたくったって、そうそう、あやしげな立飲屋なんかをほっつき廻るわけにはいかないんですよ。それで、檀さんは、毎日、パエリアか、イカの墨煮なんか、喰べてるわけ……。私は、パエリアだけは御免ですよ」

「いや、パエリアじゃないですよ。蟹の親指の爪ばかりを塩うがきして、ツキ出しに並べている飲屋なんかあるんですよ。丁度、私の親指ぐらいの蟹の爪ばかり、ズラリと皿に盛って、

一皿二十円もするのかな」

まったく、その店は愉快だった。太陽広場からちょっと入り込んだところで、私は毎日通ったものである。そこへ一度は大使を誘ってみようと思ったのだが、

「それはおいしそうですけれど、今夜はフォア・グラで我慢なさいよ」

大使に丁重にことわられ、おかげで、私は一生にまたと喰べられないような、素晴らしいフォア・グラを御馳走になったことがある。

その太陽広場の周辺だとか、マイヨール広場の周辺だとか、ワイワイ、ワイワイ、そのやかましさ、その賑わい、の中で、鰯のカラ揚げだの、小鯵のカラ揚げだの、イカのカラ揚げだの、タコの酢油だの、かと思うと、ウズラだか、ツグミだか知らないが、鉄板の上でジュウジュウ焼き上げたのなどを手摑みでつまみ喰いながら、地酒を飲んで、スペイン人の喧騒の中にまぎれ込んでいるほど、愉快なことはない。

私は、スペイン人が、ヨーロッパの中で、桁はずれにさまざまの雑食をするのは、おそらく、ムーア人に占領された永い時間があって、アラブの飲食がさまざま流れ込んできたからに違いないと思っている。

勿論、大スペイン帝国時代、世界の到るところと接触を持ち、また地中海と云う、東西南北の接点に大きく位置しており、素材の上からも、交易の上からも、気候の上からも、ヨーロッパの枠をふみはずしてしまったようなところがあるのも大きい原因だ。

地中海沿岸地帯に共通の、オリーブとニンニクはローマ帝国の遺物でもあろうが、サフラ

ンだとか、蔗糖だとか、レモンだとか、黒胡椒だとか、米だとかの多用は、おそらく、アラブの占領軍が持ち込んだ飲食の習慣に違いない。

例えば、日本人にとって、ヨーロッパで胡麻ほど手に入れにくいものはないが、コルドバの駄菓子屋の店先で、胡麻のいっぱい振りかけられた駄菓子をあちこちで見かけたものだ。そこで、この胡麻はどこで買えるかと訊いてみたら、朝市に行きさえすればいくらでも売ってるよ、と云うのである。

生憎、その翌朝、セビリアに向ったので、胡麻買いの時間の余裕がなかったが、コルドバ、グラナダのあたり、いくらでも、胡麻はあるのかもわからない。

これもまた、かりに、アラブでなかったら、中国から招来された食品だろう。

さて、スペインから、サフランを抜いてしまったら、スペインの喰べ物は、一体どんなことになるだろう。

スペインの主婦達が、土鍋でグツグツと貝を煮る。魚を煮る。先ず絶対に欠かせないのが、オリーブの油だろう。葡萄酒だろう。ニンニクだろう。ピメント（ピーマン）だろう。サフランだろう。

あのサフランの黄色い色と匂いがなくなったら、まるで、スペインから火が消えてしまったように淋しく感じられるだろう。

バレンシア風パエリア……。亡くなった与謝野大使には申し訳ないけれども、私もまた、スペインの町々をうろつく時に、三度に一度は、パエリア恋しいのである。

あの赤銅鍋がドカリと食卓の上にのっかり、サフランの黄の色と、匂いが、卓上にひろがらないと、スペインにいるような気がしない。

こないだ、バレンシアに行って、バレンシアの川筋の荒れ放題なのが、ひどく嫌だったので、町の中で喰べたいような気がおこらない。

「どっか、海の見えるところまで突っ走ろうよ。海を見ながら、パエリアでも喰うさ」

同行のT君は心細げな表情になったけれども、折からやってきたバスが、「プラヤア」とか何とか札を下げているから、どっかの海岸に行くのだろうと、タカをくくって乗り込んでみた。バスは葦の茂る川に沿って走ったが、だんだんと波止場の方からはずれてゆく。そのうちトップリと日は暮れて、家一軒ないような田舎道に出た。この時ばかりは、私も観念して、

「こりゃ、今夜は野宿だね」

海なんかどこにも見えない。ひどくさむざむとした荒地の中を走ったが、やがて、一軒、二軒、その荒地の中に、「クルーブ」と云うネオンの看板をかかげた家が見えはじめた。「クルーブ」は「クラブ」だろう。おそらく、「ナイトクラブ」に相違ない。

「じゃ、ナイトクラブにお世話になろうか」

と、ヤケクソで、そう云っているうちに、町の灯が見えてきた。小さな町である。バスはそこが終点らしく、降りろと云うから、降りるよりほかにない。

しかし、降りたとたん、波の音が聞えてきた。

「やっぱり、海ですよ」

「海なら、海のハッキリ見えるところまで行こう」

幸い月明りを頼りながら、松林の砂丘の中を随分歩いたが、やがてまばゆく月光に照り明っている海が見え、その波打際近く、目の覚めるような近代レストランを見つけ出した時には、嬉しかった。

調子に乗ってハメをはずし、バレンシア風サラダ、バレンシア風ソッパ（ブイヤベースとなっている）、バレンシア風パエリア、バレンシア・メロン、と、まったくの豪遊をやらかしたものである。

「バレンシア風サラダ」と云うのは、レタスの間に、玉葱だの、トマトだの、ラディッシュだの、赤、青のピメントだの、ゆで卵だの、オリーブの実だの、鰊のアンチョビーだの、缶詰のマグロだのを、虹のように取り散らしたサラダであった。

「バレンシア風ブイヤベース」の方は、イカ、貝、エビ、白身魚のサフラン汁だが、赤いピメントの粉を多量に入れているらしく、黄色いと云うより、朱の色であった。勿論、オリーブ油が大量に用いられている。

「バレンシア風パエリア」は、白く煮たイカの筒切り、セピア色に焼き上げた焼イカ、エビ、ザリガニ、焼魚、鶏のブツ切り、等を散らし、その周囲にズラリと、ムール貝とレモンを切り並べたサフラン汁の、云わば、まっ黄色い焼メシだ。それを両手のついた銅鍋で、熱いまま運び、ドカリとテーブルの真ん中に据えるわけである。

「パエリア」の方は、贔屓目かどうかわからないが、バルセロナの「カラコーレス」の方がおいしいような気がしたが、しかし、メロンは、バレンシア・メロンが、ズバ抜けておいしかった。

ポルトガルのメロンだってバレンシアに劣らずおいしいのだけれど、その種子を買いにゆくと、必ず「バレンシア・メロン」と印刷してあるから、やっぱり、バレンシアには一目《いちもく》置いているのかも知れぬ。

オレンジや、蜜柑や、西瓜や、メロンは、スペインでも、「バレンシアもの」と明記してあるから、果物に関する限り、バレンシアはスペインのカリフォルニヤと云うところなのだろう。

さて、私達が偶然出かけていったところは、「サレール海岸」と呼ぶ夏の泳ぎ場らしく、レストランの名は「ラ・デヘサ・イ・アルブフエラ」と云うややこしい名の店であった。夏など随分繁昌するところだろうが、夏でなくて、仕合せであった。値段の方は、二人の豪遊、合わせて二、三千円と云ったところだろう。ただし、酒はビールである。

随分安いと思う人があるかも知れないが、スペインではこれでも高い方だ。

私がスペインで入り込んだ店のうちでは上等の部なのである。

バルセロナに、まったく十何年かぶりに辿りつき、その昔通いつめた、「カラコーレス」

の店を見つけだした時は、嬉しかった。「カラコーレス」は「蝸牛《かたつむり》」だが、あそこの「蝸牛料理」は、やっぱり、パリより泥臭いような心地がする。

しかし、鶏を道端で、昔のままに、燃えさかる薪の間で焼いているのはなつかしい限りであった。あそこの鶏はうまい。鶏の肝臓料理が、また、うまい。

「パエリア」の米抜きみたいな料理（つまり魚介類のゴタ煮だが）を、「ツアルツエラ」と云っていて、久しぶりに、その「ツアルツエラ」も喰べてみた。

相変らずの繁昌だが、その昔は、そこらの姉ちゃん達、オバさん達の客が多かったように思ったのに、今では、アメリカ人などの観光客で埋まっているのは、バルセロナ市が世界都市になった証拠かもわからない。

その昔、「カラコーレス」のオヤジは、ビール樽のような巨大な腹を抱えて、愛想よく、私を迎え入れてくれたものだ。

アントニオ・タピエスや、ミロのパトロンだった帽子屋さんが、私を、オヤジに紹介してくれたせいである。

「あのオヤジは今も健在か？」

とボーイに訊いてみたら、

「いるよ。ほら、あすこにいる」

指さしてくれた。道端のテーブルに、一人の枯れた老人がしょんぼりと坐っていて、物憂そうに伝票を繰っていた。

私は声をかけてみる元気さえなくなった。それに、とても私のことなど覚えてもいまい。もう一軒、「コスタ・ブラバ」と云ったか、海の近いところで、豆粒のように小さい、イカだか、タコだかの墨煮を喰べた記憶があったから、心探しに探してみたが、その所在がわからなかった。

また、そのミロのパトロンの帽子屋さんが、私に「子鰻の土鍋焼」を喰べさせてくれた「オロタボ」と云う店のあった事を思い出して、探し廻ってみたところ、この「オロタボ」は、ちゃんともとのところにあった。

しかし、かなりの高級店で、覗いてみると、ネクタイを締めた紳士ばかりが、美しく着飾った婦人達を同伴していて、私のような、登山服着用のものの入る店ではなさそうだ。いさぎよくあきらめて、後戻ったが、鰻の子の躍っている奴を、オリーブ油を敷きつめた土鍋の中に、放り込む料理である。勿論、土鍋の油はたぎっており、ニンニクと唐辛子が一つずつ。サフランの匂いのしみついたオリーブ油のなかで、鰻の子が半煮えくらいのところを、木製のフォークとスプーンで、掬って喰べるわけだ。

シコシコとおいしい、酒のサカナである。

サン・セバスチャンの海料理の店も、子鰻を喰べさせてくれるが、これは鍋物ではなくて、白煮のものを、皿に盛り、酢油で喰べさせてくれる。

これもおいしく、どちらがいいか、にわかにきめかねるが、一緒に飲む、酒の種類によるだろう。

もう一つ。今思い出したから書き足すけれど、マラガで、アサリ貝みたいな貝の、もっと平べったい奴を、ナマのまま、レモン汁をかけて喰べさせてくれる。云ってみれば、日本の赤貝を喰べる流儀だが、この貝は、またサフラン煮も、とてもおいしかった。

本当から云えば、仔牛の肉や、羊肉が、スペイン料理の本命だろうし、また魚のことを云うならば、地中海の「メーリュウ」（スズキ科の魚）を語らなければなるまいけれども、立喰屋の方に専らになったのは、立喰屋で喰べることの方が多い、私の状態のせいである。

さて、久しぶりに、バルセロナのガウジ公園に登ってみたら、公園の広場で少女達が、ギターに合わせて踊っていた。

私を見たとたん、今までの踊りをやめて、

アサメシ　ユウハン

と不思議な歌を歌いはじめ、唐手のような仕草の踊りに早変りした。

私は驚いたが、今スペインではやりの唐手踊りを歌い踊って、日本人に親愛の情を示してくれたわけらしい。

初鰹をサカナに飲む銘酒・ダン

ポルトガル

スペインから、ポルトガルに入り込んでいって、一番、不思議に感じられることは、ポルトガル人が、おとなしいと云うことだ。

政治のせいばかりではない。政治ならスペインも、ポルトガルも、似たりよったりの筈である。

おそらく、国民性そのもののせいに相違ない。その実、ポルトガル人は大変意地っぱりだとも聞いた。

いつだったか、パリの町の棚おろしの時期に、パリからマドリッドに飛行機で飛んだ事がある。飛行機の中はスペインの買いあさり部隊に占領されている感じであったが、いやはや、手に持てるだけの棚おろし品を買い集めて、飛行機の中は、足許と云わず、膝の上と云わず、オーバーや、靴や、衣類の山で、足の踏場もないほどだ。

スチュワーデスからいくら止められても、飛行機の棚の上に、それらの品々を積み上げる有様であった。

おまけに飛行機が揺れる度に、ワーッ、ワーッと喚声をあげる。拍手をする。ワッショイ、

ワッショイと、耳をつんざくばかりである。最後にマドリッドの町が見えてきて、飛行機が旋回をはじめると、全員揃って、

「エスパニョール、エスパニョール」

と、まるで飛行機がひっくり返りそうな斉唱になった。スペイン人はバスの中でも、レストランの中でも、きまって騒ぐ。元気がいいから騒ぐと云うわけでもなさそうだ。空漠に耐えられない性分なのである。

ポルトガル人は反対だ。

パリからリスボン行の飛行機に何度も乗り合わせたが、ポルトガル人は決して騒ぐことをしない。

乗り物の中で、歌を歌ったり、手拍子、足拍子をとったりしない。黙りこくっている。しかし、怒っているふうはない。バスの中などで誰かが歌いはじめると、眉をしかめて制止する。

いつだったか、酔っぱらいの半気違いが、私の隣の席で、歌いはじめたら、全員振り返って、シーッ、シーッと制止した。

フラメンコとファードの違いを、国民性の上から、マザマザと実感出来るのである。だから、スペインの町角の居酒屋にせよ、レストランにせよ、大賑やかで、歌声や、拍子や、足ぶみの音に満ち溢れているが、ポルトガルの居酒屋や、レストランは、おおむね静かである。

ポルトガルの居酒屋で、料理の出来上がる度に、ガーン、ガーンとドラでも鳴らしたら、みんなびっくりして、客はいなくなるだろう。

ただ、力自慢の男達はよく見かける。例えば、ポルトガルの居酒屋の中で、葡萄酒を飲んでいると、傍の男が、腕まくりをして、ほうれん草を喰べたポパイのように、力こぶを大きくふくらませてみたり、あちこちの筋肉に長い針を突き刺して、得意がってみたり、こう云う、力自慢の男達は、時々見かける。

ポルトガルには、気はやさしくて力持ちの男が多いのかもわからない。

しかし、大変面子《めんつ》を重んじるらしく、体面を汚されると、どんな乱暴でもやらかしかねぬそうだ。

さて、そのポルトガル人達が、居酒屋で、酒のサカナに一体何を喰べているだろう。第一に挙げなくてはならないのは、「パステージ・ド・バカヤオー（干ダラのコロッケ）」だ。

干ダラを、一晩水に浸して、これをガラガラ廻して、つぶし、馬鈴薯や、玉葱や、パセリ（アルファース）の葉と一緒に油揚げにしたものだ。

干ダラの類は、どんな部落でも、乾物屋の店先に、堆く積まれていて、ポルトガルの料理に、干ダラの料理を抜くことは出来ぬ。馬鈴薯と一緒に煮込んだり、人参と一緒に煮込んだり、ポルトガル・キャベツ（コーブ・ド・ポルトゲーズ）と一緒に煮込んだり、どこの家庭ででも、甚だ一般的なお惣菜であって、オヤ、こんな料理は、日本にもあったなあ……、と考え直してみると、少年の日に九州の田舎で、よく喰べさせられた、干ダラ料理とほとんど同一のものであることに気づくだろう。

この頃では、余り見られないが、私の少年の頃まで、夏の贈答品は、たいてい棒ダラであり、その棒ダラを叩く木槌の音は、今でも私の耳に残っているほどだ。その棒ダラを一晩水に浸し、ジャガ芋だの、人参だの、玉葱だの、冬瓜だのと一緒に、白く煮上げたものは、私の少年の日の夏の、きまりきった御馳走のようなものであった。

円山公園の芋ボウは、この干ダラ料理の一つの流れであるだろう。

さて、これらの干ダラ料理は、九州から関西方面にかけて、自然発生的に生れた郷土料理であるだろうか？

北海道にも見られず、東北にも見られない干ダラの料理が、関西から九州にかけて、突然変異のようにして、生れ出るだろうか？

突飛なようだが、これは、ポルトガルから長崎に伝わった、西洋料理のハシリのようなものだと、断定した方がよさそうである。

もう一つ。「ピリピリする」と云う言葉を、考えてみたことがありますか。これは、一体、日本語ですか？　そうではなくて、ポルトガル語の「PIRIPIRI（唐辛子）」から、転訛された言葉に相違ないと、私はポルトガルでそう思った。

言葉なぞどうでもよろしい。或る時間に、ポルトガルと日本と、密接な関連を持ち、そのポルトガルの流儀は、ひどくハイカラであったから、日本の当時のモダンボーイ、モダンガール達が、競ってこの流儀や、言葉を取り入れたと考えても、そんなに間違ってはいない筈だ。

例えば、「コエンドロ」と云う言葉と実体は、日本の江戸時代まであったが、今日知っている者は余りいないだろう。中国の莞茜（或いは香菜）、ロシアのペトルーシカ、英、米のコリアンダー、ことごとくこのコエンドロであって、日本は早く、ポルトガルからこの香草を伝え、使用することを知っていたのに、明治以降になって、すっかり忘れてしまったのである。パセリに類似の香草であって、肉や、肉のソッパ（スープ）に不可欠のものである。

コエンドロによく似た、ポルトガルのパセリ、「アルファース」は成長も早いし、丈夫だし、大変便利なパセリの一種だが、霜にでも弱いのか、日本では余り栽培されていないようだ。

ついでながら、日本とポルトガルの野菜の有無異同を云ってみるならば、ポルトガルには白菜がない。大根が少ない。葱の類が、「リーク」と「玉葱」を別にするならば、非常に少ない。リークのことを、ポルトガルでは「フランス葱」と呼んでいる。大根はエリセーラから、シントラに抜ける山の道で、時々売っているのを見かけたが、赤肌の大根だ。しかし、大根オロシには持ってこいであった。おそらく、糠で沢庵にでもつけたならば、一味違った沢庵が出来上がるに違いない。

日本式漬物の材料なら、「ナビーサ」と「カラシ菜」が素敵においしかったことを覚えている。

私は大変ラッキョウ漬が好きで、ラッキョウなしには朝の茶が淋しいな、と思っていたところ、ポルトガルの玉葱ピックルスを知るに及んで、この淋しさは解消した。

玉葱の間引きしたラッキョウ大のものを、四、五月頃、ほとんどタダのように売っていて、土地の人達は、これを塩漬にし、塩漬にしたあと、酢に漬け直す。その際、キャラメルを少しばかり加えるのだが、この玉葱ピックルスに馴れてしまうと、ラッキョウよりおいしく思うようになったものだ。

どうしても手に入らなかったものは、胡麻である。

グラナダや、コルドバあたりのスペインのアンダルシア地方には、アラブの影響のせいか、胡麻はいくらでもあったのに、同じアラブの影響をうけたポルトガルには、胡麻がどこにも見当らなかった。そこで、わざわざ、モロッコから買って帰ったことがある。

ポルトガルは二面、海に囲まれているから、かりに、日本流儀の料理をしようと思い立つ者がいても、さして不自由はしない。

鰯や、鯵や、鯖などのような大衆魚は、ふんだんにあって、値段も安く、おまけに日本人とまったく同様の塩焼にして喰べる。

例えば、そこここの家の前で、七輪の中に炭火がおこされているのを見るだろう。その炭火の上に金網を置き、鰯や鯵に、ざらざらの粗塩をふりかけながら、直火《じか》焼をするのである。

この焼鰯が、ポルトガル人は大の好物であって、そこらの町のお祭りや、市日など、きまってテント張りの小屋が出来、七輪に炭火がおこされ、ジュウジュウと鰯が焦げて、その煙の中で、みんな葡萄酒をあおるわけである。

鯖には、「サルダ」と「カバール」の二種があるようだ。例えばその鯖を買ってきて、女中のオデテに、モツを抜いておけ、と云うと、きまって、白子と真子を残し、綺麗にハラワタを抜いている。その白子と真子が、素敵においしく、日本だったら、鯖そのものを喰べるのだって、ジンマシンが出来るとか、何とか脅えるのに、ポルトガルでは、その白子、真子の部分を珍重するのだから、魚の鮮度が思いしられるだろう。

もっとも、これはペニシに近い町の話で、ナザレ、ペニシ、オリアオンは、ポルトガル屈指の漁港であって、いつだったか、そのオリアオンの市場で、漁師の爺さんから呼び込まれ、鰯の塩焼を御馳走になったのは痛快であった。

オリアオンの周辺のアルガルブ地帯には、また「仔犬の雌《メメ》っちょ」と云う、アサリ貝を平べったくしたような小貝があり、この貝をオリーブ油炒めにしたものを、土地の人は大層愛好する。たしかに、アサリ貝よりもさっぱりして、おいしく感じられる。

おそらく、「仔犬の雌っちょ」は、雌の仔犬のある部分の連想からつけられた名前であり、日本の「ニタリ貝（似たり貝）」とでも云った類の名前であろう。

スペインのアンダルシアでは、この「仔犬の雌っちょ」を、サフランと、ニンニクと、オリーブ油で和える。

ポルトガルで余り感心出来ないのは、エビの類だ。大抵、アフリカから来るシラサエビの類のようで、日本の冷凍エビと大差はない。

ポルトガルにも「スルメ」があると云ったら、びっくりするだろうか。丁度、五島の剣イカのようなスルメが出来るけれども、余り値段は安くない。総体にポルトガルはイカの類は高い。

「タコ」は大変自慢のものだ。例えば、私が住んでいたサンタ・クルス浜でも、土地の人がよくタコを獲ってきて、

「日本にも、ポルボ（タコ）はいるか」

「いる、いる。もっとうまいぞ」

と答えると、ガッカリしたような顔をする。

彼等はそれらのタコを塩ゆがきにしただけでも喰べるけれども、また、大まかにブッ切りにして、玉葱や、トマトや、ゆで卵の白味なぞと一緒に、酢とオリーブ油で和える。このポルトガル流酢ダコは、なかなかおいしいもので、酒のサカナにはもってこいのものであった。


日本でまったく見られない酒のサカナは、「ペルセーボ」だろう。大潮の時なぞ、サンタ・クルス浜で、いくらでも採れる筒状の殻をかぶった不思議な貝の一種である。

これは塩ゆがきして、殻の中身を抜きとって喰べるのだが、葡萄酒のサカナにおいしく、いくら喰べても喰べ飽きないものだ。

蛇足ながら云っておくと、サンタ・クルスの浜辺には、テングサやアオサの類ならいくらでもあった。ただ、ポルトガル人は海藻の類をまったく口にしないのである。

そう云えば、海辺の山の中は、春になると、ワラビだらけの山になるが、彼等はワラビを喰べることもしない。いや、リスボンの街路樹に公孫樹《いちょう》の並木道があって、その下の道は、秋深くなってくると、銀杏の実で埋もれるが、ポルトガル人は、銀杏の実を喰べることも知らぬ。

また、サンタ・クルスの小川の畔《ほと》りなぞに、芹の類がいくらでも生えている。私は一度その芹を摘み採ってオヒタシにして喰べてみたけれども、非常に柔《やわ》い、おいしい芹ではあるが、芹の匂いはほとんどなかった。ひょっとしたら、日本の芹とは、種類が違うのかもわからない。

ポルトガル人が一番愛好する魚は、「メール」ででもあろうか。スズキ科の巨大な魚である。鯛でも、スズキでも、彼等は大抵ドカドカと筒切りにして、厚く塩をし、ゆがいたあと、ニンニクとオリーブ油と酢で和えながら、馬鈴薯と一緒に喰べる。

鰹（ボニート）も、マグロ（ア・ツン）も、同じようにして喰べるわけだが、去年の五月だったか、素晴らしい初夏の日に、ペニシ（魚港）に向って車を急がせながら、

「今日あたり、初鰹といきたいところだね」

冗談を云っていたところ、その波止場の道に、一尾のボニート（鰹）をぶら下げて立っている男があり、四、五キロはあろうかと思われる、見事な鰹であった。

一尾いくらで買いとったか、ちょっとばかり逆上の気味だったので、六百円くらいきばったかも知れないが、生涯であんなにおいしい鰹の刺身を喰べたことがない。

高知で喰べた鰹より、枕崎で喰べた鰹より、格段においしく、これがその、江戸の通人が喜んだ「初鰹」の味だろうと、そう思った。

去年はまた、バルセロナの市場の中で、縞目のくっきりとしたボニートを山のように見かけたが、残念なことに、庖丁を持っておらず、みすみす思いあきらめたことであった。

ポルトガルの魚市場では、夥しい「エイ」を見かける。これもまた、塩ゆでにして、ニンニク、酢、油で喰べているようだが、私の郷里の柳川では、「エイガンチョ」と云って、甘辛く煮付にして喰べる。一度、その柳川流の煮付にしたいと思ったものの、あんな大きな魚にたっぷり醤油をつかっていたら、外地生活は一挙に破滅だろう。

とうとう、そのポルトガルのエイを、日本のエイと比較食味する段にまで至らなかった。

鯛やスズキは実際よく喰べた。

「パルゴ（真鯛）」「サルゴ（チヌ）」「ハバロ（スズキ）」は、ペニシの市場で一番買いやすい魚だから、事ある毎に鯛茶漬けや、博多ジメをやってみたものだ。

何度も書いたことだが、「鰻」は大当りした。或る日、村の少年が、私の家に三十尾の鰻を投げ込んでいったのである。アズール川（青の川）の河口で獲れた、まったく頃合の鰻であった。その鰻を割く為に、私は一本の釘と小刀を使いながら、夕方からあくる朝の五時頃まで、徹夜の奮闘をこころみたものだ。ようやくしらじら明けに、二十五尾を割いたものの、五尾残して、精魂つき果てた。

葡萄酒と醬油を半々に割って、頭と骨で煮つめ、日本流の「カバ焼」のタレを作ったが、あんなに贅沢な鰻のカバ焼は、もう、またと喰べられるものではないだろう。

残りの五尾を大ダライに生かしておいたものの、十日後にとうとう全滅させた。砂地の上に這い出したり、逃げ出したり、で、ポルトガルの太陽の中で、干物になっていた。

さて、鰻や、穴子や、ハモの類を、ポルトガルでは、一体どうやって喰べているか、ちょっとばかり説明しておこう。

店の名は忘れたが、リスボンのロシオに近いところで、鰻鍋を喰べさせるところがある。先ず鰻や穴子をブツ切りにするだろう。その鰻や穴子を、葡萄酒とレモンの入った汁で煮る。次に蓋のない土鍋にうつして、玉葱、馬鈴薯、トマト、ピーマン、ニンニク等を加えて、オーブンの中で焼くのである。

日本の「カバ焼党」は、

「そんなものが喰べられるか……」

と気取った顔をするかもわからないが、公平に云って、私は、いずれがおいしいとも、軍配を挙げきれない。

ポルトガル流（或いはスペイン流）の鰻鍋は、それなりのおいしさと、説得力を持っている。

天火の中で鰻の皮はほどよく焦げているのである。

その肉の部には、チーズや、ルーがからみついて、レモンの酸味、葡萄酒の甘味が加わったところなぞ、いちがいに、日本のカバ焼の方がおいしいなどとは云いきれない。

私は、久しぶりに日本に帰りついて、あちこちで、カバ焼を馳走になった揚句、この頃では、一途にポルトガルの「鰻」「ハモ」「穴子」の土鍋焼が、喰べてみたくなったのだから、もしかすると、魂と舌をポルトガルに抜き取られてしまったのかもわからない。

さて、さっき、ちょっと書いた、「ポルボ（タコ）」の酢のものや、「仔犬の雌っちょ」のオリーブ油炒めなどが喰べたかったら、リスボンのグルベンキャン財団の前にある、「ウ・パコ」と云うビール食堂が手頃なレストランかもわからない。

もし、「ゴジドー・ポルトゲーズ」が喰べたかったら、アルファマの「ウ・ペレイロ」が、よろしいだろう。

ゴジドー・ポルトゲーズと云うのは、豚の足だの、豚の耳だの、牛の「ミノ肉」だの、心臓だの、バラ肉だの、鶏だの、何でもござれ、馬鈴薯、玉葱、人参、ポルトガル・キャベツなどと、ゴタ煮にしたものだ。云ってみれば、日本の田舎煮とか、「ガメ煮」とか云った類のものだが、血の「チョリッソ（ソーセージ）」とか、モツのチョリッソとか、ソーセージにフォークで穴を開けて、一緒に煮込み、そのソーセージの味をしみつかせたものである。

このチョリッソだけは、日本にないから、ゴジドー・ポルトゲーズを復元することは、ちょっと日本では無理だろう。

「ウ・ペレイロ」のあるアルファマの町の姿もまた面白く、リスボンに出かける人は、一度は、アルファマの「ウ・ペレイロ」を訪ねていって、ゴジドー・ポルトゲーズを喰べてみるとよい。

口に合わない人がいたら、黙って「ダン（葡萄酒）」を飲んで帰ればよいではないか。

しかし、永年ポルトガルに住みついたイギリス人が、

「ポルトガルでは、ゴジドー・ポルトゲーズがおいしい」

と断言していたくらいで、ゴジドー・ポルトゲーズとは、「ポルトガル煮」と云う意味だ。結婚式であれ、祝賀会であれ、人に招ばれたら、大抵、このゴジドー・ポルトゲーズが出されるものと考えておいて間違いないだろう。

ゴジドー・ポルトゲーズと一緒に、よくお米と鵞鳥《がちょう》の炊き込み御飯が添えられてくることがある。これもまた、私は大変好きになった御馳走の一つである。

残念なのは、「フランゴ・ナ・プカラ」と呼ぶ鶏の壺煮があって、これを喰べたいと、絶えず念がけておりながら、どうやら、レストランで予約でもしておかないと喰べられないらしく、とうとう、ありつけなかった。

これを喰べたら、たちどころに復元してみたいと、その壺まで用意しておいたのに、ついに覚えることが出来なかった。

ポルトガルではビフテキのことを「ビーフ」と云っている。大抵、牛肉を肉叩きでたたきのばし、あらかじめ、ニンニク、玉葱をよく炒め焦がしておいて、焼肉の上に添えて喰べる慣わしのようだ。肉は間違っても英国人のように、血のしたたるような喰べかたをしない。

ミディアムか、ウエルダンで喰べるようだ。

「ギザード」と呼ぶ、シチュー類似の煮込肉がある。

一度、ラゴシュの町のレストランで喰べたギザードは、どうやら、英国人向に味を変えてしまっているようで、そこいらの町角で喰べるギザードは実に素朴な、ただの煮込肉である。羊の肉と仔牛の肉を珍重するのは、スペインと同様だ。

殊更、羊の首から肩にかけて、ひょっとしたら、最上の牛肉の、倍の値段はするだろう。仔牛のレバーなどは、一番高いものの一つかも知れぬ。

ポルトガルでは、肉を部分部分に分割することを好まない。肉食人種らしく、大模様に断ち割って、骨付の肉を愛好するのである。

例えば、「コートレット」の部分を「クスタレーター」と呼んでいるが、クスタレーターにくっついているアバラ骨を取り去ってしまったら、誰も買う人はなくなるだろう。

ただ、私が一番泣かされたのは、鶏のモツだけ買うことが出来ない一点だろう。

日本だったら、鶏のレバーでも、砂ギモでも、自由自在に買い取ることが出来るけれども、ポルトガルでそのレバーや、砂ギモを買おうとしたら、一羽分の砂ギモなら、一羽分の鶏の頭と二本の足をくっつけられるわけだ。後にはだんだんと大目に見てくれるようになって、五百グラムくらいのモツをきばってくれることがあるにはあったが、それでも、鶏の頭四つ五つ、鶏の足十本ぐらいは覚悟して引き取らねばならない。

鶏足の料理をしっかりと覚え込んでおかないと、鶏のモツを喰べることも出来ないわけである。

「カタツムリ（カラコーレッシュ）」は、裏の畑を作りはじめてから、いくらでも湧いた。いや、カタツムリに泣かされたと云った方があたっていよう。なにしろ、無尽蔵にそのカタツムリが発生して、畑の野菜を喰い荒らすのである。

はじめは、そんな事とつゆ知らず、女中のカロリーネにカタツムリを獲ってきてくれ、などと泣きついたものだ。

月夜の晩、そのカロリーネが、海沿いの道の叢を懐中電灯で照らしながら、カタツムリを獲ってくれる姿は、風雅を通りこしていた。

波の音。

月明。

懐中電灯。

カタツムリ。

と四拍子揃ったそのカタツムリを貰い受けて、煮たり、焼いたり、葡萄酒に入れたり、ポロ葱を刻んだり、かしこまって味わっていたそのカラコーレッシュが、庭いっぱい増殖してしまうと、憎らしさ一心で、獲っては足で踏みつぶし、獲っては足で踏みつぶしたものだ。

風雅なところなど、みじんもない。

おそらく、ポルトガルで一番憎らしかったものは、このカラコーレッシュと、夏の日の血を吸う蝿であった。

　虻なら虻のように大きさでも大きかったら、これは人間に喰いつく蝿だと私だって用心する。

　ところが、ポルトガルの「モーシュカ」は、日本の蝿と寸分違わぬ大きさ、恰好をしていながら、私達の肌を刺し、血を吸う。

　これに刺されると、刺されたところがみるみる倍ぐらいにはれ上がり、その痒さと云ったら、三日三晩続く心地である。

「モスキドン」と云ったか、怪獣の映画か漫画かあったと思うが、大きい怪獣なら心構えが出来る。ただの蝿が人間に喰らいつき、血を啜るから憎らしいのである。

　おいしいものは果物だ。

　ミカンがおいしい。血の色をしたオレンジがおいしい。ネーブルがおいしい。やがて桜桃になり、桃になり、いちじくになり、メロンになり、西瓜になり、葡萄になり、林檎になり、洋梨になり、その時々の賑わいと甘味は、したたるばかりである。

　品種は日本のように改良されていない。ツヤ布きんがかけられたり、ミカンの皮にビニール液が吹きつけられたりしていない。小さく、恰好悪く、色も冴えず、ミカンなぞ種子がいっぱいだ。

　しかし、五月から十一月まで、ほとんど雨を知らないような日照が、果物をどのように美味しく昇華させるかと云う見本のような現物にめぐり会った時の喜びは、かけがえないものである。

熟れあがった洋梨（ペラ）や、熟したムロン（メロン）、付根のあたりのもう乾葡萄になったかと思われるような、紫の葡萄の甘味など、日本の改良と加工では、どうしようもないだろう。

その葡萄から絞りあげた葡萄酒が、おいしいのは、また止むを得ない。だから、つい、うわずって、

「酒ならダン（DÃO）、酒ならダン」

などと口走っていた。

「ダン」は、ダン地方の銘酒だが、勿論のこと、ボルドーやライン、モーゼルなどと、匹敵出来る素晴らしい葡萄酒だ。

末尾ながら書いておくと、サンタ・クルス浜の松林の中には、一、二月の雨期に限り、ククメーロッシュ（キノコ）が沢山はえる。山形あたりの黄茸に類似のシメジである。

迷路で出合った旅の味　モロッコ

リスボンからカサブランカまで、飛行機でちょっきり、一時間。

キラキラ光る海の果てに、新緑の萌えたつような大平原が見えてきたから、

「あれは、どこだろう？　マデラ島にでも寄るのかな？」

と思ったら、これがモロッコだった。私は、何十年か昔、学生の頃に、「モロッコ」という映画を見て、明暗のはげしい、砂漠と駱駝の国、とばかり思い込んでおり、

「今夜は砂漠の匂いがする……」

などと云う、その映画の中の気取った会話まで、久しぶりに思い出しながら、モロッコの姿をさまざま妄想していたのに、これではアテがはずれた。

機上から見るスペインや、ポルトガルより、よほど、緑がかって見える。映画の「モロッコ」以外に、何一つ予備知識のない私は、そのモロッコが、無双の穀倉地帯だなどと云うことを夢にも知らなかった。

「カスバ」だの、「外人部隊」だの、どうも、映画と云う奴が、私達に植えつける印象ほど、アテにならないものはない。

同行は歴史学者の金七君と、写真の小川君だが、まだ宿もきめていないと云うのに、「先ず市場を見よう。その市場の近所でメシを喰って、それからゆっくりと宿をでも取るさ」

無理強いに、私の旅行の習慣を、諸君に押しつけるハメになった。

しかし、私にしてみたら、どこかの国へ辿りついた瞬間、その国の市場に積み上げられているくさぐさの肉の類、魚介の類、野菜の類をそれとなくたしかめておかないと、何事もはじまらないような、おかしな不安が感じられるのである。

うまい具合に、バスターミナルのすぐ近く、二百メートル平方ぐらいの、大きなスウク（市場）があった。

いや、ある、ある。牛、豚、羊、駱駝の肉に至るまで。心臓、肝腎、センマイ、ミノ、足、頭、尻尾等。

魚介の部は尚更だ。エビ、蟹、カキの類までが、堆く積み上げられている。

そこでホッと安堵の吐息をついて、野菜の部に廻ったら、にわかに、メマイがおこるような、異形なものに、出っくわした。

キノコである。

三十センチを遥かに越えるような大松茸。もっとも、これは松茸ではなくて、奥多摩あたりで何と云ったっけ……。姿は松茸とそっくりだが、松茸のような匂いはなく、肉がもっと固くしまった、大型のキノコである。

その松茸模様のキノコがズラリと並んでいるすぐ脇に、これはまた大シメジか。コップ位の茎の上に、傘が直径十五、六センチもあろう。見たことも味わったこともない大入道のようなキノコであった。色はよくぬめる褐色を呈していた。

その入道茸のすぐ隣に、椎茸のような斑《ふ》の入った白いキノコがズラリと並んでいる。

「買おうよ。買おう」

と私はうわずり気味に連呼してみたが、同行の二人は、ニベもない顔付で、

「煮る道具も、焼く道具もないですよ。帰る時にしましょうよ」

これではあきらめるよりほかない。私は後髪を引かれる思いで、せめてもの腹いせに、安いミカンを買ってみたが、一キロ、一体いくらぐらいになったのか。金七教授の説によると、「デルハム」は円の五百倍に計算したらよいそうだ（あとで七百倍に訂正された）が、兎に角、一キロ二、三十円見当であったろう。

私達はその市場の真横の食堂に入り込んでいって、モロッコの第一食を喰べてみたのだが、残念なことに、フランス食堂であった。

それでも、ビフテキと、オリの沈んだようなモロッコ・ビールで、兎にも角にも乾杯にした。

翌朝がバカげている。カサブランカ港駅発七時四十分の汽車に乗り込むつもりで、七時迄に駅へ駆けつけたつもりであったのに、切符は七時半になっても売ってくれない。改札もし

てくれない。モロッコのノロノロ流儀にすっかり腹を立てていたところ、実は私達、三人が三人とも、時計をモロッコ時間に巻き変えることを、忘れていたのである。ちょっきり一時間の時差だから……、とみんなタカをくくって、いつの間にか、その一時間の時差を、忘れていた。

しかし、あんなに広闊な汽車の旅は、生涯にはじめてであった。

見渡す限りの草原のうねりの中に、時折岩の山が崛起《くっき》している。その岩山の蔭にかくれるようにして立っている民家。空が抜けてしまったような太陽の輝き。

そうして、とうとう、その駱駝が、悠々と、農夫に追われながら、立ち働いているのである。

どこと云って、変哲もないような単調な明暗だが、その単調な明暗のものは、一切、底が抜けていて、アフリカの巨大なひろがりの奥行を感じさせる。

同行の小川君など、カメラを首に、駅毎に走り出していって、発車合図の車掌をハラハラさせながら、

「よーし。ここに、一、二年住んでみよう……」

などと興奮の声をあげている。どうやら、モロッコに婿入りするほどの思い入れらしい。

マラケシの駅に着いた。駅に着いたとたん、小川君は走り出していって、右往左往、レンズのシャッターを切るのに、無我夢中のようである。

マラケシは人口二十七万。フェズと並ぶアラブの古都であって、英語の「モロッコ」や、

フランス語の「マロク」、ポルトガル語の「マロッコシュ」、はてはドイツ語の「マロッコ」等、みんな「マラッケシ」が訛ったものらしく、つまり、国の名ではなくて、都市の名であったわけだ。

駅前で馬車を拾って、その馬車に乗る。カツカツと、久しぶりに、中国にでも帰りついたような気分になった。

新市街の「自由の広場」を抜け、メジナ（アラブの旧市街をメジナと云う）に向って馬車を走らせると、先ず、城壁にさしかかる。右手に見事に植林された公園があり、やがて「クートビヤ」のモスク（回教寺院）の尖塔がそそり立っているのを見るだろう。

下から頂上まで、七、八十メートルはありそうで、アラブの建造物は、例外なしに、その幾何学模様の明暗が美しい。「クートビヤ」の尖塔も、夜の照明に浮き出しになると、まるで月光を浴びているようになまめかしい。

「クートビヤ」を過ぎると、もう、そこは、メジナの中心「フナの広場」である。

世界の広場のなかで、あんなにバカげた、あんなに面白い広場があるだろうか。

朝のうちは、野菜だの、果物だの、籠だの、雑多なものを売り買いしている朝市のようだが、午後になってくると、やれ、蛇使いだ、やれ、曲芸師だ、やれ、自転車の曲乗りだ、やれ、剣舞だ等々……、思い思いに広場の一部分を占領して、思い思いの見世物をやっている。

広場はゾロゾロとそぞろ歩く群衆に埋もれているから、勿論、それらの見世物を取り囲んで、ぼんやり立ち尽している者もいるにはいるが、余り金を払う者はなさそうだ。ただ、各国の観光客が、うっかり、カメラを差し向けたり、シャッターをでも切ると、集金係りが飛びついてきて、一デルハムだ、いや、三デルハムだ、とその料金をせびり取る塩梅になっているようだ。

蛇使いだなどと云っても、そこに二、三匹のコブラがいて、そこに笛、太鼓を鳴らしながら、だるく、腰をゆすぶっている老人がいると云うだけの話である。老人が腰をゆすぶり、コブラをからかうと、コブラが首を擡《もた》げて、突っ込んでくる。笛、太鼓がそれをはやしたてている、と云うだけの話である。

それでも、「フナの広場」をそぞろ歩いていると、腹の底の方で、人間の生滅のむなしさを、つくづく味わい尽していているような、不思議な安堵、不思議な鎮静を、感じるから、奇妙である。こころみに、広場に面した、ビルの屋上の、見晴らし台で、ビールを飲んでいると、それらのケシ粒のような曲芸師ら、蛇使いらが、繰り返している単調な所作……、それを取り巻いている人垣のもの憂さ……、を、千里の遠さからでも見ているような心地で、その上にひろがるマラケシの、空高い夕映えの雲の姿は忘れられない。

もう一つ。「フナの広場」の周りの帽子屋、皮細工屋、衣類屋等、何によらず、土産物売りの男達は、こちらから、「あの品物はいくらだ?」と云うより先に、逆にあちらから、

「いくらだ? (How much?)」

とつめ寄ってくるんだから、まったく笑った。

つまり、いくらで買ってくれるのか、その値切り値を、先に先方の方が訊くわけである。向うの云い値と、こちらの云い値と折り合うのは、大抵、三分の一から、五分の一見当のようだったが、それが面白くて、つい帽子だの、頭巾付（?）コートなど買い込んだが、マラケシやフェズ等で、三分の一に値切った揚句の値段が、カサブランカのメジナの売店に書いてある正札と大差なく、やっぱり、カサブランカは世界につながる大都会だと思い直したことである。

さて、メジナの迷路をうろつき廻るのは楽しい。細い、まがりくねった道をブツかり合いながら往来すると、絶えず、

「バレーク。バレーク」

と云う叫び声が湧いてくる。その意味は本来「アッテンション」らしいが、日本の「どいた、どいた」に感じられ、ドラム缶だの、馬鈴薯だの、油壺だの、道の狭さを度外視した勝手放題の荷物を驢馬の背に振分けにしながら、無理押しに人ごみを分けて通り過ぎてゆく。

その驢馬の尻を押しやる者。驢馬の荷に引きずられる者。さては売る声。買う声。その喧《かまびす》しさ……。

肉屋、魚屋、野菜屋、古着屋、金具屋、等、軒を連ねて並んでいる店の合間とか、角々には、パセリだの、コリアンダーの青葉だの、お茶代りの薄荷《はっか》の葉だのを、売っている立売屋。

いや、それよりも、夥しい香辛料を並べたてた店には驚かされる。

白胡椒、黒胡椒、パプリカの粉、唐辛子粉、生姜粉、肉桂、ターメリック、サフラン、コ

リアンダー、等々……。その他、ありとあらゆる香辛料、アロマの類が、白赤黄緑の原色で並べられてあり、胡麻や、落花生や、挽割の米や、挽割の麦等が数知れぬ箱に盛り上げられている。そうして、何と云っても、真っ先にオリーブの国だ。黒いオリーブ、紫のオリーブ、緑のオリーブの実等。

ポルトガルで永いこと胡麻に餓えていた私は踊り上がるような喜びようで、こころみに胡麻を一キロ買ってみたのだが、大体、百円見当だったように覚えている。

あとで、手に取って、撫で回しながら匂いを嗅いでみると、日本の胡麻のように脱色されたシラけた胡麻とは桁違いの、艶と、色と、匂い、を持っていた。

マラケシでも、フェズでも、いや、カサブランカでも、どこでもそうだが、メジナの迷路には、そこここに小さなヤキトリ屋があって、肉片や、肉団子を長い金串に刺し、細長い矩形の七輪の上にさし渡しながら、炭火で焼いている。

云わば、ロシアのシャシユリーク、日本のヤキトリ、欧米のブロシェットだ。

その串焼肉は、貧富の差なく、モロッコ人が愛好するモロッコ代表料理の一つだろうから、ちょっとばかり、詳しく説明してみよう。

羊や牛の肉をあらまし親指ぐらいの大きさに切って、その脂肪と、代わる代わる金串に刺し、これを炭火で焼いたもの……。モロッコでは、これを「カバブ」と云っている。

次に、羊や仔牛の肝臓を、やっぱり親指くらいの大きさに切って、金串に刺して焼いたもの……。これを「ブルファフ」と云っている。

「なーんだ、そんなもの……。毎日、新宿のヤキトリ屋で喰っているぜ」

と云われそうだし、ヤキトリはヤキトリでよろしいけれども、「カバブ」や「ブルファフ」の、その香りや、舌ざわりは、ヤキトリとは、また、おのずから別の味わいと匂いである。

もし、料理の経験者なら、疑問は百出してくる筈だ。

どうして、これらの肝臓が、ベタベタにこわれないで細分され、串に刺されているか？

その匂いと、うまみは？　等々……。


もう一つ。「ケフタ」と云う串焼がある。これは、牛や羊の肉をベタベタに刻み、さまざまの香辛料を加えた揚句、金串にウインナー・ソーセージくらいの大きさと、形に、刺し延ばし、カッコよく、焼き上げたものだ。

私はこれらのブロシェットを、カサブランカでも、マラケシでも、フェズでも、喰べてみたし、高級食堂、低級食堂と、相手構わず廻り歩いて、味わってみた。

ひとつ、高級の部から、実況を説明してみよう。

マラケシの「フナの広場」から東南に抜けてゆく道をしばらく歩くと、「ダル・エス・サラム」と云う高級レストランがある。その昔、高利貸をでもやって金を溜めた商人が、その屋内に贅美を尽していたところ、次第に左前で、ひとつ、この家の内部を売物にレストランにでも転業してやれと思ったのか……、そんな妄想が自然と湧いてくるような家なのである。

通りは小便臭いアラブの庶民街だが、その門口から一歩家の中に入り込むと、奥へ奥へと贅美を尽した屋敷であり、その広間のソファに腰をかけたら、ちょっと、アラブの大金持にでもなったような気持がする。

食卓はアラブ流に、四脚の上に円形の大きな金属盆をのっけたものだ。

私達は「羊のクスクス」と、「ブロシェット」と、赤い葡萄酒を、註文した。

先客は二、三組のフランス人と英国人のようである。

先ず、うやうやしく、金盥《かなだらい》のようなものが運ばれてきた。ボーイがタオルを腕にかけて待っているから、手を洗えと云うことだろう。水でもなく、熱湯でもないぬるま湯で手を洗うのは気持がよいものである。

やがて、大きな蓋物が円卓の中央に運ばれてきて、その蓋を取ると、「クスクス」だ。クスクスと云うのは、一体どんな喰べ物かと云うと、米の挽割だか、麦の挽割だか知らないが（或いはその両方がまぜ合わされてあるかも知れぬ）、純白の挽割穀粒を、「クスカス」と云うセイロで蒸し上げたものである。

しかし、その蒸し上げたクスクスはサフランの黄と匂いがしみついていて、真ん中に羊の煮込と野菜類が、カレーライスのカレーの塩梅にドロリとかけてある。これを左手でたくみに手摑みにしながら、口に頬張るわけである。

正直な話、私はそれほどおいしいものだとは知らなかった。前日も「フナの広場」で「鶏のクスクス」を喰べたのだが、それほど感心は出来なかった。しかし、「ダル・エス・サラム」のクスクスは、さらりとした穀粒の味。その真ん中の骨付羊の煮込、人参、蕪、乾葡萄、豆の渾然とした味わい。ニンニク、オリーブの実、オリーブの油、レモンの合奏、私はまったく兜を脱いだ。「アラブ料理、よろしい」

しかし、フランス人の嗜好に合わせて、相当手加減したアラブ料理かも知れず、そこのところが、おいしかったのかも知れぬ、と何度も思い直してみたけれども、おいしかったのに間違いない。

蛇足ながら云っておくが、クスクスは下の方の鍋で肉や野菜を煮、その蒸気を、上のセイロで受け止めながら、蒸すのである。

つづいて、金串焼の、例の「ケフタ」とパンが運び込まれ、私達はあわてて、その挽肉の串焼を自分の皿の上にしごき落し、スプーンで喰べたのはお粗末であった。

と云うのは、まもなく、私達のすぐ右脇に、金襴《きんらん》の衣裳をまとった貴公子風の青年が、左右に二人の美女を擁しながら席に着いたから、私達は彼らがケフタの串焼を喰べる様子を見守っていたところ、二人の美女は、左手の指をしなわせながら、右手の金串からケフタをほどよく抜き取っては、口に頬張り、ほどよく抜き取っては、口に頬張り、その指の味わいさえ、感じられる心地がした。

金襴青年は、と見ると、パンを一ちぎり、そのパンを半分裂いて、その裂目の中にケフタを、しごきはさんで、サンドイッチにしながら喰べている。

なるほど。これなら、私の日頃やっている通りではないか、と私は気を取り直し、私の金串を握り直して、そのケフタを一しごき、二しごきしながら喰べてみると、格別に落着いた味わいが感じられる。

やがて、広間の真ん中では、その夜のアトラクションがはじまった。どうやら、ババリ人の戦闘踊りのようだ。帽子の頂の紐の先につけられた丸い飾りをクルクル旋回させながら、空中に跳び上がったり、コサック踊りのような所作を繰り返したり、耳をつんざく太鼓の音が、その伴奏として鳴り響くわけだ。

つづいて、女の踊りに変ったが、これはアラブ踊りのようである。バラライカによく似た楽器と太鼓の音に合わせて、ヒョイヒョイと手を挙げてみたり、腰を振ってみたりしているけれども、まるで日本の相撲取が円陣を作って、中入りの所作をでもやる塩梅であった。

バカバカしくなって、ミカンのデザートをシオに、引き揚げかかったところ、帳場の女の子が、

「今からが真打ちですよ」

とでも云うふうに、しきりにとめる。

そこで思い切り悪く、また後がえってみたところ、いや、これは驚いた。

今しがたまで、力士踊りそっくりのだるい舞踏が、女の独演となってくると、腹の筋肉を揺がし、腰の筋肉を波打たせて、奇想天外の踊りになってきた。

殊更、頭の上に金属の盆をのせ、その上に水を満たした数知れぬコップと蠟燭を林立させ、その蠟燭に火をともして、大蛇がくねり歩くような地這いの蛇踊りになった時には、まった

く固唾《かたず》を飲んだ。

大拍手である。例の金襴青年は、二人の美女の腰をしっかりと抱きしめながら、大声をあげている。

さて、その踊り子が、私達の席にやってきて金七教授の手を握りしめ、一緒に踊ろうと云いだした時には、どうなることか、と、まったく私は青くなった。

が、天晴《あっぱ》れ。金七君は日本男児の本領を発揮して、決然と受けて立った。

踊り子は金七君の手を取って、広間の真ん中に進み、やがて金七君の上着を脱がせて半裸体にし、上からアラブの衣裳を着せる。

それから先が、抱腹絶倒の男女共演踊りになった。周りのフランス人、イギリス人達は、度肝を抜かれた形で、喚声をあげ、拍手を送り、例の金襴青年は、二人の美女を抱きしめながら、感嘆のうめき声だ。

まったく、万才だ。日本人、ここにありの大度胸であった。金襴青年は、踊り子の女に、ソッと五十デルハムのチップを渡している。

私もうわずってしまって、ポケットの財布を出してみたり、ひっこめたり、後で気がついたら、その財布を落してしまうほどの、取りのぼせようであった。

勘定は、三人分で、一切合財、邦貨に換算して五千円足らずであったから、料理と云い、アトラクションと云い、私は世界のアトラクション付きレストラン中で、一番愉快であったと信じている。

れた。

さて、話も主題もいささか脱線に過ぎた。

「ダル・エス・サラム」のババリ人戦闘踊りは、その翌日「フナの広場」を廻ってみたところ、全員同じ顔触れの男達が、広場の中で踊っていた。しかし、一番人気のない踊りらしく、見ている者は一人もなくて、同じ動作を繰り返すだけの、まったく退屈な耐久踊りに感じられた。

さすがに、スネーク・ダンスのアラブ女性群は、広場のどこにも見当らず、その昔の王宮の廃墟の中に、幻となって、くねり踊っただけだ。

王宮の廃墟から見晴かすアトラス山脈の、雪の山容は美しかった。

「アルハンブラ宮殿」のシェラ・ネバダと云い、「ダール・エル・マクゼン宮殿」のアトラス山脈と云い、アラブはこのような土地を王城地に選びたがるのでもあろうか。

私達は、マラケシから、特急に乗ってフェズに抜けたが、フェズの「メジナ」は、まったく、痛快と云ってよいほどの迷路であった。

いかに歴史学者の金七教授が、書物と首っぴきになって、その昔の回教寺院大学の在り場所を探しても、さっぱり、それらしいものは見当らぬ。とうとう、

「これはやっぱり、ガイドの少年でもやとった方がいいですよ」

と云うことになった。幸い一人の赤シャツの少年が、追っぱらっても、追っぱらっても、ついてきていたから、その少年にシャッポを脱いで、大学への案内を願ったら、なーんだ、

何度も通ったところに、入口の門があり、そこの門を、叩かなくては、金輪際開かないのである。

　建物に何の標識もなく、道に矢印も何もない。つまるところ、ガイド少年らの収入の道を絶たぬ為の当局の思いやりか、それともガイド達が標識を取りはずして、自分達の収入の道を守るのか、と邪推したくなったほどだ。これでは、はじめからフェズの名所旧蹟の在り場所など、他国人にわかる道理がないのである。

　しかし、その迷路に迷い迷うのは、私にとっては、旅の楽しみの一つでもあった。驢馬の馬糞が雨にとろけて、ヌルヌル滑る石だたみの狭い道ではあるが、例の、

「バレーク、バレーク（どいた、どいた）」

の叫び声。買い手、売り手の喧しいおらび声。飲食の匂い。人馬の体臭。生きていると云うことの極限を、熾烈《しれつ》に思い知らされるような迷路である。

　迷い迷っているうちに、一軒の「カバブ（肉の串焼）」を焼いている店に入り込んでいって、そこで喰べたカバブや、ケフタのタジン等のモロッコ料理が、「ダル・エス・サラム」の高級レストランに劣らずおいしいことを知った時には、まったく嬉しかった。

　名前も何もない迷路の中の、うす汚ない食堂だ。しかしアラブの男達が、二、三人うまそうに喰べているから、勝手に割り込んでいって、先ずカバブを焼いて貰い、それから、羊肉のタジンや、羊肉の団子（つまりケフタ）のタジンを喰べたところ、まったくの病みつきになった。

ここで、少しばかり面倒な説明をするなら、「タジン」と云うのは、云わば、シチューである。鍋で煮た煮込料理である。「タジン・サラウイ」と云う蓋付の鍋があって、蓋の恰好は、丁度日本の擂鉢を逆様にしたようだが、もっと頂上がとがっている。擂鉢と同じように褐色に光る土鍋であり、その蓋が、ぴったりと土鍋にはまり込むようになっていて、円錐形に高く聳え立っているのである。

繰り返すが、土鍋の上に、擂鉢をピッタリと逆さにのっけたようなものだ。どうして、こんな大きな蓋をのっけるのか、私ははっきりとその事情をたしかめてみないが、或いは蒸気抜きの穴を嫌うのか、或いは内容の温度に関係があるのかもわからない。

煮込料理と云うのは、得てして、スープが白濁しがちのものであるが、モロッコの料理に関する限り、色が鮮かに、澄んでいる。

その「タジン・サラウイ」で煮込む料理は、千変万化であって、その肉も鶏であったり、鳩であったり、七面鳥であったり、羊であったり、牛であったり、駱駝であったり、その野菜も、あらゆるものが、用いられるわけである。

私が喰べたのは、羊肉のケフタ、つまり、羊肉の団子とトマトを一緒に煮込んだものであったが、クミンのようなほろ苦味、サフランのような香気、パプリカのような味と色、そして何と云ってもオリーブ油、おまけにレモンのような酸味、パセリとコリアンダーの青い細片まで、渾然と入りまじった肉団子のシチューであった。

相客のモロッコ人は、私達を珍しがって、彼の皿の中から、大きな空豆を一つつまみとり、私の口の中に頬張らせてくれたが、この土地の人の好意と嬉しかった。

ただ一つ、困ったことがある。

それは、回教の戒律のせいだろう。モロッコ人の本来の食堂は、まったく、酒の気がないことだ。葡萄酒もなければ、ビールもない。

あるのは、水と薄荷茶だ。

甘く、舌ったるく、強烈な薄荷の匂いのこもった飲み物は、少年の日には、おいしく飲んだような記憶もあるが、今の私には、どうしても、駄目である。

しかし、酒を飲ませる店は、どうも、生粋のモロッコ料理を出すことなぞ、余り考えていないようで、大抵まずく、いい加減な、料理が多い。

やっぱり、酒がないとわかっていながら、迷路の中を、探しに探し、ようやく昨日の店を見つけ出して、ケフタのタジンと、カバブの串焼を喰べたのだが、せめて、ここにビールでもあったらなあ、と、その口淋しさは尚更つのるわけである。

私は、カサブランカのキノコが目の中にちらつくから、マラケシでも、フェズでも、よく通じない言葉をあやつりながら、キノコ探しをやってみたのに、マラケシにも、フェズにも、まるっきり見当らなかった。

そこで、カサブランカに着いたとたん、仇をでも探すように、まっすぐ、市場の中に躍り込んでいって、キノコ売場に駆け込んだのは、不思議でも何でもないだろう。

キノコはあるにはあった。

しかし、例の大松茸はその日はなくて、褐色の大入道と、斑入りの白いキノコだけである。斑入りのキノコを一キロ、大入道シメジを二本、合わせて六、七百円くらいの見当になったろうが、買い取って、モロッコ手籠に入れた時には、ホッと胸を撫でおろす心地であった。どうして喰べるのか、身振り手真似をまじえながら訊いてみたところ、どうやら、タジンの中に煮込むものらしい。

ポルトガルの我家に帰り、さまざまに試食してみたところ、シメジの大入道の方は、これは、素晴らしい口ざわりであった。おそらくタジン料理にはもってこいだろう。

しかし、斑入りの白キノコは、いくら煮込んでも青臭さが消えず、玉葱を焦がし、カレー粉をまぶしつけて、ようやく、その生臭さを駆逐するのに精一杯であった。

チロルで味わった山家焼

ドイツ・オーストリア

今度ヨーロッパにやってきたそのはじめから、何と云うこともなく、チロルだけは是非行ってみたい、とそう思い込んでいた。それなのに、そのチロルに実際に出かけていったのは、一年をはっきりと経過してしまった、この晩秋のことだ。

「チロルの秋」は実によかった。大袈裟に云えばまったくヨーロッパに来た甲斐があった、としみじみそう思ったほどである。ヨーロッパと云う文明のひろがりがあって、その真ん中に、ポツンと、こんな、緻密で、静かな人間の憩いの場所があるのかと、羨ましかった。それでいて、底抜けに明るい。

インスブルックの町に入り込んだ瞬間から、シーンと、私の心は鳴り静まるような、不思議な鎮静さえ、感じられた。

町の背にそそり立っている山々。真っ黄色にもみじした葉々を映して流れている澄み通った水。

云ってみれば、完全な秋の日が、この町の周辺に、漂っているようにも思われた。

ただ川岸の石垣に、「チロルはドイツのもの」とか何とか、大きな落書があるのは、ドイツ少年の、血気のはしり書き、でもあろうか。

そのイン川に沿ってブラブラと歩いてゆくだけでも、チロルを満喫しているような心楽しさである。私は意味もなく電車に乗って、その終点から、終点へ、折り返してみたり、古い屋並の店に入り込み、真っ赤なチロル帽を買おうとして、

「それは女ものですよ」

と女店員に笑われたり、まったくの浮かれ模様であった。

機嫌のよい時は、モノがおいしい道理だが、それにしても、インスブルックの「バウエルン・ブラーテン」ほど、おいしいと思ったものは、ほかに少ない。

贅沢なものでも何でもない。質素で堅実な田舎煮なのである。町中をブラブラと歩いていて、随分繁昌している店があるな、とそう思ったから、つい、入り込んでみた。

キャフテリア式の食堂だ。「HAFELE」と云うのは何語だか知らないが、その店の名前であろう。

そこらのオヤジさんやオバさん達が目白押しに並んで、切符を買って、喰べているのは、みな同じものらしいから、私もまた「バウエルン・ブラーテン」と云ってみた。

切符を二枚くれる。赤と白だ。その赤札を料理窓に持っていって、品物が渡った時に、白札を渡す仕掛になっている。その仕掛を知らなかったら、うしろのオバさんが親切に教えてくれた。

大皿が渡されたから、自分の席に後がえって点検してみると、骨付牛肉の煮込のようであ

る。ジャガ芋が添えてあり、ほかに、キャベツとレタスのサラダがついている。

一口喰べてみて、まったく知らない味であると、驚いた。おいしい。ウイキョウとアニスの匂いが感じられた。

「バウエルン・ブラーテン」と云うのは、私のとぼしいドイツ語の理解力で翻訳するなら、「農家焼」とでも云うんだろう。シャレて云えば「山家焼」だろうが、どうも肉そのものが、半分燻されている感じである。おそらく、燻肉の煮込に相違ないと、私はそう思った。

この想像は多分当っている。なぜなら、その後、あちこちの食堂で、燻肉の煮込を喰べさせられたばかりか、町の肉屋に、半燻の肉の塊《かたまり》が、一塊一キロずつくらいの大きさで、どこにでも売られているからだ。この燻肉を家庭でも買ってきて、煮込むわけだろう。

しかし、その後、シュバーツの旅籠《はたご》で喰べさせられた燻肉も、ザンクト・ゲオルゲンベルク（St. Georgenberg）の僧院で喰べさせられた燻肉も、みんな豚であったし、燻肉がまだ料理に転化されきっておらず、余りおいしいとは思えなかった。

この「HAFELE」の肉だけは、多分牛肉であったと思うのだが、その煮込の味わいがズバ抜けていた。あんなにおいしい燻肉の煮込を、今日まで、喰べたことがない。

さて、私はどうせチロルに来たのだから、チロルで四、五日は愚図ついてやろうと決心し、チロルで愚図つくのなら、なるべく、山ふところの、もっと田舎がよいだろう、とそう考えて、インスブルックは一泊しただけ、翌日の夜、どこでもよい……、なるべくチロル、ナニナニ……とか、チロルの名がはじめにくっついている田舎町に降りて、その町の旅籠に、泊り込むつもりであった。

生憎と、チロルの名を冠した町の方へ行く列車は、もう終車が出たあとである。それでは、ザルツブルクに抜ける途中のどこぞ、出鱈目に降りてやろうとそう思って、インスブルックから三つ目であったか、四つ目であったか、まったくのアテなしに、そのシュバーーツと云う駅に降りた。

駅前にタクシー一つない。第一、暗い畠の真ん中だ。これには弱り切った。が、一緒に降りた四、五人の青年男女が、

「どこに行く？」

と訊くから、

「どっか、泊りたいんだ」

と答えたら、

「じゃ、乗れ！」

と大型クーぺの助手台に乗っけてくれた。五分くらい揺られたと思ったら、そこの坂道の角で、

「ここだ。ここだ」

と私を降ろし、その旅籠のオヤジを呼び出してくれた。あんなに助かったことはない。

その宿は「ブリュッケ（橋）」と云う旅籠であった。

可愛い十六娘がいて、何かと、面倒を見てくれる。私は早速、下のバーに入り込んで、葡萄酒を飲むと云う仕合せにありついた。

不思議なことがある。下の酒場で飲んでいたところ、五、六人のトランプをやっていた青年達が、一緒に飲もうと、私を誘ってくれた。

もちろん、彼らの仲間入りをして、

「プロージイト」

「ア・ボートル・サンテ」

をやらかしていたら、

「チロルに誰か知合いでもあるのか？」

と云う質問だ。知合いなどはないが、日本を出発する時に、お菓子のチロリアンの社長から、チロルに行ったら、クラウス・プッティンガーと云う人に会えとすすめられていた。インスブルックに住まっているらしいけれど、その住所が不確かだから、とりあえず、勤め先の電話番号だけ書いておくと、紹介を受けていた。

しかし、異国で、見ず知らずの人に、電話をかけるなど、むずかしい。だから、プッティンガー氏を訪問することなど、はじめから、もうあきらめていた。

ただ、そのプッティンガー氏の名前と電話番号は手帳にひかえてあったから、プッティンガー氏の名前を云ってみたところ、

「なに、クラウス・プッティンガー？　そんなら、我々の友人だ」

これには、私の方が驚いた。聞けば、この宿から五百メートルくらい先に、プッティンガー氏の工場があるそうだ。

「もう、家に帰っているから、明日の朝、呼ぼう」

翌朝、几帳面に電話がかかり、まもなく当のプッティンガー氏がやってきた。三十ちょっと過ぎぐらいの青年実業家のようである。

私は自動車に乗せられ、その工場に案内された揚句、

「今から、山歩きをしましょう」

と、まったく思いがけない成行になった。自動車で、行けるところまで行き、そこから渓流に沿って山道を歩いたが、晩秋のチロルの山の美しさは驚くほどであった。セキレイが渡り、カスタニー（マロニエ）の葉々が黄葉し、まま、滝がかかったり、それを一々、プッティンガー氏が、指さしながら、独逸語、英語をまぜ合わせて説明してくれる。

渓谷に渡された高い橋を渡り、ザンクト・ゲオルゲンベルクの教会に辿りついた。その日溜りの庭先で、僧院の山作りの御馳走を喰べたが、これが例の燻肉の煮込であり、プッティンガー氏は、

「ゲゼルヒテス（燻製肉）」

と云っていたから、燻製の肉であることに間違いない。面白いのは、ここで御馳走になった酒が、「バウエルン・シュナップス Bauern Schnaps（山家焼酎）」で、チロルではバウエ

ルンと云う言葉をやたらにくっつけるのだろう。この焼酎はおいしかった。

私が喜ぶ余り、プッティンガー氏は、その「バウエルン・シュナップス」を一瓶、私に贈呈してくれたが、ポルトガルに辿りつくまで、チビチビと飲んだことである。

プッティンガー氏は庭先にある木の実（私の少年の頃、インクの実と云っていた）を指さしながら、

「あれによく似た木の実を、この焼酎の香料として入れるのです。すると、味と匂いが、素敵になります。ワッハホルデル Wachholder（ネズの実）と云うのですが……」

また、ザワー・クラウト（酸っぱいキャベツ）を漬け込む時に、一緒に入れる香料も、ワッハホルデルで、ドイツ人は、キャベツとワッハホルデルの合性を、神から賜わった一番良い、不可分の組合せだと信じ込んでいるようだ。

ウィーンに向って出発する当日は、プッティンガー氏が早目に車を乗りつけてくれて、アヘン湖までわざわざ廻り、その雪崩あとのはげしい山の湖水を半巡りしたりした上に、イエンバッハから列車に乗り込むまで、見送ってくれた。

ウィーンは、ウィーンに辿りつくまでの森がよかった。東欧圏が傍だから、ユーゴの「プトニーク」と云う観光バスが走っていたり、さすがに男女のおしゃれがきわだっていて、ようやくこのダニューブ川（ドナウ）まで出たものの、川下りでもしなければ、別に変哲もない川である。

私達はウィーンの名のつく喰べ物をいくつか知っている。「ウィンナー・ソーセージ」「ウ

ィンナー・シュニツェル」等々。

ウィンナー・シュニツェルは、日本のカツ式に衣をつけて焼いたものだ。生憎、私は、余りにこり過ぎて、選ぶ店を間違えてしまったらしく、その穴蔵式の地下食堂は、青年男女諸君の逢引の場でもあったようで、私はただ、黙って酒を飲み、まずい、そのウィンナー・シュニツェルを齧ってみるだけであった。

ウィーンは音楽の都。シュトラウスは勿論のことだ。やれ、グルックの住んでいたところ、ハイドンの家、シューベルトの死んだ家、ベートーベンの借家だの、夥しい。地下鉄入口のショーウインドーを覗いてみたら、次の演《だ》し物の広告は、

メリー・ウィドウ
マイ・フェアレーディ
ラ・マンチャから来た男

とあった。

ドイツの町々で、私が多少とも知っているところと云ったなら、ミュンヘン、フランクフルト（アム・マイン）、ボン、ケルン、ハンブルクだ。

では、ドイツの味は一口に云ってどんなだろう。

たしかに違う。地中海沿岸諸国のイタリー、フランス、スペイン、ポルトガルなどと考え

比べてみると、たしかに、ガラリと違ってくる。

何となく、白っぽくなり、何となく、酸っぱくなってくる感じである。白っぽくなると云うのはおかしい筈だ。色どり美しく、人参、トマト、ビーツ等、添えられているばかりか、豆類の青は、ふんだんに盛り上げられてあるのだから、色どりがへったわけでもないのに、それでも、やっぱり白っぽく感じられるのは、添えてある馬鈴薯の、油揚げが少なくなってでもくるのだろうか。

そう云えば、スペインやポルトガルの安食堂は、馬鈴薯の油揚げが、山のように皿の上を占領している。

しかし、馬鈴薯は、ドイツ人こそ多用するのである。もしかすると、ゆで卵の黄味が、だんだんと白くなってくるせいかもしれない。

これは事実である。ポルトガルの地卵の黄味を使って、マヨネーズなど作ったら気味の悪いほど、黄色く仕上がる。

反対に、牛乳は、ポルトガルほどまずいところはなく、だんだんと北上するにつれて、おいしくなる。

チロルの牛乳をおいしいとほめたら、プッティンガー氏はうなずいていたが、首から大鈴をつけた牛どもの牧場を通り、やがて牛糞の積み上げられた堆肥置場の脇を通り過ぎたら、すかさず、

「左様、これがチロルの匂いでありますから……」

大笑いであった。

もう一つ。ドイツ人は、「ザワー・クラウト」を多用する。これはよその国には見られないことだ。ザワー・クラウトと云うのは、酸っぱいキャベツの漬物なのである。白いキャベツに塩をして、四、五週間も漬け込むのであろうか。その酸っぱいキャベツを煮込んで、肉皿の添え物にしたり、ナマのままサラダにしたりする。

ナマの「ザワー・クラウト」のサラダの中に、「ウイキョウ」や、「ワッハホルデル」などが散らされているのは、匂い高く、おいしいものだ。

つまり、この「ザワー・クラウト」の多用が、ドイツの料理を白っぽく感じさせるのかも知れぬ。

例えばまた、「ザワー・ブラーテン（酸っぱい焼肉）」を例にとってみても、あの酸っぱい不思議な味わいは、ドイツ人が愛好し、ドイツ人が完成した料理、であることが、すぐにうなずけよう。

私は、「ザワー・ブラーテン」の酸味を噛みしめる度に、人間の各民族が、それぞれの流儀で、味わいを深くし、甘酸の限りを尽し、動物の間から、きわだった成長を遂げたことを、喜ぶものである。

ここで、フッと「ハイデルベーレン」を思い出したから忘れないうちに書いておくが、ハンブルクの中央駅からラートハウス（市庁舎）に行く市庁舎よりに、かなり繁昌しているスナック・バー式食堂があって、ここで、デザートに喰べた「ハイデルベーレン入りヨーグルト」と云うのが、大変においしかった。その匂い。その酸っぱさ。その味わいの深さ。こんなデザートなら、私だって、酒の後にいくらでもいただく。

おそらく私がヨーロッパで喰べたデザートの中では、イタリーの「ハム付メロン」と双璧をなすだろう。

イタリーのハム付メロンと云うのは、夏の地中海沿岸諸国どこにでも見られるメロンに、イタリーのハムを、それこそ大工がカンナでもかけたように薄く切って、一緒に喰べるのである。

イタリーの「プロシュート」と云うハムは、色も淡いが、このメロンにはよく合う。スペインで一度、ハモン・セラノと一緒に、やってみたが、ハモン・セラノでは、何となく、重い。もっとも、切り方が厚かったせいかもわからない。

ところで、その「ハイデルベーレン入りヨーグルト」を喰べた肝心のスナック・バーの名をすっかり忘れてしまったのだが、ドイツで喰べたものの中で、もっともおいしい、ドイツ的な味わいだと、私はそう思った。

さて、それでは、もっともドイツ的な喰べ物と云ったら何だろう。

それは「ブルスト」だと云って、決して間違いではない筈だ。どこの立喰屋だって、どこの高級食堂だって、「ブルスト」のない店はない。世界中に「フランクフルター」で知られているあのソーセージこそ、ドイツの喰べ物の、土台みたいなものだ。やれ、「ボック・ブルスト」だの、やれ、「ハイセ・ブルスト」だの、やれ、「ブラート・ブルスト」だの、「ブルスト」なしにははじまらない。

そのソーセージ料理だが、フランクフルトのちょっと小綺麗な店で、メニューに、本日の料理「ツィゴイネル・ブルスト」と書いてあったから、喰べてみた。「ツィゴイネル・ブルスト」と云うのは、ソーセージの種類を云うのか、皿の上に色どり美しく並べられた、添え物のサラダとコンビで、「ジプシー・ソーセージ」としゃれたのか、それとも、ジプシーが、このソーセージをほんとうに将来したと云うのか、私にはわからぬが、とても、おいしかった。

普通のソーセージと違って、三十センチくらいに細長く、四角だか、五角だか、稜をなしている。匂いも、味も、普通のソーセージより遥かに込み入った味がした。それよりも、その周りに添えられたサラダの類が、三色で、赤は人参、ビーツ、ピーマン等、青はピース、白はジャガ芋、ゆで卵の切ったもの、ザワー・クラウト等。

私はこの日の、ソーセージがおいしかったから、肉加工品の店で、同じようなソーセージを見つけて買い込み、車中、ナマ齧りにしてみたが、込み入った匂いと味わいはあるが、とてもその儘、ナマでは喰べられず、とうとうノルウエーの山奥で、棄てた。

ちょっと、高かったから、惜しみ惜しみ、棄てた。

さて、また、ミュンヘンで買った、黒い大きなセンベイみたいなパンは、たしか、バイエルン地方のものだとか、云っていたが、これはおいしく、車中、あとあと、なくなるまで、喰べた。

やっぱり、ミュンヘンは、ビールである。あの巨大なビール園に入り込むと、元軍人みたいな七十爺さんが、つくねんとビールを飲んでいたり、つき出しの、鰊ずしだか、胡瓜だかを、つついては、大ジョッキをあおっていると、人間の興亡がマザマザ回顧されて、平家物語をまのあたりにしているような感じが、おのずから湧いてくる。

それよりも、近代美術館のゴッホの「向日葵《ひまわり》」の前であったか、盲人の年寄が一人、その奥さんから手を引かれ、「向日葵」の前に立ち尽し、永いこと動かなかった。

失明前に、ここへ模写にでも通ったことのある元絵描きででもあるのか、何か怨念にかられてつっ立っているようで、身じろぎひとつしないのが、薄気味悪かった。

フランクフルトのゲーテ館がいい。

殊更、その台所の立派なのには、びっくりした。

巨大な鍋、釜の類が、何を煮込んだのか、深い色に錆び沈んで見えた。勿論、同時代のものを寄せ集めて、ゲーテの父母の時代を回顧させるものだろうが、ここで立ち働いていた家婢達が、一体どんなものを作っていただろう。ゲーテの母は、時にはここまで降りて来て、采配をふるっていただろうか。

ゲーテの母は知らないが、リューベックのトーマス・マンのお母さんの方なら、トーマス・マンが、「ブッデンブローク」の中で、はっきりと書いている。

そのお母さんが作るマン家独得の「鯉の葡萄酒煮」の話なのだが、

「鯉をブツ切りにして、少しばかり塩をふりかけます。シチュー鍋に赤葡萄酒を入れ、水を少し、刻んだ玉葱、グローブ、砕いたビスケットをたっぷり入れ、それに砂糖、バターを加え、火にかけます。決して水洗いしてはいけません。血も、何もかも、一緒に煮るのです」

となっている。云ってみれば、ドイツ流の「鯉コク」だが、私は、この通り、実際に作ってみたことがある。もっとも、鯉一尾を苦くしてしまうと云う、あの胆嚢は日本流にとり除いたのだが、マン家では、或いは、入れたまま煮込んでいたのだろうか。それとも、西洋流に、モツはやっぱりはずすことを前提にしていたのだろうか。

私は、胆嚢のほかは、日本の鯉コクのように全部入れ、トーマス・マンのお母さんの手紙の通りに、赤葡萄酒で煮込んだが、とてもおいしい、「ドイツ鯉コク」が出来上がった。

やっぱり、世界中、喰べ物のことは、みんな一心不乱なのである。「ドイツはまずい」の、大味だのは嘘っぱちで、どの国も、その国の永い食物の歴史と伝統を持っているわけだ。

さて、ハンブルクに十年ぶりに出かけていって、またまたハンブルクに五日余り長居をした。

市庁舎の「ラート・ワイン・ケラー」にも出かけ、例の「アール・ズッペ（鰻のスープ）」を久しぶりに喰べてみたが、いやはや、マン家のお母さんのドイツ鯉コクどころではない。

まったくの話、誰がどのように工夫をしてこんな、アール・ズッペなどを、作り出したのか。

勿論、一人が創案したわけのものではないだろうし、アール・ズッペに至る、さまざまの「ドイツ流魚スープ」の道行があるのだろう。

「鰻」料理はスペインにも、ポルトガルにもある。大抵、オーブンの中で、玉葱や、ピーマン、トマトなどと一緒に、グラタンにしているようだが、ハンブルクのアール・ズッペは、それとは、根本から違っている。ひどく、手の込んだもののようである。

「スモモ」だか、「サンザシ」だか知らないが、果物の乾した実が、おそらく水にもどして入れられてある。鰻の皮は、はずしてあるようで、三枚に卸し、その肉を親指の爪くらいに切ってある。鰻の肉だけではない。例の半燻しの豚肉らしいものも、鰻の肉と、ほとんど同じくらいの大きさに切って煮込んである。胡桃の実の刻んだのも入っている感じであり、レモンの匂いがし、その他、ありとあらゆる香料の混合だ。

色は褐色を呈しているようだが、ガラーンと広いラート・ワイン・ケラーは手許が暗く、はっきりと断定しにくい。小さな団子みたいなのも入っている。勿論、酒も入っているだろうが、この渾然として、とらえどころのない奥行が、咄嗟にドイツ音楽みたいに感じられたから、おいしかった。しかし、ハンブルクのアール・ズッペは、その元祖は、もしかすると、アラブかもわからない。そんな気もするような、玄妙な、込み入った味のスープである。

アール・ズッペは三マルク八十プフェニッヒくらいではなかったろうか。

私はその日の特別料理で、牛肉の焼煮みたいなものを喰べたが、それに添えられた、馬鈴薯のマッシュしたものを円筒形に固め、オーブンで焼き上げたのが、おいしかった。表面に爽やかな歯ざわりがあるのである。

もう一つ、一緒に添えられた葉ッパの佃煮みたいなのが、何の葉を炒煮にしたものか、見当がつかなかった。

もっと、明るい席に陣を取ればよかったのだが、一人で、ドマン中に坐り込むような勇気がなく、壁面にかけられた水夫の絵（？）の下の片隅に、そっと身を寄せたのは、我ながら情ない話である。

その後の、気晴らしと云うわけでもなかったろうが、地下鉄のトンネル道の中の、ビールの立飲みは、楽しかった。

機械好きのドイツ人の店だから、先ず、自動両替機で、両替をする。その両替した金を、今度はビール販売機の中に入れて、ビールを二杯コップに入れる。

さて、ガラス窓のところの長机の上で、辛子を塗りたくりながら、ボック・ブルストを齧る。

店は丁度地下鉄に降りてくるエスカレーターの見える位置にあり、いや、さまざまの人間が降りてくる。腕を組んだ男女。泣いているような女。リュックを負った日本人の学生旅行者。爺様。子供。

まるで、あの世に急いでゆく、人間の歩行をでも見ているようだ。

機械好きのドイツ人さんが造ったエスカレーターだから、歩行者がなくなると自然に止まる。

人がやってくると、また、エスカレーターは動きはじめると云うわけである。

しかし、私のビールの方は流れ作業で降りてくるわけではないから、腹立たしく、ビール販売機の方に後がえろうとしたら、その販売機の先客があって、片手でビールを受けながら、カウンターの向うの女に向い、

「コルン・ビッテ」

と云った。

ああ、これほどなつかしい響きは、実に十年ぶりに聞いた。「コルン」は焼酎だ。

「コルン・ビッテ（焼酎を呉れ）」

と云って、その焼酎を一杯ひっかけ、

「ビヤー・ビッテ」

と云って、あとの口直しのビールを一杯やるのは、私が、ハンブルクのザンクト・パウリで十年昔に覚え込んだ、ドイツ流の飲み方の醍醐味である。

いくら、自動販売機の世の中になっても、焼酎の方は、やっぱり手盛りらしく、カウンターの向うの女が、私の先客に、手盛りの焼酎を渡している。

つまり、先客は五十プフェニッヒを渡して、右手に焼酎を貰い、左手は自動販売機のビールを受けて、忙しく、元の席に帰っていった。

私ももとより、

「コルン・ビッテ」

だ。先ず、カウンターの女から右手にその焼酎を貰い受けたまではよかったが、余りの嬉しさからか、

「ビヤー・ビッテ」

と次の句までどなってしまい、自動販売機に向ってお辞儀をしてしまったのは、我ながら、情ない限りであった。

思いおこす。今から十三年昔。この「コルン・ビッテ」と「ビヤー・ビッテ」を調子に乗って四、五ラウンド繰り返したばっかりに、ザンクト・パウリ（ハンブルクの日本人は浅草といっている）にしけ込んで、まったくの一文なしになったものだ。

今夜は、自重するゾ、と自分に云い聞かせ、また元の席に戻って、「コルン」と「ビール」を交互に飲みながら、エスカレーターをくだってくる、人の流れにジッと見入っているわけだ。

味の交響楽・スメルガスボード　北欧

スエーデンに入ったのは、丁度十月のなかば。みんなもうオーバーに首を埋めて、厳しい冬を迎えるまぎわのように思われた。ポルトガルでは、来る日も来る日も快晴つづきで、私は毎日、サンタ・クルス浜で泳いでいたと云うのに、ハンブルクでは実に久しぶりに時雨《しぐれ》に会い、ストックホルムでは、木枯しに舞う落葉であった。

北欧の人達が、一途に太陽に憧れる気持が、嫌と云うほどよくわかった。その冬を迎える緊張のせいか、気落ちからか、ストックホルムの町角や、食堂の中で、私は老人達が倒れてゆくのをはっきりと目撃した。一度だけではない。二度も見たのだから、偶然もあったに違いないけれども、酷寒に馴れた北欧の人達ですら、冬を迎えるまぎわには、異常な緊張なり、苦痛なりを、感じるのであろう。それが、老人にはこたえるのでもあろう。

ストックホルムは本屋が立派なところだ。と云うより、これもまた冬の永い読書の時間のせいかもしれないし、いやいや、英語とか、ドイツ語とか、フランス語とか、文明先進国

（？）の書物までも数多く、取り揃え、分類し、配列しているので、例えば、ロンドンや、パリや、ハンブルクなどで、本屋に入るより、ストックホルムの本屋の方が、何となく気安く、アト・ホームな感じで、私は抱えきれぬほど沢山の本を、ストックホルムの本屋で買った。

ひょっとしたら、スエーデンの人達が何となく、ヨーロッパの中心部に憧れるその状態が、私のような西欧語に馴染まぬ日本人の読書と共通な部分があるのかもわからない。

それらの書物を抱えながら、夕暮れの町の雑踏に踏み出した瞬間、向う側の歩道の上で、一人の老人がよろけ倒れてゆくのを目撃した。

たちまち、通りがかりの人達がむらがって黒山のような人だかりになったけれども、気の毒だがコトキレタ様子に感じられた。

その老人を囲む人だかりの周りに、冬がヒシヒシと押し寄せてきているような異様な感じで、私はストックホルムの第一印象に、縁起でもないものを見てしまった。

もう一度。

そのあくる日の夜だったたか、私はストックホルム中央駅の二階にあるキャフテリアで、ビールを飲んでいた。

駅の構内から、まっすぐ二階につながる階段が昇っていて、座席から、構内の雑踏がまともに見下ろせる。

さえぎるような間じきりや、ガラス戸がなくて、下の雑踏も騒音も筒抜けであり、それを見下ろしながら、喰ったり、飲んだりしているほど、愉快なことはない。

私の席は、会計の傍であって、客はお盆の上に思い思いの御馳走や酒を運んでくる。

先ずは、スメルガスボードふうの、さまざまの皿だと思えば間違いなく、例えば、コールドビーフ。堅パンの上に鰊の酢のものを乗っけたの。タラバ蟹と、ゆで卵と、レタスと、胡瓜を、ライ麦のパンの上に並べたの等々。

その皿ごとに、必ずディル（いのんど）の若葉の青味が添えられてあるのが、北欧やロシアに共通の趣である。

客達は、それらの皿に、大抵ジョッキに泡立つビールを添えながら、めいめいのお盆をトコトコと会計のところまで運んでくるわけだが……、私は何も、キャフテリアの作法を説明しているわけではない。

実は、その運んできた皿やビールの代金を払えなくなる人があり、みすみす、その皿やジョッキ入りのビールが、私の傍のカウンターの上に置き去りになるのである。

これは不思議なことであった。

旅行者が多いせいか……。それとも、田舎のお上《のぼ》りさんが代金の見当を間違えるのであろうか。

そんな筈はない。

旅行者ほど、田舎者ほど、緊張して、キャフテリアの払いなど、万に一つも間違いそうな筈はないのに、それが払えず、みすみす、カウンターの上に、泡立つビールが並ぶ。

一度、こころみに、

「そのビール、わけて貰えるか？」

とドイツ語で訊いてみたところ、

「ええ、いいわ」

と即座に、私の方へ廻してくれた。

まさか、値引までしてくれるわけではないが、私にしてみたら、立って、ビール渡し場まで歩き、行列を作って、会計に払うだけの面倒がはぶけるから、この返還ビールを貰い受けて、大喜びであった。

それにしても、万に一つの返還ビールかと思ったら、そうではない。二、三十分に一度ずつぐらいは、大ジョッキの、そのビールが置き去りになり、二度目は私の方から申し入れて貰い受けたものの、三度目の時は、会計嬢（婆？）から、

「このビール、飲む？」

と声をかけられたくらいである。

つまり、私は、返還ビール専門の飲み手になった次第であって、キャフテリアにいながら、立つことも、並ぶことも、不要であった。返還待ちをしながら、ゆっくりとビールを飲めば、それで、よろしいわけだ。

そのせいもあって、かなりの長時間、ストックホルム中央駅の構内キャフテリアにねばっ

ていたことも事実である。さて、一人の老婦人が、キャフテリアの階段を登ってきた。階段は丁度、中程に踊り場があって、その踊り場から、こちらに向って折れ込むのだが、老婦人は、踊り場に立ち止まり、一度肩で深く呼吸をした。

そのまま、ユラユラと崩折れてしまったのである。

踊り場の上の階段に、上半身を斜めにしながら、俯せにころげ、その足は片方だけ、折り曲げた姿になった。

私は生涯に、あんなに克明に、一人の人間の変り様を目撃したことがない。

まるで、私はその婦人の倒れる姿を目撃する為に、殊更にゆっくりと、返還ビールを飲んでいたようなものであった。

町の中では、すぐに黒山のような人だかりがしたのに、どう云うわけか、ここでは老婦人は永い時間、放り出しのままになった。

みんな老婦人の傍まで、寄ってゆくにはゆくが、そのまま、周りを見廻して、ただ大声をあげるばかりだ。

旅行者の臆病からか、それとも、卒倒の人は動かすな、と云う規則でもあったのかもわからない。おかげで、私は、いやでも、その婦人を眼下にしながら、返還ビールを飲むよりほかに手はなかった。

先ず、ストックホルムの、縁起でもない話を二つ、とりつぐハメになったのだが、この二つの印象が強烈であったから、私はこれを書き洩らすわけにゆかないのである。

この二人の、行路病者（死者？）の周りに、北国の冬がサムザムと押し寄せてきているような、いたたまれぬ感じばかりが、先に立って、ストックホルムの印象は暗い。

やっぱり、六、七月の夏の頃に、出かけてゆけば、よかったのだ。

しかし、陰気な日ばかりではない。

一日だけは、申し分なく晴れ渡って、北欧の、深い晩秋の、町と、湖水と、海と、木立の映り合う輝きの中を、そぞろ歩くことが出来た。

例えば、テーゲルバッケンの立体交差路のあたりから、王室オペラ座に抜けて、リツダル・ホルメンだのシェップス・ホルメンなど、小さな島々までうろつき歩くのは、造作もないことだし、その岸壁や橋の上から、周囲の建造物を、さまざまの角度や、高低から眺め渡し、眺め去るのは、楽しいことだ。

スケールこそ小さいが、水路が入り組んでいるから、その変化は驚くほどである。

私達はまた、北欧の女性のゆたかな金髪と、脱色した透きとおるような肌と、秀でた頬骨の、孤独で、神秘で、激発する性の匂いを妄想し馴れている。

例えば、グレタ・ガルボ、また、例えば、イングリット・バーグマン等。

しかし、あわただしい旅行者の眼に映る町は、潔癖に過ぎるくらいのもので、まだしも、同じバルト海に臨むレーニングラードだの、リガだの、リューベックだのの、町々の方が、かえって馴染易いような心地がした。

ナショナル・ミュージアムから、王冠橋を渡ってゆく、小さな丘陵の島のシェップス・ホルメンには、近代美術館があって、ダリの「ウイリアム・テルの謎」があり、また、サム・フランシスや、アントニオ・タピエスの作品が、数多く並べられてあったのは、なつかしい限りであった。

もっとも、美術館と云うよりは、まだ、それ以前の陳列場か、講習会場の趣であり、その一角では、子供達が童画の制作に余念がなく、若い教育ママ達が傍につききりで、ああでもない、こうでもないと、騒ぎ合っている有様は、日本と大して変ったものではない。

北欧の女性の幻想は、幻想のままで置くがよい。だから、セックス・クラブは、「エロチカ」だとか、「リド」だとか、「ビーナス」だとか、数多く乱立していて、ストリップ・テーズなどやっている様子だったが、わざわざ、覗いて見る気も起らなかった。

さて、北欧の喰べ物と云ったら、スメルガスボードを語らなくては、はじまるまい。「スメルガスボード」とは、字義通りに云ったら、パンとバターの食卓と云うことらしい。

事の起りは、田舎の寄合いに、関係者が、それぞれ、あり合せの皿を持ち寄って、喰べたり、飲んだりしたことからはじまった、喰べ方の流儀である。

だから、料理の種類を呼ぶ名ではなくて、さまざまのものを持ち寄って、それを楽しく、取り合いながら喰べる、寄合いの食事のことを云うものであった。

鰊の酢油漬を持ってくる人。鮭のマヨネーズ和えを持ってくる人。鰻だの、鯖だのの燻製を持参の人。魚のジェリーを皿に入れて運んでくる人。塩漬牛舌の煮込んだものを持ってくる人。ハム、サラミ、さては、レバー・ペースト、今日撃った鳥だの、兎だのを煮たり、焼いたりして抱えてくる人。

「ウチには何もなかったから」

と云って、ビーツだの、馬鈴薯だの、アンディーブだの、玉葱だの、の和えものを、缶詰の鰯と一緒にこっそり抱えてくるオバさん。

かと思うと、エビのサラダや、貝のユデムキを持参の人等、みんな、それぞれ、思い思いのものを持ち寄って、そこで、楽しく、飲んだり、喰ったり……、これがスメルガスボードであったわけだ。

そのスメルガスボードの愉快さを見習ったお金持が（何もお金持でなくても構わないが）、その料理人とか、或いはその奥さんをホステスにして、さまざまな、スエーデンの変化のある料理を並べ、つつき放題にして喰べることになったのだろう。

それがまた、商業化し、ホテル料理になり、今日のスメルガスボードとして、喧伝されることになったわけだ。

例えば、ストックホルムにも、グランドホテルだの、オペラ座だのに、名高いスメルガスボードの食堂がある。

しかし、スメルガスボードの建前が、もともと交響楽のようなものだから、どれがどうのと云うように、個別の味として賞味するわけには参らない。

チーズも、スープも、パンも、鶏卵も、鰊も、鮭も、ハムも、ソーセージも、ビーツも、鴨も、牛も、羊も、エビも、カキも、馬鈴薯も、トマトも、さまざまのピックルスや、サラダや、グラタンや、ゼリー綴じや、ソテーになっていて、テーブル一杯を蔽っているから、これを総合して、味わい取る以外にない。

ただ、必ずそこに、ディル（ロシアのウクローブ）の若葉の匂いがあり、アンチョビーの味わいが感じられると云ったようなものだ。


さて、私はストックホルムからオスロー行の夜汽車に乗り込んだのだが、コンパートメントが満席のようだから、展望車に入り込んで、

「ここでよろしいか？」

と車掌に訊いてみたら、よろしいと答えている。

まるでお召列車を独占したような有様で、手持のブランデーをラッパ飲みにしながら、にわか王様にでもなったような気持がした。

時々、一等車をはみ出した人達が覗きにくる様子だが、電灯は一灯だけ残して消しているから、やっぱり、みんな、おそれをなして、入り込んでくる者がない。

しかし、誰もやってこない車輛と云うのも落着かないもので、気分だけは最高のつもりだったが、何となく物足りぬ感じで、私はブランデーを飲み過ごした。

翌朝の八時二十分にオスローの駅に着いたものの、荷物を抱えながらオスローの町の中をウロウロと宿など探す気がなくなり、丁度、ベルゲン行の急行が待機していたから、その列

車に乗り継いだ。

咄嗟な心変りで、あんなに思いがけない愉快な旅に転身出来るのだから、旅行はあんまり綿密な計画など立てない方がよさそうだ。

列車はフィヨルドに沿って走っているものと思いながら、二、三時間の間、眠ったろう。周りが騒ぎ立ったような気がして、目を覚ましてみると、いつのまにか、雪の山であった。雪の山などと云う、うす汚れた感じの山ではない。

まだ人間は一指も染めたことのないような巨大な岩山がそそり立っていて、雪をかぶっていた。その断崖の亀裂を岩奔《いわばし》っている水が、一条、二条、電光のような屈折を見せながら、流れ落ちている。

列車は、その山を迂回しながら幅広い谷の中を走り進むのだが、いつのまにか、湖水のほとりにさしかかった。

氷河湖でもあろう。

湖水の表面が、凍結しかかっていて、その昔、南氷洋で見たのと同じような蓮の葉型の氷の円盤が、そこここの吹だまりに、ひろがり、浮かんで、新しい雪をかぶっていた。

湖の表は、吹雪しており、やがて、フインゼの駅だったろうか、防雪の柵をめぐらした小駅に、列車は停車した。

私はわけもなく列車から走り出して、その新雪を踏みしめたものだ。その雪を握りかためて、舐《な》めてみたものだ。

相客に、ニューヨークの芸人か何か、黒人の婦人がいて、列車が動きはじめると、ひどく興奮しながら、私に話しかけてくる。

その興奮の模様はよくわかったが、興奮の言葉は半分も聞きとれなかった。しかし、どうやら、私のカメラで、あそこを撮れ、いや、あそこを撮り洩らしたら惜しい、と叫びつづけ、指さしつづけているのである。

なるほど、雪の谷の左右の山々や、川の流れはいよいよ幽玄の趣を増して、時々キラリと雲間を洩れる日光が、雪の山肌に光の帯を投げかけるかと思うと、また吹雪する。

たしか、ミルダルの駅で、その黒人婦人をはじめ、登山靴をはいたアメリカ男女諸君らは、ゾロゾロと降りていってしまった。

ベルゲンの駅に着いたのは、午後三時頃であったろう。

日はかげったまま、お天気はうすら寒かったが、雪はなかった。

駅からまっすぐ、波止場に抜けていって、行きあたりばったり、ストランド・ホテルと云うところに宿を取った。

荷物を投げ入れ、身軽になったから、窓から波止場の模様をたしかめながら、ホテルを出た。

その波止場の入口のあたりに、屋台を並べた露天市場が見下ろせたからだ。

うで上げたエビ。うで上げた蟹。いや、ある、ある。

燻製の鯖や、燻製の鰻が、山のように積み上げられ、背黒鰯だの、真鰯だのが、銀鱗を見せていた。

それよりも、驚いたのは、木製の巨大な水槽があり、そのまま、地上に据え置かれたイケスであって、タラだか、鯛だか、ヒラメだか、スズキだか知らないが、巨大な魚どもが揉み合って、泳ぎ廻っている。

売手の爺さんが、長柄の手網を握りしめながら、買手の指さす魚を、立ちどころに掬い取って、売ってくれるわけだ。

その傍に、大マナ板と、大庖丁が置かれ、希望なら、立ちどころに、ブッタ切っても、くれる。

久しぶりに、私も、その魚を買い取って刺身にしてみたかったが、今度ばかりは、庖丁も、煮炊きの道具も、持参しなかった。

見ている間に、二、三人の買手がついたが、私は、涙を飲んで、魚どもの泳ぐ姿と買手の指さす指を、むなしく眺めやるだけである。

鯛やヒラメの方をあきらめた腹いせに、ゆでエビと、蟹を、一キロずつ買ってみた。安い。

小エビも、蟹も、邦貨に換算して、三百円見当ではなかったか。

事のついでに、鰻の燻製と、鯖の燻製も買い込んだ。ハンブルクで買った買出袋を絶えずぶら下げて歩いているから、こんな時には、重宝する。

町の中をうろつき廻っているうちに、瓶につめ込んだ背黒鰯の塩辛を目撃したから、わざわざその店に入り込んだのに、買うのをよした。

少しばかり、瓶が大き過ぎて、荷厄介になりそうな臆病からである。

その背黒鰯の中には、月桂樹の葉だの、唐辛子だの、さまざまの香料が投げ入れてあって、材料の良さがはっきりと感じられるアンチョビーだから、塩辛とまったく同じで、酒のサカナには、もってこいなのである。それを買い洩らした後悔は、あとあとポルトガルの家に帰りついてからまで尾をひいたが、もう一まわり小さかったら、論なく買ったろう。

おかげで、ベルゲンの塩辛の味をとうとう知らずじまいである。

私はベルゲンと云う、ノルウエー屈指の魚港に辿りついたのだから、オツにすましたレストランなどには、金輪際入り込まないで、漁師達が喰ったり飲んだりする賑やかで、素朴な、一膳メシ屋で夕食をすますつもり……。

そこで、町から町と、足が棒になるように歩き、人だかりのしている安食堂を探し廻ったのに、ベルゲンの町には、そんなところがまったくない。

どこを覗いても、小綺麗で、みんな黙々と喰べているありふれたレストランばかりであった。

ひょっとすると、ストックホルムにも、ベルゲンにも、オスローにも、ワイワイ騒ぎ合って飲み喰いするような、スペイン式の安食堂などないのかもわからない。

そんな筈はないと奮い立って、歩き廻ってみたが、とうとう探しあてることが出来なかった。

仕方がないから、精魂尽きて、ちょっと繁昌している様子の、「ウエッセル・スッウエン」と云うレストランに入り込んで、先ずスープを註文したら、

「どれにするか？」

と云いながら、ボーイが、二、三種類のスープの缶詰を持ってきた。びっくりしたが、

「これだ」

と指さして答えたら、その缶詰を切りあけて、鍋で温め、皿に運んできてくれた。

これは、後に、オスローでも同じことであったから、スープの缶をはっきりと客に見せながら、それを温めて客に出すのは、むしろ、良心的なレストランのあり方なのかも知れぬ。

しかし、私にしてみたら、何となく気落ちしてしまった感じで、折角のヒラメのムニエルも、うまく喉を通らず、ピルゼン・ビールをあおるだけであった。

かえって、路傍で買った「ポテト・カケール」と云うか、「チャパティ」のような、ホットケーキのようなものを、宿に持ちかえって、燻製鯖の肉と、牛肉のデンブをサンドイッチにして喰べた方が、遥かにおいしく思われた。

びっくり仰天したのは、例の、ゆでエビと蟹であった。

ポルトガルでなんか喰べていたエビや蟹とは、桁違いの、おいしさであり、新鮮さであった。

やっぱり、これらのエビ、蟹の類をふんだんに使った、魚介専門の高級店に入り込めばよかったと残念だったが、「ウエッセル・スッウエン」だって、頼み方次第では、おいしいものが喰べられたかも知れぬ。

しかし、私は「ポテト・カケール」に至極満足しながら、エビをはさんだり、蟹をはさんだり、鯖の燻製の肉をはさんだり、鰻の燻製の肉をはさんだり、宿の一室で、手摑みの珍味をサカナにしながら、手持のブランデーに酔っていった。

翌朝、ホテルのロビーに降りてみたところ、壁に、ベルゲンから、ハンブルクやアムステルダムに通う、豪華客船のポスターが貼ってある。

何も列車で、同じコースを後がえらなくてはならない義理合いなどないのだから、船旅に鞍替えしようと決心して、

「このポスターの船の切符は、一体どこに申し込めばよいのか？　今日はあるのか？」

とホテルの帳場に訊いてみたら、

「夕方出る筈だ。対岸の市庁舎の傍に旗の立った船会社があるから、そこで申し込むがよい」

そう答えてくれた。

そこで、勇躍、対岸の市庁舎の隣にある船会社に出かけていって、申し込もうとしたが、

「あの船は、夏の間だけで、もう九月の半ばから通っていない」

がっかりした。

そのがっかりした様子を気の毒にでも思ったのか、

「客船はないが、たしか、アムステルダム行の貨物船なら、今日の午後出る筈だ。貨物船でも客室はあるよ」

貨物船に乗れば、また一段と面白かろう。

「じゃ、それを頼む」

と云ったら、

「あっちの会社だ」

と別の部屋の方を指さしてくれた。


さて、その貨物船の会社にかけ合ってみたのだが、サッパリ意味が通じない。紙に地図まで描いて、アムステルダムへ船で渡りたいと申し入れてみたのに、先方は私の身許をでも案じるのか、はかばかしい返事をしてくれず、出るのか出ないのか、それさえウヤムヤになった。

仕方がないから、あきらめたが、あんなにバカバカしかったことはない。船が出るらしいのに、それに乗せてくれないのである。

そこで、列車でオスローに後戻ることに決心し直して、急いで宿へ後戻ったが、急行の発車時間が迫っている。

とうとう、また、背黒鰯の塩辛を買いそこねてしまったのである。

しかし、列車に乗り込んでみると、ミルダルの駅から、昨日別れたアメリカ人の青年男女諸君らが、一せいに入り込んできた。

私を見て、まるで旧知の友人と再会するような握手になり、

「何故、一緒に、湖水のところまで来なかったか？」

と云っていた。鉄道が湖畔まで通っていて、そこにバンガローがあり、

「素晴らしかった」

と口々に残念がってくれる。

「そんないいところがあるなどと、知らなかったからだ」

と答えたら、

「旅行案内書を読まなかったのか？」

勿論、案内書など読むわけがない。私はベルゲンのエビ、蟹を喰べて結構仕合せだったのだが、まさか、そこまでは云えなかった。

昨日は見当らなかったが、彼らの仲間の一人に日本の女性が加わっていて……、と云うより、日本女性を奥さんに持ったアメリカの青年が加わっていて、そこで、尚更、話ははずんだ。

奥さんが喋ると云うより、その青年が私に話しかけてくるばかりか、みんな私の周りに寄り集ってきて、その日本女性は、通訳してくれるのに、大変だ。

愉快な連中であった。黒人歌手をのぞけば、みんな大学生である。

二、三日前に買ったばかりの日本カメラを取り出して、私にその撮し方を訊こうとする女子学生があるかと思うと、私の名前、職業、旅行の日時、現住所などを訊いて、ポルトガルに住んでいると答えたら、

「わあー、行ってみたい」

と騒ぎ出すような始末であった。

オスローで、ねんごろに惜別した。

さすがに私も疲れ切って、「ヴァイキング」と云う宿に泊ったのだが、もう、喧噪の安食堂を探し廻る元気もなく、ただブラブラと夜の町に迷い出しながら、ピルス（ビール）を二、三本飲んでみただけだ。その食堂の窓から、下の広場を見下ろしながら飲んでいたら、大型のワゴンに、キャッキャとふざけながら六、七人の斬新な青年男女がつめ合って、どこへ車を走らせるのか、威勢よく驀進していった。

保守の伝統がはぐくむ家庭料理　イギリス

まもなくロンドン空港だと云っている。飛行機の窓から見下ろしてみると、淡く雪をかぶった林と郊外の町が見えてきた。

これがロンドンか？

これがロンドンか？

とさすがに、私は十年の感傷にとらえられながら、その町と林の、雪の模様に眺め入っている。

正確に云ったら、丁度十三年前の、同じく今日。私はニューヨークからロンドンにやってきて、ロンドンの町に十六日間いた。

ただしく十六日間いたわけで、その十六日間のうちに、霧の晴間を見たのはたった一度だけである。それも時間にしてみたら、僅か一、二時間の間で、来る日も来る日も、重苦しいスモッグばかりの毎日であった。

だから、ロンドンの印象は、そのスモッグと、そのスモッグの中にくねっている、マクベス夫人の手と指先であったと云いたいくらいのものだ。と云うのは、オールド・ビックの小劇場で見たマクベス夫人を演ずる女優の手がロンドンの濃霧と二重写しになって、ロンドンと云えば、スモッグの中にくねるマクベス夫人の手だ、と云う印象ばかりだからである。

十三年ぶりではあったが、その同じ日にロンドンへやってきたと云うのに、機上から町や林の姿が見られるなどと、不思議を通りこしている。

ロンドンは清掃された……、テムズ河にウグイや、川カマスが戻ってきた……、といくら報道されていても、にわかに私には信じられなかった。しかし、今見るロンドンの郊外の家々やアパートからは、立ち昇る一筋の煤煙も見当らない。

その昔、ロンドン郊外の庶民の住宅からは、家ごとに濛々とした煤煙が吐き出されていたものだ。

私にとっては、それがロンドンの象徴のように、暖かくも、また羨ましくも、思い合わされていた。

と云うのは、阿部知二さんの旧友で、杉浦老と云う、オールド・ロンドネルに紹介され、その御老人の郊外住宅に招ばれていったことがあった。

その折、私はロンドン市民の沈着質朴な暮しぶりに、いたく感動したものだが、別して、その暖房器具には感心した。

云ってみれば、セントラル・ヒーティングの、そのたき口の竈《かま》が、頑丈で無骨な鉄製器具であり、おそらく、八十年昔か百年昔かに買い入れられたままのものであるに相違なく、石炭でも、薪でも、ボール紙でも、投げ入れれば即ち燃え、シュンシュンとあちこちにお湯がわき、部屋部屋は、暖房されると云う仕組であった。

羨ましいままに、

「この竈はいくらぐらいしますか?」

と訊いてみたところ、同一の形式では、もう新品はないが、中古で邦貨換算二十五万円見当だったら買えるだろう、と云うことであった。

私は是非ともその中古暖房竈を手に入れて、日本送りする意気込みであったから、杉浦老のお宅を辞去し、自分の宿に帰る道すがらも、濛々と煙を吐く、庶民街の煙突の煙や、工場の煤煙を、みなロンドンの、さかんな市民生活の賑わいぐらいにしか、考えなかったものだ。それが、ロンドンのスモッグを作っている主たる原因だなどとは夢にも知らず、ロンドンの霧、ロンドンの濃霧は、天然の現象だと思い込んでいた。

まったく、迂愚《うぐ》を通りこしている。それにしては、町の雪が、いささか、汚れすぎていた。雪が降り積んでいると云うよりは、煤煙が降り積んでいる感じは、たしかにあった。


さて、そのロンドン市が、ロンドンの煤煙と、本気になって取り組んでいると云う話を聞いたのは、何年くらい昔のことであったろう。また、テムズ河汚染の原因を除去しようと、英国政府が、本腰を上げた、とも聞いていた。

そのテムズ河にウグイが還ってきただの、鴨が還ってきただの、ロンドンのスモッグが綺麗になくなっただの、これは、ヨーロッパに出発前の、たしか、東京のテレビの報道で知ったことだったろう。

しかし、私は軽々しく信じることは出来なかった。

十六日間、文字通りの濃霧に閉じ込められたのだ。その晴間は、たった一、二時間。ロンドンタワーと、ロンドンブリッジを映して、テムズ河がインクの色にドス黒く流れていた。

そこへ、鯉だの、川鱒だの、ウグイだのが、軽々しく還ってこれるわけがない。

まったくの話、私はそう信じ込んでいた。だから、ポルトガルに一年半近く住み、パリには五度、マドリッドには四度、ハンブルクには二度、出かけていったと云うのに、今までロンドンだけは、御免を蒙っていた。

古自動車一台、ロンドンで買おうと思い立ちながら、また、スコットランド、アイルランドあたり、田舎の町々をたんねんにうろつき歩いてみたいと思い立ちながら、ロンドンの事を思い出すと、やっぱり、スモッグ。

十六日間、たった一、二時間の晴間しかなかったのだ。その陰鬱なロンドンのスモッグと、寒さの中に突入してゆく元気はなかった。

大英博物館の、エジプトや、ギリシャの彫刻……。さては、川渡りのヘンドリキエや、オフェリヤ川流れなど。もう一度、目近にたしかめ直したいもどかしい気持を、持ちつづけながら、とうとう今日まで、ロンドンにやってこなかった。

そのロンドンを、眼の下にハッキリと確認しながら、飛行機は、やすやすとロンドン空港に着陸するのである。

スモッグの気配もない。

太陽こそ見えないが、周りの夥しいエア・ターミナルも、飛行場のすみずみまで、明々白々何のかげりもなく見渡せる。

私は、まるで拍子抜けをした塩梅で、バス停を見つけに、迷い出してみたところ、淡い雪が降り積んでいた。

一台のタクシーのオヤジが、ボンネットの上の雪を払いのけている。

タクシーの型は、十三年昔とソックリそのままの型式なのに、そのボンネットに降り積んでいる雪は、純白に見えた。

そこで私は、

「サボイホテルまでやってくれ」

サボイに泊るわけでも何でもないのに、にわかにロンドンに対する安堵と云うか、心やすだてと云うか、に浮き足だってしまったようだ。

まったく、ロンドンの雪は白かった。デパートのハロッズの前に降り積んでいる雪も、バッキンガム宮殿の衛兵所の屋根の雪も、みんな白くて、かえってこちらが、拍子抜けをしたようなものだ。

これだったら、真鴨だって、ウグイだって、テムズ河に還ってこない方が不思議である。

それにしても、よく、思い切って、これだけの大国民運動……、いや、国家政策を、立案し、やり遂げたものである。

私はワケもなく感心して、大英帝国いまだ亡びず、の感を深くしたものだ。

脱線しついでに、十三年昔の、ヨーロッパ旅行の思い出話を、つけ加えよう。

ローマであった。ローマの終着駅近い地下室の安食堂で、私は一皿のムール貝をサカナに、葡萄酒を飲んでいた。

言葉はわからない。恋人はいない。深沈とふさぎ込んで飲んでいる、その私の傍にバイオリン弾きだけが、しつっこくつきまとって、甲高《かん》いバイオリンの音をあげつづける。

まったく、くさり切ったような気持であった。私が、流しのバイオリン弾きに、はかばかしくチップもはずまぬから、そのバイオリン弾きは私を見限って、今度は、部屋の隅で夕食をとっている老夫婦の傍に移っていった。

どうやら、この老夫婦も、旅の人だ。迷惑そうにうつむいて、まずそうに、スパゲッティか何かをつついている。

流しのバイオリン弾きが寄ってきたから、

「イヤだね」

とでも云うように、私の方に視線を投げた。

私も同感なのである。

その老夫婦は、二度、三度、婉曲に、流しのバイオリン弾きをことわっていたようだが、とうとうあきらめたのか、小銭を与えて、その流しから解放されたようである。

「まったくやり切れないネ。ローマは……」

とでも、その老夫婦が私に向って目合図をしているように感じられた。

とすると、これはアメリカの老夫婦に相違ない。

小金を貯めた、アメリカの田舎の退職小学校長ででもあるのだろうか？

私は咄嗟にそう思った。

アメリカ人は、日本占領のしばらくのよしみからか、ヨーロッパでは、得てして日本人に親愛の感情を見せたがる。

もともとあけっぴろげの国民の性格が、ヨーロッパでは、うとんじられる傾向があるからかも知れぬ。

彼らが何となくもの云いたげな目配せだったから、間もなくやってくるな、と思っていたら、案の定、便所に立ったついでだったか、その老夫人が、私の傍にやってきた。

「日本人ですか？」

「はい」

「日本からまっすぐこちらへ？」

「いいえ、ニューヨーク、ロンドン、パリを廻って、ローマに来ました」

「ローマは気に入りましたか？」

「はい、こんな有様です」

「どこの町がよかったですか？」

「人ですか？　町そのものですか？」

「町そのものは？」

「パリでしょうかね」

「パリの人は？」

「パリの人はあんまり好きじゃありません」

「じゃ、人はどこが一番よかったですか？」

「ニューヨークです」

と私は云った。あの忙しい町の中に、生粋の二、三人の人達の心ばえを知っているからだ。それればかりか、もとより、この老夫婦に対するお世辞もあった。老夫人は二、三度うなずいていたが、

「じゃ、ロンドンは？」

「気に入りませんでした」

私は咄嗟に、スモッグから体全体を包囲されたような、重圧を感じて、そう答えたところ、

「人もですか？」

「はい」

老夫人はガックリ肩を落すようにしながら、

「でしたら、私の家に来てくだされればよかったのに……」

そう云い終ると、まるで崩折れるようにしながら、老いたその夫の腕の中に後がえってい

と老夫妻は腕を組み合いながら、わびしげに地下室の階段を踏み登っていったが、私にしてみたら、申し訳なさで、このまま自決してみたいほどである。

追いかけて、お詫びを云おうと思ったが、咄嗟に馴れぬ異国語が、ちりぢり乱れ飛ぶばかりで、とても、納得のいく申し開きにはなりにくい。

そこで、黙って大酒を喰らうばかりになった。

「さよなら」

った。

あの時の老夫妻が、果して、ロンドンに健在であるかどうか？　相手の住所も知らなければ、名前も知らない。

しかし、私は、私なりに、このロンドンを訪ね直して、彼等に深く陳謝の気持である。

私は雪の汚れなさを見て、尚更にそう思った。

タクシーはサボイの前に着いた。まったく昔のままのサボイである。

そのサボイの前のストランドホテルの有様まで、そっくりそのままであった。

私は、サボイに予約しているわけではないから、あわてて車を止め、淡雪のストランド通りに降りたったが、十三年昔の思い出が一時に殺到してくるように思われた。

ストランドホテルのビルの姿は、昔のままだが、おそらく内容は大違いだろう。

十三年昔は、まだ第二次大戦の傷跡がいえず、ストランドホテルなど、シンとなり鎮まった田舎ホテルの感があった。

第一、その受付はオヤジ一人だけで、菅野モト子が泊っている、七階だか、八階だかの屋根裏部屋は、部屋と云うよりは巨大な納屋であり、おそらくベッドのワラででもあろう、堆く、麦ワラが積み上げられていた。

それが、丁度、取り入れのあとの田舎の田んぼの塩梅で、私は、そのワラコヅミ（藁堆）に背をもたせながら、アグラをかいて、手持のウイスキーをラッパ飲みにすると、何かこう、村祭りのようなおかしさで、

森の木蔭でドンジャラホイ
シャンシャン手拍子足拍子
太鼓たたいて笛吹いて
今夜は楽しい村祭り

侏儒さんがそろって踊り出す

と、モト子と二人手をたたきながら、酔って歌って、大騒ぎをやらかしたものだ。

今日の整備されたストランドホテルでなら、夢にだって想像出来る話ではないだろう。

私はそのストランドホテルの前を行ったり来たり、今度はサボイホテルの周囲をうろついた揚句、シンプソンの店先もたしかめ直してみた。

その昔、サボイと、シンプソンで、ロンドンの鮭の燻製とローストビーフのうまさに、つくづくと度肝を抜かされた記憶があり、今夜は十三年ぶりに、その鮭とローストビーフをた

しかめ直してみるつもりだからである。

もっとも、鮭の燻製なら、つい先日も、リスボンの堀内大使から、英国土産の鮭の燻製を頂戴したことがあって、そのおいしさは、もう確認し直したようなものだ。また日本でも、北海道の十勝川だったかで、英国出来のものと余り遜色のない、おいしい半燻が作られるようになり、札幌の中村竜丙さんから頂戴した記憶もある。

今夜は、これらのものを記憶の中で思い比べてみたり、整理し直してみたり、したいと思ったが、一人で森閑とロンドンのローストビーフを喰ってみるなどと、味気ない話である。

そこで、読売総局の斎藤さんをでも誘ってみようと、今度はその読売新聞社探しに大童になった。

昔の総局とは場所が変ってしまっていたものの、どうやら、その在所を探しあてて、ほっと一息、と云うところである。

折りから、ダブリンの暴動騒ぎがはじまったらしく、新聞社はてんてこ舞の様子だが、

「じゃ、時間をみて、御一緒しましょう」

わざわざ夫人を電話で呼び出しながら、シンプソンの予約を取りつけてくれているようだ。

ついでに、宿まで紹介された。

その宿にタクシーを走らせて、しばらく私は、ベッドの上にころげてみるのである。

由来、イギリスと云う国は、料理の発達しない国だと云われている。と云うより、頑強なまでの保守主義であって、目先の変ったものなぞを喜ばない。

だから、弁慶鍋とか、判官鍋とか、何でも彼でも、名前をくっつけては、変てこりんの趣向をこらすどっかの国とはこと変って、その食生活だって、テコでも変えないような頑固さがある。

タクシーの恰好でも、飲食の種類でも、やすやすと変えない頑固さが、世界を蔽う今日のめまぐるしい衣裳替えの時代から、ずれてしまったような気味合いもあるが、また、思い切ったとなると、大胆不敵、ミニスカートの元祖であったり、ビートルズを生んだり、もする。その昔、ロンドンにやってきていた時にも、ウエストミンスター寺院の前の通りだったか、一人全裸の女性が、行進したと云う新聞記事が載っていたことがあった。

根強い、永い保守と、それを突き破る欲求と、アングロサクソンはやっぱり、世界人種の中の、もっとも精悍で、豪気の国民の一つだと云えるだろう。

彼らは、目先の変った料理を喜ぶわけではないが、実質の剛健な家庭料理を熱愛するようである。

例えば、日本の明治以降の洋風料理一切の流儀も、おそらくは、イギリスの流儀をくんだものであったろう。

つまり、ジュースからはじまって、グリルドベーコン・アンド・フライドエッグス、などと云う、私達が馴染んでいる朝食の流儀は、世界を支配したイギリス流に相違ない。

フランス流のクロワッサンや、棒パンの丸齧りも、おいしいが、英国式に、薄切り、カリカリ焼にして、バターや、ジャムを塗りつけながらいただくお茶の一刻は、忘れられない落着が感じられる。

もとより、ローストビーフも、そのイギリス人が愛好する家庭料理である。例えば、チャーチルなど、随分と自慢のローストビーフを自分で作っていたと、聞いている。

ローストビーフは、実に簡単な料理であって、牛肉をオーブンの中で丸焼にし、これをスライスして出すだけの事だから、その出来は千差万別。それこそ、味噌汁が家庭ごとに違って、むずかしいように、むずかしい。

焼き上げる肉の部分。その焼き加減。オーブンの大きさ。熱。

先ず大雑把に二通りの方法があるようだが、一つは、まったく何の加工もしないで、脂身を上に、肉をオーブンに放り込んで焼くだけ。

例えば、肩に近い部分の肋骨付ロースだったら、肋骨がついているのだから、ほとんど紐をかける必要もないが、骨をはずしてしまうと、紐なしでは、ねじれゆがむ。

脂肪が少なく感じられれば、上部に牛脂をからげて、肋骨を下にしながら、焼くだけである。

ただ、その焼き加減だけが、おいしさを決定する。

外側はカリリと焦げているのに、骨から中心に至る部分は、血のしたたるような桜色だ。

この血のしたたるような桜色から、トキ色になり、紫、褐色、やがてカリリと焦げている表面の変化を、完全に作り上げることが大変にむずかしい。

前のロンドン滞在中に、サボイで、はじめて、この完全なローストビーフを、スライスしながら皿に載せられた時の驚きと云ったらなかった。その肉汁のしたたるローストビーフのおいしさに驚嘆した思い出がある。

丁度「フナヤキ」と同じように、メリケン粉を牛乳と卵とバターでといて、ローストビーフの余熱で焼くのを、「ヨークシャ・プディング」と云っているが、そのヨークシャ・プディングを、四角に切って、ローストビーフと一緒に喰べた味わいが忘れられなかった。

由来、私はローストビーフの信奉者である。

しかし、骨付の巨大な肉塊を家庭で焼いていたら、たまらないから、せいぜい、一キロ足らずの肉と云うことになるだろう。

一キロ足らずの骨なし肉だったら、これをよく紐でからげておかなかったら、形は変形するし、ちょっと油断をすると芯までパサパサに焼けてしまうし、味気ないこと夥しい。

ローストビーフを焼くときに、串をさし込んで焼けざまを見たりすることは、肉汁を逃すようなもので、大の禁物だから、肉汁を逃さないように、真っ先にフライパンなどで表面を焦がしてオーブンに入れるのだけれども、焼上りの見立てが大変にむずかしい。

そこで比較的安全なローストビーフの焼き方に従うことが多い。

それは、肉塊を野菜の切屑と葡萄酒の中に漬けておき、半日くらい後にオーブンの中で、その野菜や葡萄酒ともどもに、焼き上げる方法である。

これなら、グレービー・ソースも、一緒に出来上がるようなものだ。

いつの間にか夕暮れていた。私はロンドンに降り積む、汚れのない雪を、もう一度たしかめ直しながら、タクシーを拾って、

「シンプソンにやってくれ」

と云った。運転手は心配そうに、

「どっちのシンプソンだ？」

と訊いている。シンプソンが何軒もあったとは知らなかった。そこで、

「サボイの脇のシンプソンだ」

自動車は夕暮れの町を、静かに走る。

目指すシンプソンの下のロビーに、日本女性の姿が見えた。斎藤夫人に相違ない。

そこで、名乗り出て、初対面の挨拶をすます。

夫人は、斎藤氏が時間に遅れているのを気にしているようだが、私こそ、恐縮である。ダブリンが大騒ぎなのである。おかげで、私もダブリン行は見合わせなければならないだろう。

実を云えば、私はダブリンに出かけていって、アイルランドの質朴な郷土料理を、さまざまに味わってみたかった。しかし、事態は悪化しているようで、そんな呑気な、とりとめもない、旅行なぞ、口にするのもはばかられる。

すると、「ユリシーズ」の世界と、アイリッシュ・シチューの本場を訪ねる機会を、永久に失った感じだが、こうやって、十三年ぶりにロンドンの料亭に入り込んでローストビーフ

を喰べられるだけでも、類い稀な仕合せと云わねばなるまい。

ようやく、ダブリンの仕事の一くぎりでもついたのか、斎藤さんの顔が見えた。

三階の食堂に昇っていく。

「何にしますか？　檀さん」

「やっぱり、鮭の温燻と、ローストビーフです」

「いいえ、アッペルチーフ？」

「シェリーが有難いですが……」

私は夫妻を招待するつもりで、どうやら逆に招待されてしまった感じである。

先ず鮭の温燻が運ばれてきた。

やっぱりおいしい。とろけるような、ナマ鮭の舌ざわりと云うか、味わいと云うか、色と云うか、人間の味わい知る飲食の喜びのうちでも、完璧に近いものの一つであろう。

それはナマと云ったらもっと安定している感じであり、燻《いぶ》しものと云ったら、燻しの臭味が感じられぬ。人工と自然のきわどい合体の感じがした。

ローストビーフもまた同じことだ。それは手押し車によって運び込まれ、手押し車の上の銀の蓋を、給仕が開けると、巨大な骨付の牛肉塊が、現われる。

その肉塊を、庖丁とフォークで、手さばきよろしく、スライスしてくれるのだが、香ばしく焦げた表面から、次第に茶色になり、トキ色になり、やがて桃色の血のしたたりを見せながら、そこにかけられるグレービー・ソースの味わい、ホース・ラディッシュの辛み、馬鈴薯、人参のつけ合せ、ヨークシャ・プディングの、もちもちしたうまみ、と渾然一体、やっぱり、人工と自然の、きわどい合体が感じられた。

私は次第に酔って、とりとめもなく、ロンドンの昔話にうつる。

そう云えば、サボイに長逗留して、グレコだの、リノ・ルノーだの、モーリス・シュバリエだの、さまざまな、著名なシャンソン歌手達の姿を垣間見た。

そのモーリス・シュバリエが、丁度私のカサブランカ滞在中に死亡して、モロッコの新聞が、大々的に報道していたのを、現地で見た。おそらく、カサブランカに亡命しているフランス人らにとって、この古いシャンソン歌手のなつかしさは格別なのだろう。

私もまた、サボイの食堂に坐っていた、モーリス・シュバリエの面影を、ローストビーフの味わいと一緒に思い起こしたものだ。

しかし、サボイや、シンプソンのローストビーフは、少しばかり私の幻想の中にふくれ上がり過ぎていて、人間ワザを通り越した神異の飲食だったような記憶ばかりが、強かった。

今度、喰べ直してみて、はじめて、イギリス人のおだやかな家庭料理であったと、安定した味わいに呼び戻されたようなものだ。

例えばまた、タピオカのプディングにせよ、「ドーバーの舌ビラメ」にせよ、時間の推移と一緒に、少しばかりその味わいを妄想の中で誇張し過ぎていた。

なるほど、ドーバーの舌ビラメはうまい。舌ビラメそのものが、日本の赤舌や、黒舌などとは少し種類の違った、もっと、深海の魚のようで、日本の舌ビラメのようなドロ臭さがない。

例えば有明海の「クチゾコ」も、おいしいにはおいしいが、これは、ドロ臭さのおいしさのようなもので、いくらイギリス風、フランス風の料理に転化しようとしてみたところで、あのスッキリとした味わいはむずかしかろう。

ロンドンの私の宿で、ただ、かりそめに何となく喰べてみた舌ビラメでさえ、おいしく、味わいが冴えていて、何と云ったか、パリのエッフェル塔の見える有名な船食堂の舌ビラメ同様、日本の舌ビラメとは桁違いだが、それは素材の相違であって、けっして、神がかりの調理のせいではない。

ドーバーの舌ビラメは、日本の舌ビラメと棲息の状態が違うか、種類が違うのであろうと、その時私はつくづくとそう思った。

ダブリンの暴動のせいがあって、私はとうとうアイルランドには行けずじまいになったけれども、「アイリッシュ・シチュー」の作り方なら、ロンドンで聞いた。

日本人は、羊の肉をバカにするが、例えばポルトガルにしたって、羊の首から肩にかけての肉は、大層珍重するのである。値段も、牛肉の最上等より、もっと高い。

その羊の首の肉を、適当に切り分け、馬鈴薯と、人参と蕪と、玉葱で、コトコトと煮るだけだ。

塩、胡椒をするほかに、格別の香料を入れることもしない。白色のルーでトロミをつけることさえしない。まったく、単純な、この羊肉のシチューは、ただ人参と、馬鈴薯と、蕪と、玉葱の匂いがそこはかとなく響き合うだけで、類い稀なうまみに転化するところ、やっぱり、人間の、飲食に対する容易ならぬ知恵が感じられるのである。

カンガルーこそ無類の珍味　オーストラリア・ニュージーランド

今年の二月二日には、ポルトガルから、あらまし一年半ぶりに、自分の家に帰ってきた。ところで、手帖を繰ってみると、五年昔の二月四日に、私は羽田を発って、オーストラリアとニュージーランドに向っている。二月三日が私の誕生日であり、さすがの私も、自分の誕生日だけは、なるべく自分の家にいようとでも思うのか、その奇妙な律義さに、我ながらおかしさが止まらなかった。シドニーに着いたのは、二月五日の午前十時。日曜のせいかも知れなかったが、シドニーはまるで死んだように静かであった。

ホテルに入ろうとしたら、日本語で話しかけてくる紳士がある。

「東京は、今朝、大雪だそうですよ」

いやはや。シドニーの町角で、外国人から、東京の今朝の空模様を教えられるなどと、驚き入ったが、マックス・ファクターの東京駐在員だそうである。

東京は大雪かも知らないが、オーストラリアの空はまばゆく晴れ渡って、微風のなかに、ハイビスカスの赤や、野牡丹の紫が美しかった。

町の中をぶらついてみたが、公園の台の上にあがって、熱っぽく演説をしている女性があり、ハイド・パークと同じ流儀か、と面白かった。

ただし、聞いている人は、たった二人だ。うっかり寄ってゆけば、サクラ代りにひきとめられそうな危険を感じて、遠廻りに迂回した。

私は、魚屋とか、肉屋とか、野菜屋の様子を見廻りたい一心だが、生憎の日曜日であり、どこの店も閉っていた。

やけくそで、A・M・Pの二十五階の屋上にあがってみたところ、心中や投身自殺で有名だと云うタスマン海の岬が、キラキラと眺め渡される。オペラ・ハウスと、巨大な鉄橋。赤煉瓦一色の住宅街が明るい初秋の陽ざしに、静まっている感じである。

そのA・M・Pの屋上で、バカに初々《ういうい》しい少年少女の恋の姿を垣間見た。

と云うのは、あちらから少年達の一集団がゾロゾロ歩いてくる。こちらから向うに抜ける少女達の一集団とすれ違い、その中の一少年と一少女が、互に、大声で呼び合った。偶然出会った様子で、両方から感きわまってわめき合っていると思ったら、お互に手をさしのばし、その手をからませ合って、相手の全身をたぐり取る感じになり、アッと云うまに、綺麗なキッスになった。頬を赤く染め、うわずり、しどろもどろになり、それでも、全身全霊を傾けての、キッスである。

中学一年生ぐらいの年頃だろうか。それにしても、こんなに美しく燃焼する一瞬の恋を、生涯に一度でも持てたら仕合せだと、私は羨ましかった。

町中を歩く大人どもは、英国流儀にキチンと威儀を正しているけれども、反体制派の若者達でもあるか、半パンツ、半裸、跣足《はだし》で歩いてゆく、青年男女諸君の姿が、到るところに見受けられた。

ホテルで夕食と云うことになった。ただし、キャフテリア式に、自分で、自分の夕食を選び、運ぶ、流儀である。

さて、オーストラリアの味はいかがであるか、などと云う、まぬるい問題は、どこにもない。暇と金があり余っている人だけ、どこかの、料亭だの、一流ホテルの食堂だのに、行くのでもあろう。

いや、どこかにきっと気楽で、おいしく喰べさせるパブや立喰食堂がある筈だが、あわただしい旅行者には、オイソレと見当がつきかねるわけだ。

シドニーからオークランドまでは、ジェットで正味三時間ばかりの飛行であった。おそらく千歳から、板付までくらいの距離であろう。

カンタスのそのジェットの中で、カンガルーのシッポのスープと云うのを生れてはじめて喰べてみた。飛行機の中で喰べさせるスープだから、おそらく缶詰に違いないが、気永く煮込んで、肉の繊維をほぐしてある。その肉の繊維の舌ざわりと、骨髄のとろけ込んだようなポタージュの味わいが、例えば、ハンブルクの到るところの食堂で喰べさせる牛尾のスープとよく似ている。ただ、牛のシッポより、カンガルーのシッポのスープの方が、心持、酸っぱ味が、勝っているような感じがした。

しかし、決してまずくない。

いや、私は後にブリスベーンに近いゴールド・コーストのバイキング料理屋で、もう一度カンガルーのスープを味わってみたが、ほとんど同一の味に思われた。

綺麗なオスマシを作るのなら、牛のスネ肉がいいが、ドロドロとしたスープや、シチューなら、牛のシッポの部分の方が遥かにおいしい筈だ。

牛の体全体と、そのシッポの比例を考え、カンガルーの体全体と、そのシッポの比例を考えたら、カンガルーのシッポの方が、ずっと偉大であり、ずっと運動量が多い。

だったら、カンガルーのシッポのシチューや、スープはおいしいにきまっている、と私は考えたいのである。

と、云うのは、よく屈折する軟骨の部分……、いやその軟骨を包む肉の部分……、乃至は、よく揺れる筋肉の部分が、獣肉では、一番おいしいところだ、と云う妄想を、私は早くから持っている。

例えば、鯨の尾肉がおいしいだろう。例えば、また牛の舌や、牛のシッポがおいしいだろう。だから、カンガルーのシッポがおいしいのは理の当然で、一生に一度は、そのカンガルーのシッポのシチューを、自分で煮込み、自分で味わってみたいのだが、忙しい旅先で、カンガルーのシッポの煮込など出来ないのが、無念であった。

牛のシッポの煮込だって、軟かくするのに七、八時間はかかるのである。カンガルーのシッポを煮とろかしているうちに、同行の諸君らは、地球の反対側まで飛び去ってしまっていたと云うことにだって、なりかねない……。

オークランドは人口五十万と云っていたが、バカデカイ町であった。と云うより、一軒一軒の家が、みんな広々とした敷地をとって、ひろがりつくしているように見えた。

そよ風の吹き渡る素晴らしい日和だが、日本の九月の陽気とでも云ったところのように思われた。

紡錘状の丘陵が四つ五つ、見られると思ったら、火山だそうである。火山群の真ん中にオークランドの町がはさみ込まれている塩梅で、なるほど、山に登ってみると、どれもこれも、昔の噴火口の痕跡を持っていた。

オークランドで、一番不思議に感じられたのは、深夜、虫一匹啼かないことだった。勿論、町の真ん中の宿屋なら、虫など啼くわけはないが、私達の泊った宿は、広大な芝生があり、竹藪があり、夥しい花木が植え込まれていると云うのに。虫のすだく声が聞きとれない。

二月と云ったって、ニュージーランドの気候は夏から秋にさしかかる時期である。それなのに、虫の声なく、蛙の声なく、シンと鳴り鎮まって、空々漠々。

エロシェンコじゃないが、

「ニュージーランドは淋しいよ。虫一匹啼かないんだもの。これが、ビルマだったら、虫の声、蛙の声、蛇の声で、周りが埋もれるように感じられるのにさ……」

と云ってみたいくらい。おかげで、とうとう眠りつけず、朝方までウイスキーを飲みつづけたのは、やっぱり、酒の虫が、私の体の中に巣喰っているせいかもわからない。

オークランドで面白かったのは、十字路の交叉地点で、人間が斜めに通行出来ることだ。歩行の信号が出ると、自動車は一切横断路の手前で止まり、人間が横断出来るのは勿論だけれども、その交叉路の中央を、クロスしながら斜めにつっきって歩くことが出来るのである。

もっとも、これは、日本でも、はじめたとか、はじめるとか、云う話を聞いた。

さて、そのオークランドの町の中を右往左往して、魚屋を覗き廻ってみたら、鯛と、ヒラメと、伊勢エビと、サヨリがあった。鯛もサヨリも、光り輝くほどの鮮度である。

野菜屋の店先を覗いてみたら、玉葱、馬鈴薯、レタス、胡瓜、茄子、ペアー、山葡萄、ニンニクまではまだ許せる。根生姜が山のように積み上げられているのにはガッカリした。

実は、特攻隊になったつもりで、羽田の空港をくぐり抜け、後生大事に、生姜を一包み密輸したのに、これでは恰好も何もつきはしない。

ヤケクソで、ニュージーランドのその生姜を買い、山葡萄を買い、ドリアンを買ってみたが、山葡萄とドリアンのおいしさは、ズバ抜けていた。生姜の方は、どっちが日本のものか、あとで自分でわからなくなった有様だ。

ニュージーランドの国内線で、オークランドから、カイコーへまで、あらまし一時間だ。

飛行場はタンポポの草っ原の中に、そのタンポポの花を蹴散らしながら着陸したが、あんなに愉快な飛行場と云ったらない。

われわれを出迎えてくれた飛行場の管理人らしいオヤジが、われわれの荷物を飛行機からバスに積み降ろしてくれる。

そのバスに乗り込んでみたら、同じオヤジがバスの運転をはじめたのには、びっくりした。近いところまで送ると云うならわかるが、一時間余りドライブしなくてはならないワイタンギと云う海岸まで、送ってくれたのである。

つまり、このオヤジはエア・ポートの管理人、兼ポーター、兼バスの運転手と云うことになろう。

飛行機の離着陸時に、その世話一切をやってのけている様子に見受けられた。

沿道は、まことにのどかな羊の群だ。その羊の群が、まるで野面《のづら》いっぱいに咲き散らばっている花々に見える。

ワイタンギ・ホテルでは都合三泊したかもわからない。

何が一番珍しい料理かと訊いたら、「トエロア」のスープだと云う話であった。貝のスープだと云うから、一体どんな貝か、一見して……、いや、一食して……みたい、と思って、註文してみたところ、ただの、ポタージュ・スープであった。

その貝の身が、細かにミジン切りにされて、スープの中に浮かんでいるだけで、これでは、どんな貝だか、見当も何もつく筈がない。

おそらく、缶詰の貝の身を、スープの中にミジン切りにして浮かべただけだろう。

欲求不満も手伝って、カキを半ダース註文してみたところ、このカキの不思議な味わいには、びっくりした。

フランスのブロンとも違う。クレールとも違う。アメリカのオリンピアとも違う。日本のカキとも大違いだ。まあ、いくらか似ていると云ったら、鳥取で喰べた、夏のカキ、……随分と深いところで獲れると云う夏のカキ……。その鳥取の夏のカキと、いくらか共通点のある夏のカキだ。

しかし、遥かに渋い。酸っぱくて、渋い。酸っぱいのはレモンをかけたせいかも知れないが、この不思議な渋味にはびっくりした。

私は同席の福田蘭童さんにも語ったのだが、

「これは驚いたカキですね。しかし、この渋味に馴れてしまったら、もうよそのカキなんか、おかしくって喰べられなくなるかも知れませんよ。これは、大通だけが味わうカキに違いない」

「いや、まったく渋いカキだね。渋ガキだ」

と、蘭童さんも苦笑いすることしきりであった。

カキの話で思い出したから、ついでに書いておけば、そのワイタンギの港から船出して、小さな無人島に一日暮らした楽しさばかり、忘れられるものではない。

同行の諸君らは、私をその無人島においてけぼりにして、そのまま船を漕ぎ出してしまったのだが、その島には、崖のところから、真水がしたたり落ちて流れており、ちょっと岩蔭を廻ると、そこらの潮の中に、いくらでも、カキがへばりついていた。

もっとも、小さいカキだし、養殖のカキではないのだから、その肉はほんのひと舐めだが、潮水に洗った無人島のカキは、絶妙の味わいに思われた。

おまけに、土地で「スナッピー」と呼んでいる真鯛を、五、六尾と、スズキを一尾、

「ひとつ、料理しといて下さいよ」

と預けられている。私は難破船の横板の上で、そのスズキや、鯛を大模様に切り裂きながら、あとはウイスキーと、焚火である。

あんなに愉快なことと云ったらなかった。鯛に塩をかけて、その焚火の脇で石焼にする。コップのウイスキーを手にしながら、時折、また潮水に降りていって、カキを啜る。

そのうちに、みんなが帰ってきたから、

「ぼくは、この島に居つきますよ。どうぞ、皆さんだけ、引き揚げて下さい」

と頼んだのだが、衆寡敵せず、とうとう宿に引き戻された。おかげで、私は何十尾という鯛の仕込みまで請け負わされ、その鯛が、私の携帯冷蔵箱の中で、みんな腐って、次のタウポ湖畔の宿屋だったかで悪臭フンプン。桂ゆきさんからシャネルを借り受けて、バスルームに駆け込み、その後仕末と臭い消しをしようと思ったのに、丁度裸になってシャワーにかかろうとしたとたん、どうしたわけか断水になってしまった。

そこで仕方がない。せめて、そのシャネルを全身に塗り込む以外に手はないと思い、とうとうシャネル一瓶、カラにしてしまったことがある。

それでも、腐った鯛はどうやら、ビニールのあき袋の中に完全にくるみ込んだから、その袋を棄てようと思って、福田蘭童さんと二人、ホテルの周囲をぐるぐる探し廻ってみたが、ほどよい汚物棄場がどこにもない。

そこで、湖畔の並木道をしばらく往ったり、来たり、ほどよい植込みがあったから、そこへ、そのビニールの包みをそっとかくして、ホテルの方に後がえろうとしたところ、

「もし、もし。忘れ物……」

お巡りさんが私達のあとから追いついてきて、そのビニール袋を丁寧に、返してくれた。

不愉快な物品に見えないように、少しばかり私が、くるみ過ぎたのである。殊更、そのしばり口を金色の紐で結わえたから、贈答の品物を置き忘れたとでも見えたのだろう。

おかげで、この袋を、タウポ湖から、ロトルア湖まで持ち廻り、ようやく棄てたのは、ワイトモの洞窟入口近い叢の中であった。

世界の七不思議の一つと云うそうだが、ワイトモ洞窟の「土ボタル」の幽光ほど、不思議なものはない。

秋芳洞とか、竜河洞などと同じような、鍾乳洞であり、その洞窟の天井のあたり全体に、きらめく満天の星のような幽光が見える。

実はお尻のあたりから幽光を発するウジ虫が這っていて、その土ボタルが光を放っているわけだ。

こころみに懐中電灯で照らし出してみると、これらのウジ虫は例外なく四、五十センチの白い糸を垂らしている。つまり洞窟の天井全体から、粘着する不思議な糸を垂らしていて、蚊が舞い上がり、この糸にふれると、蜘蛛の糸のようにくっついてしまうわけだ。

見ているうちに一匹の蚊がからまりつき、土ボタルが、その粘る糸をゆっくりと巻き上げてゆくのが見えた。

云ってみれば、土ボタルが仕掛けた定置網であって、この定置網にかかる蚊を捉えながら、光る土ボタルが棲息しているわけである。

懐中電灯を消せば、満天の星であり、その満天の星の下に流れがあるから、静かに流れの中に舟を浮かべていると、まるで、天国とこの世の境界に漂っているような不思議さだ。聞えるものは、水のしたたりと、舟が流れの中にゆらぐ水音ばかりである。

洞窟のそとに出て、まぶしい夏の日ざしを仰いでも、周りの喧しい石蟬の啼き声を聞いても、あやしい夢幻の気持はいつまでも心の底に残り、あんなに不思議な発光体など、この地上で想像することも出来なかった。

ニュージーランドは、到るところ温泉が噴き出しているのだが、日本人のような風呂好きはどこにもいないから、せいぜい、温水プールとか、植物栽培とかに利用されている程度だったろう。

多分ロトルアの町であったが、久しぶりにパブにでも入り込んで、土地のサカナをつつき、ビールでも飲もうと云うことになり、なにげなくドヤドヤと入り込んでいってみたところ、桂ゆきさんと、渡辺喜恵子さんは、つまみ出された。

つまみ出されたと云ったら、ゴヘイがあろうが、

「ここは、淑女達の入るところじゃありません」

とマネージャーから丁重に注意され、保護されたわけであった。そこで、彼女達はスゴスゴと引き揚げていったから、私達も同情して、一緒に出た……、と云いたいところだが、事実は反対だ。

「そうさ。パブは男の酒場さ。男なら、黙ってパブで飲む。女などの入ってくるところじゃない……」

と大いに痛快を感じながら飲んだのだが、あの時、正直に白状していたら、きっと、桂さんからシャネル代を三倍ぐらい賠償させられるところだったかもわからない。

あの時の愉快さが忘れられず、日本にも、男だけしか絶対にはいれないと云う焼酎酒場か、ビール園を、是非造って貰いたいものだ。

脱線話はいい加減にやめるとして、シドニーから飛行機に乗り、ブリスベーンに近いクーランガッタの飛行場に近づいた頃だった。

砂漠を過ぎ、森が見えてきたようだから、

「ほら、カンガルーがいっぱい跳んでるよ。ピョンピョン、ピョンピョン……」

桂さんや、渡辺さんをからかっていたところ、飛行機はやがて、滑走路に着地した。が、その滑走路を直進しないで、あやうく、進路を左に曲げるのである。

「どうした？　どうした？」

とみんな騒ぎたったが、

「カンガルー」

よく見ると、一匹（尾？）のカンガルーが、滑走路の中で、腰を抜かして、しゃがみ込んでしまっている。

飛行機はきわどく、そのカンガルーをよけながら滑走を終ったわけである。

いくら粋狂でも、飛行場にカンガルーを飼っているわけではない。野生のカンガルーが飛行場の中に迷い込んできて、滑走路を横ぎりかけ、突進してきた私達の飛行機に脅えて、腰を抜かしてしまった次第である。

飛行機はあやうく、よけたが、まともにカンガルーに車輪が衝突すれば、顚覆と云うことだって、あり得ただろう。

オーストラリアの小飛行場で、カンガルーの歓迎を受けるなどと、まったく愉快を通り越していた。

ノッケにいいことがあると、あとあとまで、その愉快を持ち越すもので、「ゴールド・コースト」などと云う俗な避暑地でも、大いに満足したのだから、カンガルー殿下のお出迎えに、先ず感謝しなければならないだろう。

ゴールド・コーストと云うのは、クーランガッタから北へ二十キロばかり、白砂の砂漠が屈曲しながらつながっているのである。

太陽はまぶしく輝いているし、海はまだまだ汚れていないが、町は俗である。サウナ風呂あり、アトラクション劇場あり、パンパン宿あり、と云ったところだろう。

もっとも、そこのところが、一番の魅力である、と云えば云える。

福田蘭童さんや、小島磯連会長や、岡村夫二画伯など、到着早々、その砂浜で釣っていたが、遠浅だから、ニュージーランドのように、バタバタと真鯛を釣り上げると云うわけにはゆかないらしく、釣れ上がったのは十センチ余りの、イボ鯛であった。

しかし、イボ鯛は、私の大の好物だ。持ち帰って、携帯コンロで、煮付にしたいと思ったのだが、

「海に投げ返しなさい。オーストラリアは十五センチ以下の小魚は、獲ってはいけないきまりになっています」

傍で見ていた紳士に、そう云われた。

そこで、後髪を引かれる思いをしながら、イボ鯛は全部海に返して、町なかの魚屋を探して廻った。

うまい具合に、一軒の魚屋が開いている。

覗き込んでみると、伊勢エビがあり、赤エビがあり、蟹があり、いや、サヨリのすき通るようなのが、沢山あった。

そのエビの値段を訊いてみたら、一キロ四百円ばかりの値段である。そこで、エビを一キ

ロ、蟹を二、三匹買って、ホテルに引き揚げ、四、五尾はナマで喰べ、あとは生姜の匂いを煮ふくませながら、塩うがきにした。

エビのおいしさは、格別であった。

万才。買出しに出た甲斐があったと、大いに気をよくしながら、ウイスキーを飲み、さて、夕食の食堂に顔を出してみたら、またエビであった。

エビのナチュラルで、諸兄らは、

「とてもおいしいよ」

と云ってくれているが、もう、私の喉は通りにくい。そこで、ヤケクソで、海亀のスープを飲んでみたのだが、これは缶詰である。

まったくの話、つき過ぎた。

しかし、その夜は素晴らしい月であったから、桂ゆきさんと、渡辺喜恵子さんを誘って、月光の砂浜を歩いていった。

昼のような明るい月夜である。波が、静かに寄せては返す。南十字星は、斜めに十字の模様を描いており、私はなんとなく感傷的になって、二人の淑女をほったらかしにしながら、砂浜をどんどんと先に歩いていった。

すると、向うから、二人の少女がやってきた。

跣足である。跣足の少女が私とすれ違いざま、

「今晩は……」

と云った。勿論、私も、

「今晩は……」

と挨拶を返す。すると、一人の少女が寄ってきて、

「ね、どこのホテルに泊っているの？」

さて、困った。遥か後方だが、私は二人の日本女性と連れ立っている。このまま、ドロンをきめこんだなら、それでなくても、信用の薄い私だ。両女史から現行犯で、逮捕訊問され、人民裁判にかけられない方が不思議だろう。

そこで、うしろを振り返り、月光の中に大声をあげて、

「助けてくれ！　桂さん。英語がわからないんでーす」

私に話しかけてきた少女達は、急に鼻白んでしまった塩梅で、サッサと、砂丘の方に歩み去ってしまった。

これで、人民裁判にかけられずにすむ……、男の面目をとりとめた……、と私は両女史の傍に後がえっていったところ、

「あら、どうしたの？　私達、折角、消えてあげようと思っていたところなのに、こっちへ後がえって、いらっしゃるなんて……」

両女史から、かえって、叱りとばされたのは、我ながら情なかった。

宿に帰っても、なかなか、眠りつけず、そこで、また迷い出して、アトラクションを覗き

にいってみたり、バーに入り込んでみたりしたが、月光の中の跣足の少女のウナジやクルブシの白さが、ぽーっと眼の中に浮かび上がってくるばかりで、まったくうつつ心地がなくなった。

部屋に帰って、手持のウイスキーをあおりながら、コッフェルの中のエビを取り出してみても、なんの為に、エビ一キロ、蟹三匹などを買い出して、ゆで上げたのか、腹立たしいばかりである。

福田蘭童さんも、どこに消えてしまったのか、チラとも姿を見せず、とうとう、明方近くまで、一人で飲むばかりになった。

おかげで、昼近くまで寝過ごしたから、同行の諸先生はもう誰一人見当らない。

仕方がないから、ホテルのプールで泳いでみたものの、オーストラリアまでやってきて、プールの水に浮かんだり、沈んだりしているだけと云うのは、いくら何でも腑甲斐なさ過ぎるだろう。

よし、昨夜の少女の幻でも見ながら、昨日の浜辺で泳いでやれ、とそう思って、プールから上がり、乾いた水着に着換え直して、海の方へ歩きはじめたら、パラパラと雨が降ってきた。

ついてない時は、ついてないものだ、とフッと見ると、パブが一軒あいていた。

急いで入り込み、ビールを二、三本飲んでいるうちに、篠つく大雨になってきた。稲妻と雷鳴が呼応し合うのである。

そのパブは、大きなガラス張りになっていて、海に泳いでいた男女達が逃げまどう姿が、まるで手に取るようによく見える。

手と手をつなぎ合って、駆け込んでくる男女。

脅え、耳をふさぎながら、こちらの軒先に走り込んでくるビキニスタイルの美女達。

パブの表通りは、それらの避難する水着姿の男女達で、ごったがえし、どのようなアトラクション、また、どのようなストリップ・テーズよりも、なまめかしく、精彩を帯びて眺め渡された。

その雨にうたれる水着姿の男女群は、写真機さえ持っていたら、驚くほどの、千変万化の肢体を記録することが出来たろう。

しかし、私はそんな写真など撮してみたい気持は毛頭ない。ただ、海の前面に、逃げまどう、はかない人体の律動を見守りながら、ビールを、つぎつぎに、飲み乾しているだけだ。

ボルシチに流浪の青春時代を想う　ソビエト

ナホトカからハバロフスクに抜ける列車の中である。

医者のI博士が私達のコンパートメントに帰ってきて、

「檀さん、檀さん。あっちの車輛に美人の急患者が出たそうですから、一つ診察にいってみませんか？」

と不思議なことを云った。

「だって、私は医者じゃありませんよ」

「構うもんですか。私の聴診器を貸してあげますから、一緒に診察にいってみましょうよ」

いくら誘われても、にわかに偽医者になって、美人を診察するほどの勇気はない。

「残念だが、やめときましょう」

「そうですか……。構わんけどな……」

とI博士は気の毒そうに、しかし聴診器を、おっとり刀の塩梅に握りしめながら、私達のコンパートメントから、よろけ出していった。

しかし、しばらくすると、笑いながら後戻ってきて、

「何か、通訳の喋り違いだったらしいです。急患じゃなくて、女医さん達でした。私が医者だと聞いて、日本の医学の事情など訊きたい、と云うことでしたが、あっちには酒もないし……。こっちに来るそうです」

「通訳も一緒にですか？」

「いやー、ドイツ語が通じるです」

まもなく、三人のロシア美人が、私達のコンパートメントを覗き込んだから、手招きで招じ入れると、

「ダンケ・シェーン」

なるほど綺麗なドイツ語と一緒に、笑いを含みながら、互に押し合うようにして私達の席の間に入り込んできた。

彼女らは新聞紙にくるんだ土産の品をひろげている。覗き込んでみると、「コケモモ」だ。ロシア語で「クリュークブア」。ドイツの「ハイデルベーレン」とおそらく同一の種類のものだと思う。

私はその実を一粒口にしながら、なつかしさが止まらなかった。

その昔、寛城子のバウスの家であったか、それとも、ジャラントンのホテルの食堂であったか、この酸っぱい紅色の実をつまみ喰った記憶がある。

おそらく、ゼリーか、塩漬にするつもりの「コケモモ」を少しばかり、お裾分けに与ったものだろう。

私は、その特有の匂いと酸っぱ味を思い出しながら、なつかしさの余り、「コケモモ」をもう二粒、三粒口にして、虎の子のウイスキーをひっぱり出した。

「さあ、飲みましょう」

手持のコップの類を寄せ集めて、そのウイスキーを差し出してみると、例の綺麗な、「ダンケ・シェーン」

三人の女医達は、私達とグラスを合わせながら、思いきりのよい乾盃になった。

あんなに愉快な旅と云ったらない。

窓外には、サラランカ、百合、ネジアヤメ等の咲き乱れている原始の草原が流れ過ぎていく。

私達は船中で仕入れてきた「カルパス（サラミ・ソーセージ）」をサカナに、ウイスキーから、ウオツカになる。

それでも、まだ、彼女達は悪びれず、グラスのウオツカを気持よく乾している。

誰からともなく、歌いはじめ、その歌も、「赤いサラファン」になったり、「カチューシャ」になったり、かと思うと「野薔薇」になったり、まったくの話、とりとめなくなった。

時折、思い出したように、「コケモモ」の酸味を口にくわえるだけだ。

歌いやめれば、舌の廻らぬドイツ語の片言でたどたどしく喋り合うわけだが、この時聞いたバカに面白い話が一つある。

ソビエトでは、何によらず、患者がやってくると、先ず水を二リットル飲ませるそうだ。

大抵の病人はそれで癒るし、この水療法で癒らないものだけを、次の療法に移す、と云う意味のようだった。

本当の話かどうか。みんな酔っていたし、酒飲みに対する思い切った冗談であったかもわからない。

歌声や談笑の声があがるから、同行の諸君らはみんな私達のコンパートメントに集ってきて、S君など、出発前のケガを、一人の女医から、ていねいに治療してもらった上に、

「ハバロフスクに着いたら、私を訪ねて、必ず病院にいらっしゃい。もう一度治療したら、きっと癒ります」

などと、やさしいことを云われていた。

その癖、S君が彼女をハバロフスクの病院に訪ねてゆかなかったのは、ひょっとしたら、二リットルの水療法のことを、思い出したせいかもわからない。

さて、ハバロフスクからアムールを三、四時間遡行したところに、漁業コルホーズがあった。そのコルホーズの集会所の前に三、四メートルはありそうな大きな橇《そり》みたいなものがあるから、一体何だろうと思って訊いてみたら、鱘魚《ちょうざめ》を捕獲する道具らしい。これを川底に投げ下ろして、鱘魚をまるで鼠捕りの塩梅に、捕まえるのである。

勿論、キャビアを採取する鱘魚だ。

ソビエトに出かける前は、キャビアをバケツ一杯買って帰るなどと、豪語していた癖に、

現地に行ってからは私も意気沮喪《そそう》した。キャビアなど、ロシアでも随分と貴重なものである。外貨獲得のインツーリストの売店以外には、ほとんど見かけないくらいのものであった。

コルホーズの集会所で、私達は大鯉のスープを馳走になった。

ガラーンと広い集会所の中は、絨毯《じゅうたん》がわりに乾草が敷きつめられてある。質素で飾りけのない食堂だが、その乾草の匂いが、素木の無骨なテーブルや椅子と一緒に、類い稀な饗応に感じられたものである。

しかし、運び込まれたスープ皿には正直な話、私も度肝を抜かされた。とても皿などと云えたものではない。あらまし、洗面器の大きさはありそうだ。

その洗面器の中に、筒切りの鯉と、筒切りの川鱒の混成スープが、惜しげもなく、ドカドカと注ぎ入れられ、コップにはウオツカ。そこで、

「乾盃！」

と云うことになった。

この魚の混成スープを「ウーハー」と呼ぶらしい。ジャガ芋。玉葱。すべて大ぶりに投げ入れられてあって、その上にウクローブ（ディル）の葉が青く散らしてあり、向日葵油の匂いがひろがっていた。

パンは赤いロシア・パンだ。その横のドンブリの中には、ロシア漬の胡瓜が惜しげもなく盛り上げられてある。

私は久方ぶりに、三十年昔のバウス家のスープの盗み飲みを思い出した。

ウクローブの匂いや、ペトルーシカ（コリアンダー）の匂いを思い出した。

ブリキ缶の中に越年漬の胡瓜をつめ合わせながら、ウクローブを入れ、唐辛子を入れ、ニンニクを入れ、ハンダ付にするバウス家の初秋の忙しさを思い出した。

私がロシア人の暮し……、ひいては、ロシア人の喰べ物……、を実際に知るようになったのは、三十年余りの昔……、満州（つまるところ、中国の東北地区）のあちらこちらを、とりとめもなくうろつき廻っていたからである。

うろつき廻っていたばかりではない。

白系ロシア人の家の台所に住み込んで、彼らの作る料理の実際を目撃し、味わってみるハメになったからだ。

それは素敵だ！　などと云う手合がいるかも知れないから、はっきりことわっておくが、誰が好きこのんで貧乏ロシア人の、それも台所などを、間借りするような粋狂な奴がいるものか。

あれも、これも、みんな私が貧乏をしていたせいだ。

ひとかどの日本人が住みつけるような、新京市内（今の長春）の家や部屋を借り受けることが出来ぬ。そこでその新京から小一里ばかり離れた寛城子と云うロシア人部落に、住みついたわけであった。

私の住みついた家はたったの二間。その二間の奥の部屋は、バウス夫妻の寝室兼居間であり、私の借りた部屋はロシア竈がしつらえてあるバウス家の台所だ。

バウス夫妻だって、朝夕使っている自分達の台所を、日本人に貸したくないにきまっている。私にしてみたって、自分の寝ているところに、バウスの女房が闖入《ちんにゅう》してきて、バケツ一杯のスープを煮はじめたり、「ピロシキ」を作りはじめたりするのでは、オチオチ朝寝坊も出来にくい。

それでも、バウスがその台所を私に貸し、私がまたその台所部屋を借り受けたのは、お互の貧乏が、丁度よいあきらめの気持を双方におこさせたからであったろう。

彼らは私に台所を貸すことによって、いくらかでも彼らの実入りを多くする。私は彼らの台所部屋を借りて、いくらかでも私の支出を少なくする。彼らが現に使っている台所を借りるからである。

では、具体的に一体、どんなふうにしてその台所に私が寝起きしたかと云うことを説明しておかないと、私の状態がわかるまいから、ちょっと申し添えるなら、竈の丁度反対側の壁に、長椅子風にとりつけられた漆喰のオンドルがあった。その上に蒲団か毛布さえのせれば、辛うじて人間一人が寝られる幅と長さがあって、ひょっとしたら、下男とか、女中とか、を寝かせる為にはじめからとりつけられた寝台であったかも知れぬ。

バウス夫妻は、私の台所を通らないと屋外に出られない。つまり私の部屋は、台所であり、玄関口をも兼ねているわけだ。

厠は屋外にはずれて立てられてあるから、用便の都度バウス夫妻のうるさい出入りを覚悟していたところ、この方は、お丸をでも使っているらしく、ただ、壁越しに、時折幽玄の音を聞くだけであった。

はじめは、何の為に、えりにもえってロシア人の台所部屋などを借り受けたろうかと、一途に腹立たしかったが、馴れるにつれて、私は、この台所部屋に住みついたこの上もない愉快を味わった。

例えば、である。

朝の十時過まで私が寝込んでいる。するとバウスの女房はニコニコ顔で入り込んできて、

「いい、いい。ゆっくりやすみなさい」

とでも云うように、手を振りながら、毛布の中の私を押しなだめて、竃に火入れをするのである。

その上に大バケツをのせ、水を張り、羊だか、豚だか、牛だか知らないが、骨付のままの巨大な肉塊と、皮をむいただけの丸い玉葱と人参を、バケツの中に放り込んで、そのまま去る。

ほんの時たま覗きにくることもあるが、チョッチョッとアクを掬うぐらいのもので、あとはもう見向きもしない。

やがて、五、六時間もコトコトとその骨付肉を煮込んだ揚句、今度は皮をむいたジャガ芋を投げ入れる。トマトか何か赤い液汁のようなものを流し込む。塩を入れたり、二、三種の

乾燥した葉ッパだとか、茎だとかを放り込んで、バウスの女房は、これをお玉で掬いながらちょっと味見をして、さて、私を振り返りながら、ニヤリと笑う。うまく出来たとでも云うような表情だ。

私はと云えば、それ一つが私の持ち物である机の前に坐り込んで、無念無想の心境である。いや、無念無想の心境のフリである。

奥の部屋では、もうウオツカの乾盃がはじまったらしく、ロシア男の大声と哄笑が湧く。バウスの女房があわてて台所に走り込んできて、キャベツの葉をむしりむしり、スープの中に投げ入れる。洗うことも何もしない。

ようやくスープは煮え上がったのか、バケツごと奥の部屋に持ち去ってしまう。

これが「ボルシチ」であることをまもなく私は知ったばかりか、その煮込の、ほぼ正確な間合いを覚え込むようになったのは、私が料理熱心であったせいではない。

盗み飲みの為である。

まさか、スープ皿に掬い取って飲むわけにはいかないから、バウスの女房が入り込んでくるスキを見ながら、金杓子《かなじやくし》で味見を繰り返すわけだ。

このようにして、私はボルシチの全過程を習得することになった。

カサカサに乾いた葉ッパは、日蔭干しにした月桂樹の葉や、ウクロープ（ディル）の花や茎や葉だ。

赤い液汁は彼女らが初秋の頃煮込んでしまっておくトマト汁と、酢漬のスビョウクラ（ビート）である。

ボルシチの盗み飲みほどおいしいものはないが、ただ残念なことに盗み飲みでは、肉、蕪、馬鈴薯、玉葱、人参、キャベツ等の全貌に、サワークリームをたっぷりかけて喰べると云うわけにはいかぬ。

それでも復活祭の頃だったか、一、二度、奥の間によばれて、バウス家のボルシチの全貌を喰べた記憶がある。

冬の永いロシア人は、夏分にはまったくの大忙しだ。

苺の頃になると苺のジャム作り。山葡萄が出盛ると、その山葡萄のジャム作り。林檎が出盛ると、今度は林檎のジャム作り。葡萄が出廻れば、葡萄のジャム作り、と云った塩梅だ。

トマトが出盛る頃になると今度はトマトの塩漬。トマトの煮込。胡瓜が出盛る頃には、越年用の胡瓜のロシア漬等々。

ジャム作りなど、大抵、庭先に七輪の火をおこして、半分日光浴をやりながら、バケツや洗面器で日がな一日煮込んでいる。

ロシア人は紅茶に必ずと云ってよいようにジャムを入れて飲む慣わしだから、ジャムなしには年が越せない。そこで、果物が一番安くなる時期を見はからって、そのジャムの煮込に熱狂するわけだ。

越年用の胡瓜のロシア漬など、大きなブリキ缶をハンダ付にしなくてはならないせいだろう、何家族もの夫婦が寄り集って、大騒ぎをやらかしながら、その胡瓜を漬け込む。

ズングリと太くて短い胡瓜だが、ウクローブの匂いがしみついていて、喰べ馴れるとあんなになつかしい喰べ物もないだろう。

私はソビエト旅行中、何によらず、行列が出来ていると、その行列のうしろに並んでみた。勿論のこと、好奇心からである。

ハバロフスクの行列は、キャベツであったし、イルクーツクの行列は、アイスクリームであった。シンフエロポリの飛行場内の食堂の行列は、お皿に二本ずつのソーセージであった。

こう書いてしまうと、ソビエトの物資がいかにも不足しているように受け取られそうだから、私は実情を明記しておくけれども、実は売子が律義なのである。

キャベツの場合はひょっとしたらキャベツが出はじめたばかりのせいであったかも知れないが、アイスクリームなど、いくらでもあるわけだ。何も並ぶ必要はないだろう。

ただ、そのアイスクリーム売りのところに、買手がちょっと集ってくると、たちまち行列を作る慣わしのようだ。

なぜなら、計量がきわめて律義だからである。日本なら、アイスクリームの多い少ないくらい、いいから加減に、ドサリと盛り上げたふりをして、下の方はからっぽなどと云うこともあるが、ロシアの売子は、かりにもその計量をゆるがせにしない。

減らしてみたり、ふやしてみたり、計量器の針がまったくの安定を見せない限り、金輪際渡さない様子であった。客の方もじっとそれを眺めながら、列を作って待つ。

シンフエロポリのソーセージの時など、ソーセージの大小があるから、その重量をいちいちはかり、これをまた、いちいち金額に換算するのに、大手間が要るわけだ。これでは、行列が遅々として前進しないのも道理である。

日本なら、

「はい、二本で百円」

と大雑把にやっつけて、多少の違いなど問題にしない為に、そこが悪徳商人のツケメになるが、ソビエトの売子は戦々キョウキョウ、計量の一点に関しては、きわめて神経質だ。

か、と思っていると、はなはだ豪快な例もある。

これは、アルメニア共和国のエレバンの例だが、エレバンの市場の中で、私は珍しく、「オクラ」を見つけた。そこで、そのオクラを半キロばかりほしいと云ったところ、

「何？　半キロ？」

その売手の男は、私に新聞紙をひろげさせ、オクラをのせた台の上から片腕で、ドサドサとオクラを掃き込んでしまった。

「いくらだ？」

と訊いたら、

「要らぬ」

と手を取っている。金を渡そうとしても、受け取らないから、とうとうタダで貰い受けた。

ひょっとしたらロシア人は、このエレバン男のような気質が一般的であって、気分本位、

豪快本位に傾き易いから、公益の市場や、公益の売子には、格別綿密な計量を、官民ともに要求しているのかもわからない。

少し話が脱線した。エレバンを思い出したついでに、エレバンに近いセバン湖の話でもしよう。

エレバンはもうトルコの国境間近く、アララート山の姿が、バスの上から、美しく眺め渡された。

私達はランチに乗せられて湖中の島に渡ったが、その島を蔽っている真白にさらされたような粘土の色が忘れられない。水は青く澄み通っており、その底の土は真っ白だから、自分の体の影が湖水の底にゆらめく塩梅で、泳ぐと、自分の体が、まるで、本物の魚にでもなってしまったような気持がした。

岸には真紅の雛げしの花が咲いていた。

この島の波打際で、エレバンの自治委員会の人達から、野遊のシャシュリークを馳走になったが、あんなに豪快なシャシュリークを喰べたのは、後にも先にもたった一度である。

シャシュリークは、羊肉の串焼だが、その串の長さが、あらまし五十センチはあろうかと思われるほどの、柄のついた見事な金属で、さながら剣と思われた。

その剣に、よくマリネされた羊肉が串刺されてあり、それを炭火でジュウジュウと焼き上げる。

周りは赤い雛げしの咲く白粘土の湖岸であり、太陽の直射日光ははげしいが、爽やかな高原の気象の中で、むさぼり喰うシャシュリークは、おいしかった。

殊更、薬味のウクロープ（ディル）と、ペトルーシカ（コリアンダー）と、ラーハン（芽ボウキ?）が、刻まれずに、そのまま青々と皿の上に投げ出されてある。その葉をちぎって、シャシュリークに揉み添えると、羊肉のうまみが、さながら倍加するような心地さえされた。

いや、シャシュリークを片手に乾盃した、「エレバン何号」だったかのブランデーが、格別においしかったせいだろう。

今、考え直してみると、乾燥の土地、日射のはげしい土地、それでいて水がかりのある土地の葡萄やメロンは例外なくおいしいのである。その葡萄から醸造した葡萄酒や、ブランデーがおいしいのは、当り前の話である。

私はこの「エレバン何号」だったかのブランデーを二本仕入れて、日本に持ち帰るつもりであったのだが、とうとう道中で残らず飲み乾してしまった。

どうもいけない。エレバンなど、ロシア的と云うよりも、むしろ地中海的な、要素の強いところだろう。

話をモスコーに戻すとしてその昔、ナポレオンが立ったと云う、雲雀《ひばり》ケ岡から見晴かす、モスコーの夕暮れは素晴らしい。うしろには、三十何階だかのモスコー大学が聳え立っており、川をへだてて眺めやるモスコー市街の寺院の尖塔は、ことごとく夕焼空の中に、影絵になって浮かび上がるのである。

しかし、そのモスコー市中の食堂は、一、二軒喰べ歩いてみたが、私の情報不足のせいか、路銀不足のせいか、これと云うおいしいものにありつけなかった。

もっとも、完全な情報を持っているにしたって、一カ月くらい、その町をうろつき歩かなかったら、大都市の安くておいしいものなどに、ぶつかる筈がない。

例えば、「アンナ・カレーニナ」の冒頭に近く、オブローンスキイが、レーウィンと二人で、「英吉利軒」と云うレストランに出かけてゆく話がある。

「英吉利軒」だから、生粋のロシア料理ではなく、イギリスのローストビーフだとか、フランス料理だとかを喰べさせる店だったろうが、その献立が小説の中に明記されてあるから、一度ためしに作ってみたところ、材料費だけでも、三万円近くかかった。

ほかに、原文には、ふんだんに上等のシャンパンが書き込まれてあって、これまで合算したら一体どのくらいの費用になるか、見当もつかぬ有様だ。その昔のロシア貴族の贅沢が思い知らされるわけである。

しかし、これらの贅沢貴族も、毎晩料亭に出かけていったわけではないだろうし、田舎に戻ればその田舎特有の、土着の料理も喰べていたに違いない。そこは広大なロシアのことだ。それでもどんな痛快な喰べ物があるか、想像も及ばないくらいのものである。

それを思い知ったと云ったら、ちょっと大袈裟だが、何と云う町であったか、モスコーからボルガ河に抜けてゆく途中に、チャイコフスキイの館のある町があるだろう。

チャイコフスキイが、とある貴夫人から仕送りを受けながら作曲に専念していた館のある町である。

その町の自由市場を、なに気なくちょっと覗いてみたところ、ズラリとキノコが並べられてあるのに気がついた。

あわてて、私は駆け込んでいったのだが、その種類は何十種と、数限りがないのである。見たことも、味わったこともないようなキノコばかりであった。

ロシア人がアミガサダケを愛好するとはよく聞いた話であり、アミガサダケなら、私もいくらかその処理に心得がある。

しかし、この夥しいキノコはどのような味で、どのように処理するのか、まったくわからず、一瞬苦悶したが、友人達は市場のそとで待っている。

そこであわてて、五、六種類のキノコを手当り次第に選び取って、手提の袋の中に入れた。

幸い今夜はボルガ河畔の大使館の別荘《ダーチャ》に泊めて貰うことになっている。当って砕けろで、焼いて喰べるか、うがいて喰べるか、成行にまかせることにした。

夕べの会食をウワの空ですまして、さて、無理にねだって、火のある部屋に入り込み、道中買い入れたキノコを、ズラリと並べてみたが、同行の友人らも、大使館の人達も、みんな心得のないキノコばかりだと云っている。中には、

「薬用のキノコじゃないですか。喰べるのが目的じゃなくて、薬用にしたり、匂いをつけたりするキノコを、時々売っているって聞きますよ」

などと水を注《さ》す人もあった。

しかし、ウクロープなどと一緒のところに売っていたのだから、喰べるキノコの筈である。先ずその一種類を、直火で焙って、醤油をつけて喰べてみた。が、一向にキノコらしいうまみがない。いや、むしろ生臭さの方がかっている。

そこで、一つ鍋を借り、ショッツルを作って、片っ端から、一つずつ、投げ入れて喰べてみることにした。

二つ目も駄目である。三つ目も駄目である。

だんだん、ヤケ気味になって、ウオツカをあおりながら、次のキノコ、次のキノコ、と放り入れてみたが、だんだんと苦味が増すばかりのようである。

日本的処理では、まったく、どうしようもないキノコばかりであった。

しかし、大むね、歯ざわりはよろしいから、おそらく、油で処理した揚句、サワークリームのようなもので、こってりと和えるのであろう。

「どう？　喰べられる？」

同行の友人が私の苦悶の表情を見抜いたように笑いながら、訊いたのとほとんど同時に、

「これは、ここの川で獲れた小魚のカラ揚げです。口直しにどうですか？」

大使館の一人がオークニーのカラ揚げを差し出してくれた。

無念だが、そのカラ揚げが、ようやく口中の苦味をこっそりと消してゆくのである。

おかげで、その翌朝、ボルガの流れに泳げたのは嬉しかった。

ボルガの水は思いのほかに生温かく、仰向けに浮かんで流れてゆくと、ロシアの空と大地のひろがりが、つくづくと感じられる。東と南がまばゆいほど明っているのに、西北の空のあたり、にわか雨でも通り過ぎているようで、遠い虹がかかっていたりした。

贅沢な味 ア・ラ・カルト　フランス

パリの町にはじめて入り込んでくる人は、大抵の場合、オルリーの飛行場から、バスでアンバリッドのエア・ターミナルに抜けるか、あらかじめきめられたホテルに、タクシーで直行するかと云うことになるだろう。

しかし、私は、列車でオーステルリッツ駅だとか、ノール駅だとかに、辿りついて、しばらくその駅の構内を上がったり下りたり、構内の軽食堂に入り込んでいって、そこで愚図つき、卓上に並べられたクロワッサンか何かを手あたり次第に齧りながら、ビールを飲み飲み、食堂のガラス窓から、パリの町の気配をソッとうかがってみるようにして時を過すのを、大層に好むのである。

宿は、ホテル・ユニオンにしようと大よそ心づもりはしていても、ワザワザ、構内案内所に出向いていって、廻らぬ舌の英語もたどたどしく、

「安くて、居心地のよい宿はありませんか？」

などと、先方の反応をいろいろにためしてみるのが、格別に好きだ。

それからまた、食堂に後がえって、有金を調べ直してみたり、フランに両替えしてみたり、

またビールを二、三本飲み直しながら、ボンヤリと、窓外のパリの朝景色に見入っている。例えば、リスボンから北上してきたとするだろう。一晩の夜行の後に、気がついてみると、窓外のパリの町がうっすらと、ハダラ雪をかぶっていることに気がつくわけだ。

窓から見る構内広場には、タクシーの運ちゃんが白い息を吐きだしながら、どこの町から運んできたのだか、車の屋根の雪を払いのけていたり、両手を口にかざして、その手をぬくめていたり……、そこに息づいているパリの市民のあわただしさだか、溜息だかが、実に手に取るように感じられてくるからだ。

かと思うと、自分の身の周りに、抱えきれないほどのガラクタ荷物を散らして、その真ん中に腰をかけ、コーヒーを飲み飲み、落着きなく人待ち顔のスペイン娘がいたり、ドカチン稼業の知辺《しるべ》を頼ってパリにやってきたらしい、ポルトガルの出かせぎ人夫らしいベレー帽が、キョロキョロと周囲を見廻していたり、彼らの間に、さながら埋もれるようにしてビールを飲んでいると、剝落《はくらく》するクロワッサンの歯ざわりにさえ、パリと云う都市の、酷薄さだか、そらおそろしさだかが、思い知らされてくるような心地がするから、不思議である。

いつだったか、食堂の給仕男から、口汚く罵られていた二人連れの青年がいたが、ひょっとしたら、無銭飲食だったのかもわからない。

そんな筈はないと思うのに、ストックホルムとか、パリとかの終着駅食堂では、ビールの無銭飲食が、しょっちゅう目につくから、不思議である。

その点、ハンブルクなんかは、自動販売機が徹底しているので、無銭ならソノモノが出てくれないけれども、パリは駅構内の軽食堂に至るまで、まだまだ、腕に純白のナプキンを垂らしたギャルソンが、客の間を縫って歩いているのである。

喰ったり飲んだりしているのは、お上《のぼ》りさんだし、その給仕をやっているのは、パリ人(いや、ポーランド人だの、ラトビア人だの、ポルトガル人だの多かろうが、一カ月パリにいれば、パリ人だ)だから、チップを出さなかったり、無銭飲食だったりしたら、サービスする側の腹の虫がおさまらぬのも、道理だろう。

それにしても、パリの町も随分変った。

十何年か昔、ド・ゴール健在の頃までは、コカ・コーラなどまかりならぬゾと、きびしいお達しで、アメリカ風のホットドッグなど、どこにも、見かけたことなんかないと思っていたが、今度モンマルトルの丘の麓のあたりをうろついていたら、ピガールのあたり、ホットドッグの店なら、いくらでもある。

フランスの棒パンを、真っ二つに割いて、その中に長いソーセージをはさみ込んだ、四十センチはありそうな偉大なホットドッグであった。

フランス人が好むと好まないとにかかわらず、パリのアメリカ化はどんどん進行しており、十年ちょっと昔は、レストランで葡萄酒を飲みながらも、ものものしい夕食をとる以外は、カフェに入り込むしかなかったが、今日では、ドラッグストア式、キャフテリア式、簡便食事が、どこにでも、店を開いており、ヒッピー様だって、諸国浪々の無銭旅行者だって、手軽に立喰い、立飲み出来る時代に変りつつあるようだ。

十二、三年昔、パリではコカ・コーラなんか飲めなかったもんだ、なんて云ったたって、今時、真に受けてくれる人の方が少なくなった。

変らないのは、週の何曜日かごとに、パリのあちこちの通りに、屋台を並べて開かれる市である。

例えば、ウイルソン大通りから一つエトワール寄りの道であったか、道路の真ん中にズラリと庇（？）を連ねて並び合う何曜市（？）だかの景観は、そっくりそのまま、十何年昔も、今も、変りないパリの姿である。

さながら、能登の輪島の朝市の塩梅であって、今日は市日だと気がつくと、私は、買出袋を両手にぶら下げながら、うわずり気味になる。

今日はオレ一人だゾ！　あんまり買い過ぎたら、腐らせるだけだゾ！

といくら自分自身に云い聞かせてみたって、ひしめき合っている食品の幻惑は、私の決心などを相手にしない。

まるで真珠のように輝き合っている「シャンピニオン（マーシュルーム）」。紡錘の形美しいアンディーブ……。それらがごろごろと、ぞんざいに並び合っていて、早く買わなかったら略奪破壊され尽してしまいそうな不安……、焦燥……。

そこで私は大あわてに、

「アン・キロ、シルブ・プレ（一キロ、お願い）」

と云うことになる。

四分の一（キャートル）キロなんて舌を嚙むような発音をしてたら、買いそこなってしまうような、もどかしさなのである。

また、一足踏み出せば、皮を剝ぎ取られた兎がぶら下げられ、骨付のコートレット、仔牛の肝臓、羊の首……、等々。

これでは身がもてない、と観念して、目をつむり、早足で駆け抜けようとすると、これは見事。

玉葱の芽立ちだか、香頭葱の芽立ちだか知らないが、針よりも細い青葱が、爪楊枝の塩梅に、美しく、束ねられてある。

そう云えば、こないだ喰べた「エスカルゴ（カタツムリ）」の肉の周りに、この葱が、バターや、白葡萄酒と一緒に、煎りつけてあったゾと、とたんに気がつき、その香頭葱の芽立ちを二束、と云うことになるだろう。

葱だけではどうにもならぬ。では、カタツムリも探さなくてはと、私の発狂は昂進するばかりである。

それでも、ようやく、チーズの前に立ち止まって、

「本日は、これで終り……。ひとつ食後の絶妙なフロマージュを探してやろう」

そこで、浜の真砂《まさご》のように品多く散らばり放題のチーズの中から、何となく荘重の感じのするものを選び取って、

「これを、お願い……」

と云ってみたところ、チーズ売りのオカミが、何事か早口に、私に向って、喋りはじめた。もとより、何のことか、チンプンカンプンだから、私も、せきこみ加減……、

「これ、いくら？」

オカミはそれには答えようとせず、周りに向って、不思議な奇声をあげている。

すると、一人の眼鏡をかけた、インテリ婦人らしい女性が、立ち止まった。私に向って、

「キャン・ユウ・スピーク・イングリッシュ」

「イエス」

と答えるほかはない。すると、彼女は、

「これは、とても、セコな、特殊なチーズでして、フランス人でも、なかなか、口に合う人が少ないのです。まして、あなたは旅行者のようですから、買って帰って、後悔なさりはしませんか。マダムはそれを心配しているのです」

あらまし、こんなことを云ってくれた。

しかし、私にしてみたら、そう聞いたら、尚更、そのセコな、特殊なチーズの味をたしかめてみたい。そこで、

「有難う。でも、一度ためしてみたいのです」

ちょっと依怙地のように聞えようが、そう云った。相手の婦人はうなずいて、

「ええ、それは結構です。もとより、素敵なチーズですから……」

こうして買って帰ったチーズだが、正直の話、このチーズには、私も悩まされた。まるで、塩酸でも醱酵させたような舌ざわりなのである。いくら、コニャックで流し込もうとしても、喉元が収縮する感じである。

棄てるに棄てられず、それでも或る日決心して、ポケットの中にねじ込みながら、町に出た。

通りすがりの老犬に、こっそり、そのチーズをくれてやってみたが、野郎は、ちょっと鼻で臭いを嗅いだまま、ニベもない顔で、歩き去っていった。

犬でも喰わないチーズかと一途に腹が立ったけれど、よく考えてみると、飼犬だ。他人の与えるものに目をくれないシツケの犬だろう、とそう思って、自らを慰めたことである。

パリの女性は、時々思い切った親切と云うか、おせっかいと云うか、それとも、生活の掟と云うか、を、我々異邦人に、教えたがる時がある。

日本の女性なら、とてもそんな余計な、出過ぎた、世話を焼くまいと思われることだって平気でやる。

例えば、だ。

Aと云うホテルにしばらく暮らしていたことがある。

毎日、私の部屋を掃除にきてくれる可愛い十七、八くらいの女の子がいた。その女の子が、私の部屋のバス・ルームを掃除してくれていると思ったら、

「ムッシュー。ムッシュー」

と扉の蔭から、私を手招きした。相手は可愛い娘である。私も何となく胸が躍る心地で、彼女の傍に寄ってゆくと、彼女は、

「ムッシュー」

をもう一度連呼して、トイレット・ペーパーは、こんな風に下から抜き取るものだ……、上から鷲摑みをしてはいけない……、と手真似よろしく、何度も繰り返してみせるのである。

実は、ローラ半紙みたいな、小さく切った紙が、陶器のトイレット・ペーパー入れの中に重ね入れてあって、下から、二、三枚ずつ、つながって取れるようになっている。

しかし、紙がすべるのと、小さ過ぎるので、私は大抵上から、鷲摑みで、取って、用を足していた。それを、たしなめてくれたわけである。

もとより、倹約の立前からに違いないが、日本の女中なら、こう云う注意を、お客に申し出るような女性はいない。

生活の習慣だろうが、正直な話、私は感心もしたが、びっくりもした。

もう一つ。クレベール通りからちょっと北に入り込んだところに商店街がある。

その一軒の食料品店に入り込んでいって、バターを買おうと思い、

「ブール。シルブ・プレ」

と云ってみた。バターはブールと発音すると思ったからだ。すると、その売子の女がけげんな顔をするから、こちらから、バターの現品を指さしてみたところ、その女の子は、バタ

ーをカウンターの台の上に置き、私を呼び寄せ、顔と顔をくっつけるほどの差向いになって、

「バぁール」

「バぁール」

発音の矯正を繰り返すのである。

客は、絶えまなく、私の傍を通り過ぎては、振り返る。

しかし、彼女は、何の臆する色もなく、私と顔をくっつけるようにして、半開きに、口をまるめてみせながら、

「バぁール」

「バぁール」

私に反覆復誦させるのである。やがて、

「いいわ。よくわかるようになりました」

には、あいた口がふさがらなかった。

しかし、不思議なもので、先生は先生だ。はじめは何となくよけたく思ったが、しばらくすると、やっぱり、バターの類に関する限りは、彼女のところに入り込まないと、申し訳ないような心地がされる。そこで、また、

「バぁール」

「バぁール」

の復誦になり、彼女がニッコリ笑ってくれるまで、繰り返すハメになる。それでも、彼女

の強制学習を思い出しながら、フッとパリをなつかしく思うことがあるのだから、面白いものである。

さて、脱線に過ぎた。

パリの味に後がえらなくてはならないけれども、パリの庶民街のさまざまな味を最初に手引してくれたのは、シャンソンの高英男君であった。

例えば、「タルタル・ステーキ」だが、一体、どこの店だったのか、もうその店のあり場所も、名前もすっかり忘れてしまったけれど、おそらく、高君が、毎日シャンソンの稽古にいっていた若い作曲家のアパートの近所であったに相違ない。小さいレストランだった。

「檀さん。これを毎日喰べてるとね、声が嗄《か》れないのよ」

そう云って、よく叩きつぶした馬肉に、コリアンダーの葉ッパが、刻み入れてあったのを忘れない。

「エスカルゴ」に案内してくれたのも高君であって、パリのカタツムリ料理は、バルセロナの「カラコーレス」のそれより、やっぱり何となく洗練されている感じであった。例の香頭葱が細かに散らしてあって、色どり浅く、味も淡く、仕立上がっていた。

バルセロナの「カラコーレス」は、田舎煮、或いは田舎焼の感じで、味も色も、濃厚に思われた。

ポルトガルのサンタ・クルス浜では、女中二人がまるで競争の塩梅に、「カラコーレッシユ」を獲ってきてくれるから、その汚物を排出させる一週間のうちに、だんだんと、料理したい戦意を喪失したものだ。

しかし、カタツムリ獲りは、見ていると風雅なものである。

例えば、女中のカロリーネが、小さい懐中電灯をともしながら、海岸の断崖近い葡萄畑や、叢の中を歩いていると、月が照っており、波の音が聞え、地這いの小さい葡萄の葉々が細かにそよいで、まったく、一幅の俳画を見るようであった。

いつも月が照っていたような記憶があるが、小さい懐中電灯だけでは断崖の道が心細いのか、それとも、カタツムリは月夜に獲るものなのか、くわしくたしかめなかった。

ただ、毒草を喰べていることがあるとかで、一週間ばかり、汚物を排泄させねばならず、また冬籠り前の一瞬が一番おいしいとか、聞いた。

カタツムリは随分の種類がいるらしく、一体、何と云う種類のものがおいしいのか、また、フランス、スペイン、ポルトガルでいろいろと種類が違うのか、私はよく知らない。

ポルトガルのサンタ・クルス浜は、そのまま塩ゆでするだけの田舎煮である。

パリでは、塩やレモンなどでゆで、おそらく一ぺん殻から取り出して、バターや、白葡萄酒と一緒につめ合わせながら、オーブンで焼くのだろう。

その揚句に香頭葱を散らすのだろう。

カタツムリをつかみ取る氷ばさみのような道具で、殻を抱えながら、喰べるのである。

パリで、一番安い魚介類は、何だと思う？

それは、ムール貝だ。貽貝《いがい》である。「似タリ貝」とも云うだろう。裂開した時、色と形が、女の部分に似ているからの名前だが、その昔から、「土佐日記」などに、同じようにしるされている。

パリの魚屋で、ムール貝は一キロせいぜい、百円見当だろう。日本のアサリ貝ぐらいの値段だと思っても、大間違いではない筈だ。

シャンゼリゼの大通りから、マルブーフ街あたりに折れ込んだところに、「ママ」と云ったか、イタリーのレストランがあって、ここの「ムール貝」は安くて、おいしいから、私は時々入り込んでいっては喰べる。

思い違いでなかったら、ここもまた、最初に連れていってくれたのは、高君で、十何年か昔であったろう。

今の店は、広くて、随分繁昌しているようだから、込み合っている時は席が取りにくい。そこで、その少し先の「バランタイン」と云ったか、中級レストランに入り込むことも多いが、ここもまた手頃な値段のレストランで、オニオン・スープなど、ポキッとした感じである。と云うのは、余りくどくなく、口いっぱいに媚びるだるさがないので、二日酔の時など、特に嬉しく思われることがある。

有名な大衆レストラン、レ・アール（元市場）の「ピエ・ド・コーション」のオニオン・スープはこってりと、グリュエール・チーズが鳥モチのようにからみつき、深夜向、寒夜向には、よろしいだろう。

その昔、時折、出かけていった時には、市場の肉切りのオッさん達が、長い白いウワッパリを、血だらけにしながら入り込んできて、立ったまま、飲んだり、喰ったりしていたが、今日では、ビストロの感じがうすれてきて、観光食堂の趣が加わり、パリ見物の日本女性がズラリと所狭く並んでいたりする。

世界が狭くなったのだ。

私など、落着いて酒を飲む元気さえなくし、ここの「豚の足」はどんな煮方だったろう、と、その見本を一皿、二皿、種類別に頼んでみて、また喰べ終らないうちに、落着きなく立ち上がらないと、後がつかえているような、気ぜわしさを感じる日さえある。

しかし、「ピエ・ド・コーション」の店の真向いに残っている旧市場の建物の、横に流れる鉄骨の模様は、いつ来てみてもなつかしい。この建物を、そのまま買い取って、アメリカに運ぶ、とか云う噂を聞いたような気がするが、まだ残っているだろうか。それとも、もう運ばれてしまっただろうか。

私は、ミシェル・タピエに連れられて、ここから、自動車でスペインにまっすぐ南下していったから、レ・アールの、朝まだきの、市場の中に、忙しく立ち働いている長い白衣のウワッパリの軽子や肉屋達の姿が、今でも目の中にちらつくのである。

パリは、何と云っても、カキだ。

「ブロン」一号だの、二号だの、「クレール」一号だの、二号だの、魚屋の店先で買ったって、一ダース二、三千円のカキはザラだろう。

いつも、云うことだが、レモンの酢を垂らし、カキのナマ喰いをするだけだったら、残念ながら、パリの「ブロン」が、縁辺のひろがりから云っても、日本のカキより、上等だ。

通常、日本の「カキ」はムキ身になっており、「カキフライ」と云う、半分日本調の揚物にするなら、日本のカキは、安くて、身が厚くて、万才と云うことになるだろう。

カキを喰べるにしても、ウニを喰べるにしても、日本では通常殻から出して、その天然の肉汁を随分と無駄にしてしまっているのは余り賛成出来かねる。

獣肉の喰べ方だって日本人は、みんな骨をはずし、何もかも、刺身ふうに変えてしまって、軟かいの、均質のと、自慢するのは無念である。

だから、オーストリアの「山家焼（バウエルン・ブラーテン）」みたいに、骨付肉の、各部分の味を味わい喜ぶ流儀に、いつまでたっても、不馴れなのである。

燻したり、蒸焼にしたり、また煮込んだりする、料理の味わいにうとくなる一方だ。

獣肉に対する歴史が浅いから、羊は臭いだの、何だの、と云うことになる。

パリのオカミさん達は、喰べる事に関して、それこそ、眼の色を変えるほど、一心不乱だから、羊の頸肉だとか、仔牛の肝臓だとかは、牛のヒレ肉より大切にして、その値段も、目の玉が飛び出るように高い。

いつだったか、エッフェル塔を真向いに見るセーヌ右岸の、船舞台のレストラン「イル・ド・フランス」で、羊の頸肉を馳走になったが、まったくおいしかった。

その時喰べた、ドーバーの舌ビラメのムニエルと、ともども忘れられない味である。

もっとも、値段も、一人前一万円は越えていただろうし、私など、「ママ」のムール貝で、大酒を喰らっている方が、安心なようなものだ。

だから、いつだったたか、女房がパリにやってきた時なども、口だけは、

「ツール・ダルジャンに行こう」

などと、誘っておきながら、たちまち君子豹変して、

「お前さん、夜会服持ってないじゃないか」

と云いまぎらわして、サッサと、「ママ」の方に転向した。

私一人でホテルにいる時など、惣菜屋の惣菜を買ってきて喰うか、せいぜいポン・ヌーフの橋を渡って、向う岸の、路地に並んでいる安食堂をあさり歩くのが、関の山である。

もっとも、いつだって、小さなキッチンだけは付いているホテルの部屋にいないと、餓えるような脅えがあって、作っても、作らなくても、台所と冷蔵庫付の部屋にだけは、坐っている。

台所付のホテルにいながら、パリ最低級の立喰屋を流し歩いているのだから、いつまで経っても、私の料理は、「世界最底辺料理」と云うことになるだろう。

パリの魚屋では、比較的に鯛が安い。

さあ、はっきりした値段は忘れたが、かなりの大鯛で、一尾千円そこそこぐらいのものだったろう。

大味などと云うのは嘘っぱちで、日本の鯛と大同小異、時によっては生きているかと思えるくらいの、素敵な鯛にお目にかかることがある。

ただし、よくよく傍について気を配っておかないと、鱗を取るついでに、スポリと頭を切って棄ててしまわれる。

私は無為の手なぐさみに、博多ジメにしたり、すしに作ったり、してみたが、パリの鯛が大味だなどと、金輪際思ったことはない。

パリに、日本人が殺到してくるようになったものの、魚屋の魚には、それほど値段の変動は感じられなかった。かえって、昔より随分と安くなったものに、モヤシがある。

十何年昔、モヤシを探し廻ったことがあって、マドレーヌ広場の何とかと云う、世界食品店に、モヤシ一袋、たしか四、五百円で売っていたのに、こないだ、ポン・ヌーフの左岸で、一袋、百円以下で売っているのを目撃した。

キノコの類は、例のシャンピニオンと「黄茸」の類が稀に売っている。勿論、「トリュッフ」は売っているが、私達の手の届くシロモノではない。

料亭だって、トリュッフは細かに刻んで油で焦がし、その匂いを、魚の蒸焼だの、肉の蒸焼だのに、まぶしつけているだけだ。

例えば、清水の舞台から飛び降りる意気込みで、フォンテンブロー間近い、バルビゾンの「バ・ブロオ」で豪遊したことがある。

庭先の食卓には、ブンブンと蜜蜂が、うるさく翔び交っており、卓上に、その蜜蜂捕りの瓶が立ててあって、板屋楓《いたやかえで》の木立の蔭は、風がよく吹き通し、さすがに大公園近い閑寂な料亭であった。

喰べたものは、鶏であったか、鴨であったか、忘れたが、ニコゴリの塩梅に、その肉周りにゼラチンのタレがまぶしかためてあったような記憶がある。それが名物料理だと云う説明も聞いた。

しかし、その後だったか、前だったたか、焼肉の周りにトリュッフの焦げた匂いと、苦味（或いは甘味）がまつわりついているのが、日本で味わったことのない、不思議さに思われたものだ。

料亭の裏は広い庭で、その芝生の間に、薄紅色の夢のような花が咲いており、その花の名をリスボンでもわからなかったから、丁度、園丁の居合わせたのを幸いに、訊いてみたが、パリの園丁もまた、花の名を知らなかった。

或いは、ジャカランダや、ブラジル木などと同じように、南米だとか、モロッコだとかが、原産地の花かもわからない。

トリュッフで思い出したけれども、「フォア・グラ」はまた、かけがえのないパリの味だろう。

「リラの門」と云う映画の中で、食料品店の二階の窓から、小さな缶詰を、道に向ってドンドン投げる場面がある。

その缶詰を拾って、子供達が逃げるのだが、あれが、フォア・グラだ。

「雁の肝」を、故意に肥厚させて、すりつぶし、たんねんなペーストに作り上げたものである。

小さな缶詰でも、一個、四、五千円はするだろう。

いつだったか、亡くなったスペインの与謝野秀大使に御馳走になり、

「パエリアはもう御免だよ。やっぱり、フォア・グラ……」

と云われて、あんまりおいしかったから、私もついパリに寄ったついでに、そのフォア・グラを日本に抱いて帰る気になった。

しかし、一缶、四、五千円は癪だ。

うまい具合に、一軒の食料品店に、二千円程度のものがあったから、それを五缶、思い切って買い込んで、はるばる日本に持って帰った。

さて、悪友どもを呼び集め、さんざん、勿体をつけた揚句、その缶を開いて、ひと舐めしてみたが、塩馬鈴薯を舐めるような味気なさだ。

しかし、そんなことは云っていられない。

「兎に角、この世で、一番贅沢な喰べ物だ！」

と声を大きくして、配って廻ってみたけれども、誰もうなずかず、一人の悪漢が、

「まあ、パリのレバー・ペーストと云うところだな」

悠久たる風土が培う焼肉の味　韓国

随分と昔のことだ。私は、長春郊外の寛城子と云うところに暮らしていた。勤め人の生活がつくづくといやになり、その勤め先をやめて、まもなくヤブロニーの密林の中で、蜜蜂飼いになるつもりであったから、とりあえず、バウスと云う白系ロシア人の家の、台所を借りて、その台所の中に生きていた。

台所を借りるなどと、おかしな話だと読者は思うかも知れないが、バウスの家は、二間しかないのである。

バウス夫妻の寝室と、台所だ。

バウスだって、日本人に、自分の台所など貸したくなかったろうが、少しでも現金収入になることであれば、仕方がない。

私だって、ロシア人の台所部屋などに住みたくはないが、いくらかでも間代が安ければ、仕方がない。

つまり、双方の利益が、台所の一点において、共通したわけだ。

その台所の壁よりに、いや、壁と接続して、オンドル式に出ばった漆喰の一畳敷くらいの段があり、ここを、私のベッド代りにした。

壁はロシア式の壁ペーチカになっており、その漆喰の段が、そのまま、オンドルのように暖まるわけである。

このベッドはオンドル同様、私の五体をぬくめたが、いくら五体はぬくもっても、収入の道はなく、喰い物はなく、恋人はなく、まったく醜態のドン底で、あの台所の冬の生活は、つくづく、私の青年の日の象徴のように、思い出されてくる。

おまけに……、バウスが、秋まで庭先にはなしておいた鶏五羽を、冬になって、台所の一角に入れたから、こいつが、私の寝ている頭上のあたりに、一列に並ぶのである。

バウスの考えでは、台所の一角の物置場に鶏を入れて、私の台所と物置場の境には、古毛布をかけて鶏を遮断したつもりでいるらしいが、夜が更けてくるにつれ、鶏どもは毛布の下をくぐり抜け、オンドルのぬくもりに慕いよって、私の頭上の、棚の上に、一列に並んでとまるのである。

「法王の鼻」と呼ぶ、あのシッポのあたりのうまそうな筋肉を、左右に動かし、餓えた一人の日本青年の食欲を愚弄し、挑戦しながら、時折、私の毛布の上に、鶏の糞まで垂らすのだから、私は煮えくりかえるような思いをしたものだ。

その辛い、わびしい、台所の冬がようやく去って、春になる。

鶏は、私の寝室から、庭に出され、私もまた、台所から解放されて、ゴム長一足、雪どけの広い野っ原に、さまよい出る。

ドロンコの、雪どけの、野っ原に、いつのまにか、芹だか、ミズだか、野ビルだかが、下《した》萌《もえ》し、延びあがって、野面いちめんに、萌えひろがってゆくのである。

さて、前置きが少しく長くなり過ぎたが、これらの野面に萌え出している、春の草や、山菜に、一番敏感な人種は、どこの人種だろう？

ロシア人か？　中国人か？　韓国人か？　ただしは、日本人か？

これらの人種は、ほぼ、均分に、このあたりに暮らしていた。

しかし、早春の野面の春の草を摘みにきたのは、ロシア人だったためしは一度もない。中国人でもない。日本人は、私をのぞいて、ただの一度も、見かけたことはない。

いつも、きまって、チマ、チョゴリをまとった韓国人の少女達であった。

手に籠を持ち、浅いゴムの靴で、彼女達は三々五々、そのチマ、チョゴリを春風にひるがえしながら、何を摘むのか、夥しい春の草を、摘んでいた。

だから、日本の女性が、山菜を愛し、山菜の料理に長じているなどと云うのは、嘘っぱちだ。

少なくも、山菜に関する限りは、韓国女性の方が、遥かに敏感でもあるし、食用の野草を識別する能力を、まだまだ、母からその娘へと、伝承してゆく環境と習慣を持っていると云える。

これは、私がある時期、韓国人の一少女と、愛し合っていたと云うような身贔屓のせいばかりではない。

春の野の草を、見分け、摘み、それを日々の食用に供する能力を、まだ、まだ、彼女らは持っているのである。

万葉の冒頭を飾る歌……。

籠《こ》もよ　み籠持ち　ふくしもよ　みぶくし持ち　この丘に菜摘ます児

の情景は、籠を手に、三々五々、チマ、チョゴリをひるがえしながら、春の野面の山菜を摘み採っている韓国少女達の姿に、残っていると、思いたいほどだ。

その少女の名を、かりにKとしておこう。

私が、ヤブロニーの蜜蜂飼いになろうとしていた時に、私と同行し、私と生活を共にすることを、うなずき、誓ってくれた、たった一人の女性であった。ただ、折柄、沙草峯事件がはじまり、北方移動禁止令が発令されて、私だけならまだしも、Kを同伴してヤブロニーに入ることなど、到底、実現不可能になってしまった。結局、彼女との約束を、反故《ほご》にしてしまったわけだが、今でも、韓国の野面をうろつくと、彼女の幻は、その野面いちめんに、ひろがるような心地がする。

韓国の料理が、山菜の調理もふくめて、まことに繊細で、行き届いたものである、とつくづく思い知ったのは、二、三年昔であったか、晩春の頃に、ソウルに出かけていった時のことだ。

ソウルはライラックが美しい町である。

その料亭も、庭先に紫のライラックが見下ろせるオンドル部屋であったが、「九節板（クゼルバン）」と呼ぶ八方へ菊の花型に料理を並べる盆皿のようなものが置かれ、その中央には、小麦粉を薄焼にして丸く打ち抜いたものが重ねられてある。

八方の料理入れのくぼみの中には、牛肉だとか、椎茸だとか、芹だとか、卵だとかが、さまざまに調味され、千切りにされて、色どり美しく並べ合わされている。

つまり、その薄いホットケーキ様のものの中に、八品の料理を好みのままに取り、包んでいただくわけである。

例えば、中国料理の烤鴨子《カオヤーズ》の皮や葱を味噌と一緒に春餅に包んで喰べるような具合だが、韓国料理のチマチマとした作り方は、何かしら、暗い、民族の歴史の、怨念のようなものを、切り刻んで、作り上げたような感じがした。

九節板のほかにも、豆腐の重焼《かさねやき》みたいなものだとか、水餃子みたいなものだとか、アワビだとか、エビ天麩羅の薄揚げみたいなものだとか、ゴボウや、桔梗根のナムル。かと思うと、何とも知れぬ山菜の塩漬を、水と胡麻油の中に沈めたものだとか、まったく、幽玄な心地に誘い込まれたものだ。

勿論、類似の料理は、中国にも日本にも、あるに相違ないが、例えばエビを、このように薄く、割りつぶしたようにして揚げるなどと、私達には考えられないことだ。

また、例えば、神仙炉《シンソンロ》と云う、中国の火鍋子《ホーコーズ》ようの鍋の中に入れ込む、さまざまの具の作り方、並べ方、仕立方なども、はじめは、どこの料理であったにせよ、韓国人の好みと、生活と、知恵の中で、まったく韓国そのままの料理になり切っている。色と味と形になり切っている。

例えば、その中に入れる銀杏と、小さな肉団子風のものだって、芹の筏揚げのようなものだって、民族の永い歴史と怨念を、自分達の手で編み上げたような感じがされる。

ついこないだ、ソウルに招かれた時にも、この料亭をそれとなく探してみたが、ハングルの文字は、私達には覚えにくく、とうとう見出すことが出来なかった。

おまけにライラックの時期をとっくに過ぎているから、花を目あての、料理屋探しなど、出来るわけがない。

しかし、無任所相の李長官から「荘園」と云う料亭に招待されて、ほとんど、同じような、韓国流の高級な御馳走をいただくことが出来たのは、なつかしかった。

もっとも、私自身は、市場の片隅にあるような「スリチビ」や「テポ」で、スープを啜ったり、豚の足を齧ったり、薬缶いっぱいの「マッカリ」を飲んだりするのが、一番好きだ。

いや、その昔は、スリチビのドラム缶の中に、牛の首がグツグツと壮大に煮えていたものである。

そのスープを啜りながら、「パカチ」の中になみなみと汲み入れたマッカリを飲んだものだ。

パカチと云うのは、瓢箪を干して半分に縦割りにしたような器である。

今度も、牛の首が、グツグツ煮えているような店を探し歩いてみたが、とうとう見つからなかった。

どこの国でも、その土地の人が日常愛好しているお惣菜はおいしいものだが、韓国の庶民の料理もおいしい。

「クッ」と呼ぶスープ。「コムタン」と云う内臓のスープ。「チゲ」と云う味噌ダキのようなもの。「クイ」と呼ぶさまざまの焼いたもの。「チム」と呼ぶ煮物。「ナムル」と呼ぶ野菜和え。いや、さまざまの「キムチ」等。

それらの料理には、大抵、「コチジャン」と呼ぶ唐辛子味噌のようなものが添えられる慣わしであって、ちょっとした家の庭先や、屋根の上など、大小の甕が並べられ、コチジャンや、「ヒシオ」のようなものが熟成されているのを見るだろう。

魚類や野菜類を、切ったり、並べたりする調理には、日本人は、世界中で抜群の業を見せるけれども、獣肉を、殊更その全貌を、味わうことにかけては、まったく馴れていない。だから、獣肉をまるで魚肉のように刺身化して、その軟かさと、均質ばかりに、熱中する傾きがある。

韓国人は、役牛を食用に供するせいもあって、その肉が軟かいとか、脂がのっているとか云うことは、少ないかも知れないが、獣肉全体の味わいには馴れ尽している。

例えば「カルビ」と云う肋骨肉は、その肋骨の骨周りの筋だの、肉だのがなかったら、味が半減してしまうのに、日本人は棄てて顧みようとしない。

韓国人は、これを「カルビクイ」にして焼き、「ハモニカ」などと云って、喜んで、齧って喰べる豪快な料理を愛好するのである。

また「カルビチム」と云う煮物にして愛好するが、その時に、肉にも、筋にも、骨にも、庖丁だか、鋏だか知らないが、いっぱい切れ目を入れて、味の滲出をよくし、喰べやすくもするのである。

「プルコキ（牛肉の網焼）」は、日本でもよく知られるようになった。二、三年昔、ソウルに出かけていった時も、また、今度も、「韓一館」に案内されたから、随分の有名店なのだろうが、肉にダシをかけながら、鍋焼にする流儀である。

大変おいしいけれども、何となく味が、前の時より甘ったるくなったような感じがした。

妓生《キーセン》のはべる壮麗な料亭は、何と云う名の店か、忘れたが、その店構と、周囲の様子から、二、三年昔、浜庫《はまくら》さんや、永六輔さんらとやってきた料亭と同じ店であることを思い出した。

その安心感からでもあるまいが、私は大酔して、音痴の歌を永々と歌ったのは、醜態を通り越している。招待していただいた吉総長には申し訳ないことであった。

どうも、高級料亭は、私の性分に合わないのである。そこで、どこか、マッカリの飲める安食堂を全玉淑女史にお願いしておいたところ、「赤宝」と云うマッカリの店に案内された。

何となく、穴蔵の感じがする店ではあったが、それでも、私にとっては、まだまだ高級な奥行の深い、一流料亭に思われた。

ただ、タルタル・ステーキのような、ナマ肉の料理が出されたのは珍しかった。韓国の料理であるか、それとも、外国風の料理であったのか、くわしく訊きもしなかったが、マッカリを飲みながら、白玉粉のとき汁と鶏卵の合せ焼のようなものにはさまれた、玉葱や、葱や、エビや、カキの薄焼がおいしかったことを覚えている。

折柄「関釜連絡船」の作家李㫇注さんが見えていて、李さんの市場の中にある家に、安岡章太郎君が訪ねてきた話など、なつかしく聞いた。

さて、ソウルの町も随分変った。

この前に、やってきた時は、ポルトガル出発前のことであり、二、三年の昔になると思うが、南山の周辺あたり、ビルが立ちかかっているなと思っていたところ、今来てみると、高層建築の重畳する世界的大都市に変貌してしまっている。

金浦飛行場から、ソウルに抜ける高速道路や、漢江の橋など、見違えるばかりであった。

南山の山全体も公園として整備され尽した感じである。

変りないのは、東大門市場とか、南大門市場とかの、市場の界隈の雑踏だろう。

私は市場歩きが殊のほかに好きだから、今度も、市場の雑踏の中をあてもなくうろつき歩いた。牛や豚のモツ煮は、中国とほとんど同様であって、これをしこたま買い入れ、酒のサカナに随分と重宝したものである。

これらのニツ煮は、岩塩と、叩き胡麻と、唐辛子を、まぜ合わせたような塩をつけて喰べると、まったく、おいしい。

また市場の中で、綺麗に干しあげたムキエビや、チリメンジャコを買い込んで、旅の間中、持ち歩いた。

これらの干ザカナ類は、ノリ同様、日本と比べると桁違いに安いが、ノリの仕上げ方は、日本より少しばかり雑でもあり、少しばかり厚過ぎるようにも思われた。もっとも、喰べ方の流儀が違うので、ノリに胡麻油を塗り、塩を落して、焼いて喰べるのが、普通のようである。

どこで喰べたのか忘れたが、「ビビンパビ」と云うか、「韓国風カヤクメシ」のようなものがバカにおいしかった。

おそらく冷メシを、スープと胡麻油で、ちょっとばかり濡らし、火にかけて温めて、油揚の千切りだの、椎茸だの、さまざまのナムルだの、金糸卵だのをまぜ合わせ、その上に「コチジャン」をのっけたものだ。

韓国は、大抵麦メシだが、その麦メシがネットリするくらいの濡れ加減で、私の酔った喉元を通りやすいように思われた。

今度の旅は、実に奇々怪々の道行であって、東京からソウルに飛行機で飛び、ソウルから晋州まで飛行機。晋州から忠武にバスで抜けて、忠武に一泊。颱風がやってきたものだから、その晋州から大邱に抜けようとして、タクシーを走らせ、洛東江岸まで辿りついたものの、増水のために渡河出来ず、またまた晋州に逆戻りになった。

おかげで、晋州の駅前食堂に入り込み、そのオンドル部屋で、コムタンを啜ったり、マッカリを飲んだり、疲れ切って、オンドルの上にころげ眠った。

晋州からソウル行の夜汽車に乗り込んでソウルに引き返し、今度はソウルから慶州まで、高速道路を突っ走るバスに乗り込んだ。

坦々たる大高速道路で、たしか、途中の休憩時間も合わせ、四時間半ぐらいの行程であったろう。

慶州から釜山はタクシーに乗り、関釜フェリーで下関に上陸したから、韓国を実にさまざまの乗り物で、行ったり、来たり、おかげで思いがけない韓国の田舎の町を、眺め廻った。

韓国の田舎の部落は、現在、ワラ葺きの屋根を、ふきかえようとする国民運動の展開中らしく、私など、ワラ葺きの、オンドル小屋恋しいような感傷を申し述べていたところ、大いに笑われた。

しかし、あの、垂れ下がるようなワラ屋根の下にオンドル部屋があって、夕べの灯りがかすかに洩れ、オンドルの煙がワラ屋根の周りに這い上がっている韓国の夕景色は、私のような異郷の男にとってさえ、郷愁をかき立てるのに充分な、人間の棲家に思われたものだ。

オンドルは、中国の「炕」が韓国に土着したものかどうかくわしく知らないが、私はあんなに合理的で、なつかしい暖房をほかに知らない。

床に敷いた油紙だか、渋紙だか、ピカピカとツヤ光りしていて、その固いオンドル部屋に、センベイ蒲団一枚をひろげ、上に一枚の毛布でもあれば、もう充分に暖かい。寝巻だの、パジャマだの、かえって邪魔で、素っ裸で寝ているのが一番気持ちよく、あんなに仕合せな暖房生活はないものだ。

私はかねがね、オンドル部屋一間だけの生活に、永年に亘る妄執を持っていて、あとは、台所と便所だけ……。

まぎらわしい何物もないそのオンドル部屋の中で、悠々と老いさらばえてみたい願望を持っている。

日本の四畳半だって悪くはないけれども、寒さが嫌だし、そこに、石油ストーブだの、何だの、七面倒な器具を持ち込むのが嫌だ。

第一、窓が開き過ぎている日本家屋では、蒲団をいちいち、敷いたり、片付けたりしなければならぬだろう。

オンドル部屋だったら、窓は高く、小さく、センベイ蒲団を敷いたままの万年床で、一向に差支えはないのである。

床だって、カラ雑巾でちょっとこすれば、もうそれで掃除は充分だ。

テレビも要らなければ、ラジオも要らぬ。

時折、思い出したように詩でも書いて、あとはゴロリとセンベイ蒲団の中にもぐり込めばそれでよい。

だから私にとっては、韓国のオンドル小屋は、老後の生活の理想に思われていたものだ。

ポルトガルで一人暮らしていた時も、ポルトガルにオンドル小屋があったらなあ……、いや、オンドル小屋を造りたいものだ……、と朝な夕な、妄想しつづけていたようなものだ。

ところが、関釜フェリーの社長の町井さんと語り合っていたところ、その町井さんが、ソウルの近郊に、焼き物を焼くノボリ竈を持っていて、その傍に、何なら、オンドル小屋を造ってもいいですよ、と云うことであった。

もし、そのオンドル小屋が、本当に実現でもしたら、私など、少なくも一年の半分ぐらい、オンドル小屋で暮らしたい。

オンドル小屋に暮らしながら、老いの皿を焼いてみたり、韓国流の飲食生活を、見様見真似、作ってみたり、喰べてみたり、随分と楽しいことだろう。

見られる通り、私は、もう日本の文化生活に飽き飽きした。

自分の死にまっすぐ直結するような、簡素で悠々たる自分の人生を作り直してみたいのである。

オンドル小屋の話で、少々うわずってしまったが、忠武の町が実によかった。

その魚市場に水揚げされる魚介類が、颱風の余波を喰って少なかったのは残念だったが、市場の周りをうろつき歩くと、一メートルもありそうなタコの干物や、グチの干物や、メン鯛の干物など、まったく、羨ましい限りであった。

私は、パカチを買ったり、短い手杓子を買ったり、市場の内外を右往左往したが、生憎の雨を衝いて、韓国流の葬列が静かに前進してゆくのは感動的であった。

忠武の町の李舜臣将軍の廟近いあたりに、昔ながらの、古井戸があり、その古井戸から流れ出す水を集めた大きな洗濯場があり、その洗濯場の周りに、キヌタを打つ、丸石の石組があって、そこで洗濯に余念のないチマ、チョゴリの婦人達の姿をボンヤリと見ているのは楽しいことである。

全玉淑さんの話によると、

「ここは井戸端会議の本場であります」

と云うことだったが、子供達は、母や姉達の洗濯姿を見下ろしながら、「ネッキ」みたいなものを打って遊んでおり、老人達は、コメカミに手をやりながら、見るともなく、聞くともなく、婦人達の方に老いの視線を投げている。

何かしら、人間悠久とでも云った、永い人類の営みみたいなものが、しみじみと感じられてくるような心地さえした。

慶州は随分と変りかけている。仏国寺に至るまでの慶州の広大な地域を、大々的に観光の町に造り直している感じで、広い道路を建設中であり、仏国寺の界隈も、石を刻む者、柱を削る者、槌や鑿《のみ》の音が吐含山に木霊し合っていた。

私は少年の日から、慶州や仏国寺にやってきたのはこれで三度目であるが、石窟庵まで登れたのは、最初のたった一度だけである。

素晴らしい晩秋の秋晴れの日であって、吐含山の山の道は、チゲ（背負子）を負ってくだってくる樵《きこり》にたった一度出会っただけ。

道の両側にはあちこち、大きなツララが下がっていたのを覚えている。

しかし、峠を登りつめて、眼下に日本海を眺め下ろした時は、オッと声をあげたいほどの感動であった。

その石窟庵に、もう一度、辿りついて、釈迦如来や、羅漢像などの姿を拝みたいと思いたちながら、この前の時はミニ・バスが故障とかでとうとう登れず、今度は、はじめから歩いて登る心組でいながら、生憎の雨にたたられて、四キロの山道を歩くことをあきらめた。

しかし、慶州は、釜山から、バスで一時間そこそこであり、釜山は下関から、関釜フェリーで確実につながったから、思いたちさえすれば、いつだって、日本からやってこれる。


慶州で面白い話を聞いた。

慶州の町は、人口は、韓国内で二十何番目だとかだが、「マッカリ」の消費量だけは、たしか、十番を下らない、八番だか、九番だか、だと云う話である。

そう云えば、この前に来た春の季節に、仏国寺の裏の吐含山の中は、あっちも、こっちも、太鼓を叩く音が湧き、酒に酔って踊り狂っている婦人達の姿が見受けられたものだ。

私なども、手弁当を作り、マッカリをぶら下げながら、半月城や、雁鴨池などで、飲んで、太鼓を叩いて、踊ってみたら、随分愉快だろうと、そう思った。

ただ、観光地の御多分に洩れず、慶州の町の旅館や、食堂なども、妓生(?)の数が急増し、ちょっと昼メシをと思っても、歌舞音曲の大盤振舞は、嬉しい時もあるが、うるさい時もありがちだ。

そんな時には、やっぱり、町のあちこちに点在するマッカリ屋で、一杯やっている方がずっと楽しい。

韓国で余り感心出来ないのは、日本人が残したに相違ない沢庵漬である。どこの沢庵も、余りおいしくない。

やっぱり、韓国は「キムチ」に限るようで、小さい、十センチにも足りないような大根の「キムチ」など、素敵な歯ざわりに思われた。

「鮑石亭」の近くにある民家の周囲であったと思うが、丁度紫と白の桔梗の花ざかりであり、「トラジ・ナムル」は、喰べてもおいしいが、見ても美しいものだと、その畑の花に眺め入ったことである。

桔梗の根は、いつ採取するのがよろしいのか知らないけれども、慶州の市場の中では、老婆が、積み上げた「トラジ」の土をたんねんにこそぎ落し、洗っているのが見受けられた。だから、一年中、採取し、食用に供するのかもわからない。

たしか、晋州の町はずれで、後の車が来ないから一軒の食堂に入り込み、急いで、喰べるものを手真似よろしく註文してみたところ、どうやら、「チャプツエー（雑菜）」らしいものを、暖め直し、御飯の上にかけて運んできてくれた。

春雨や、椎茸や、牛肉や、葱の千切りを、それぞれの味に炒め、まぜ合わせたものである。

まだ、朝食前だったから、バカにおいしく、おかげで、後の車に追い越され、故障でもしたのではないかと心配したと叱られたが、田舎町の、あんな場末の店のチャプツエーでも、やっぱり、手馴れた料理は、おいしいものだと感心した。

韓国は戦前の頃、大田や、大邱あたりの林檎だの葡萄だの、大変においしかったような記憶があるから、あちこちの市場を見廻ってみたが、ちょっとまだ時期が早く、並んでいるのは青林檎と、桃ぐらいのものであった。

日本で云う、国光や、紅玉の種類だが、気候のせいだろう、日本のものよりはるかにおいしかった。

高いのは、バナナである。ソウルから大邱に抜ける高速バスの休憩時間に、ちょっとバナナを買おうと思って、値段を訊いてみたら、バナナ一本が百五十ウォンであった。

輸入を抑制しているのだろうから当然のことに相違ないが、ほかの物価が安いので、うっかり、バナナまで安いかと思い違って、びっくりしたわけだ。

秋の頃だと、松茸が素敵だろう。

一貫で、二百ウォンだとか、四百ウォンだとか、聞いたような気がするし、韓国の一貫は一体何キロくらいになるか知らないが、日本では考えられないような安値だろう。

その秋の頃、慶州の石窟庵にでも詣り、思う存分に、松茸を喰べてみたいものである。

食文化の殿堂・晩秋の北京を行く　中国

それが中国なら、今頃だと（これを書いている十月、十一月）、北京でも、南京でも、上海でも、漢口でも、蟹、蟹、蟹で大騒ぎをしているだろう。十四、二十匹と、稲のワラで、梯子型に、上手に蟹をつなぎ合わせ、その蟹を両手にぶら下げながら、嬉しそうに、東安市場とか、何とか市場から、家路に急ぐ人々で、町は埋まっている筈だ。

「天高ク馬肥ユル」じゃなくって、まったく、「天高ク蟹肥ユル」の時期であって、秋が深まってゆくにつれ、蟹の甲羅は次第に紫の色を濃くし、

「今日こそ蟹を鱈腹喰ってやれ！」

と誰しも、喉元から手が出そうになってくるのである。

黄菊花ヒライテ　紫蟹肥ユ

と云う通り、中国人なら、蟹のおいしい時期は、晩秋から初冬にかけての菊の季節にきま

っている。

その時季の蟹がおいしくなるのは、米の苅入れの季節に近く、穀物の落穂を拾うんだとか、何だとか、昔、中国でもっともらしい話を聞いたことがあったが、本当だか、どうだか、動物学にまったく不案内な私なんかが、知っている筈はない。

中国人が熱愛する、この蟹は、「清水蟹《チンスイハイ》」であって、海の蟹のことを云っているのではない。

清水蟹とはどんな蟹だ、などとあわてなくてもよろしい。日本だって、あちこちにいる沢蟹であり、蟹の鋏の根元のあたりに、いっぱい、黒い毛の密生した「モクズ蟹」のことである。

私だって少年の頃、筑後川やその支流で、蟹のロウゲを仕掛け、いくらでも獲ったことがあるし、またいつだったか、青森県の北津軽郡蟹田にある太宰治の文学碑の前で、太宰の旧友中村貞治郎氏から、この蟹を山ほど御馳走になったことがあった。

つまり、日本でも北は青森から、南は九州まで、広範囲に棲息する蟹と同一の、川蟹である。

なーんだ、あんなモクズ蟹などを中国人はそんなに珍重するのか、などと云う人は、「清水蟹」の味の真価を知らないデクノ棒だ。

「横行将軍」と云うのも、「無腸公子」と呼ぶのも、みんな、この蟹にささげた中国人のなみなみならぬ熱愛の言葉である。

黄菊が花ひらいて、秋が深まるにつれ、清水蟹の紫の甲羅は固くなってくる。その肉も、その橙色のミソも、ムッチリとしまり、充実してきて、もしそれが中国なら、どこの町、どこの村、どこの家でも、しばらくは、蟹に熱狂するわけである。

すこしく話が古くなるが、文化大革命のちょっと前に、私が中国へ出かけていった時にも、北京でも、上海でも、この「清水蟹」を随分と喰べたが、勿論、私なんか、どっちの蟹がおいしかったなどと、喰べわけられるものではない。丁度、国慶節の終ったあとの一カ月ばかりの間であったから、どちらの「横行将軍」も、素敵な味わいに思われた。

まして、その昔、漢口や南京で喰べた蟹の味わいと、比較出来るような能力を持ち合わせないが、中国では、江南一帯の地に出廻る、陽澄湖の蟹が一番と云うことになっているらしい。

ただの塩ゆでもよろしいが、中国人は、また千変万化の調理の術をきわめ尽している感があって、例えば、蟹をよく洗って、その足を動けないように丁寧に糸で縛る。

木の樽でも用意して、その中に細かいオガクズをつめ合わせ、そのオガクズの間々には、刻み葱や、刻みニンニク、刻み生姜、刻み茗荷や、コショウなどを、まんべんなく、まぜ合わせておく。そこへ上等の酒と酢を流し込んで、オガクズをたっぷり、しみ込ませるようにするわけだ。

ここへ、わが「無腸公子」を幽閉するのであるが、残酷物語だなどと云う人は、蟹なんか、はじめから喰べない方がいい。

今度は蟹をオガクズと一緒に、一匹、一匹、取り出して、丁寧に、粘土でくるみこむのである。

つまり、オガクズまぶしの、蟹の粘土団子が出来るわけだろう。

これを、たんねんに焼き、粘土全体にヒビ割れが出来てきたら、もう焼上りだ。手早く粘土やオガクズを払いのけ、まだアツアツの蟹の肉や、蟹のミソを、好みの醤油をつけながら、つつき喰べる次第である。

勿論のこと、老酒《ラオチユウ》の上等な紹興酒などを飲みながらだ。

さて、蟹の時期だものだから、中国の蟹に深入りし過ぎてしまったが、こと飲食に関しては、中国は、われわれの想像も及ばないような調理の秘術をきわめている趣があり、その味わいは、世界によく喧伝されている。

日本料理も美しく、清楚で、味わい深いものであるが、少しくひとりよがりのところがあり、世界の人々に対する味の説得力に関しては、残念ながら、中国料理に、及びもつかないだろう。

鱶ヒレ料理でも、海燕の巣の料理でも、鴨子の料理でも、いや、中国の数限りない珍味佳肴を、その絢爛とした味に転化していった、どえらい時間と、積み重ねの料理の研究があったわけだ。

それが、かりに創造者の幸福にはつながらない、王宮や大権力者の、巨大な調理場の実験作業の中に探究され、産み出され、大成されたものであったにせよ、世界の味覚の文明の中に、まったく、かえがえのない料理文化を作り上げたことは事実である。

その原因の一つに、早く何千年の昔から、西域にまでつながっていった、往来や、交易があったからだろう。

例えば、戦後日本で、にわかにもてはやされるようになった「成吉思汗焼」だとか、「シャブシャブ鍋」だとか、これらは大抵、中国から引き揚げてきた人達によってはじめられた「烤羊肉《カオヤンロウ》」や、「涮羊肉《シャオヤンロウ》」の亜流だが、北京や東北地区にありふれたこれらの料理の源流は、また、蒙古から西域にまでつながるゲル（天幕）の中の料理であったり、遊牧民の野営の料理であったろう。

それを中国で、たくみに塩梅し、形式化し、云わば中国の座敷料理に完成させた。

それが北京なら、東安市場の「東来順《トンライシユン》」をでも覗いてみるがよい。

火鍋子で上質の羊の肉を、熱湯の中にくぐらせるまでは、日本のシャブシャブと大した相違はなかろうが（ない筈だ。見習ってきた料理だから）、その手許に並べられた薬味の数々は、もう、どうしようもない。

例えば、ニンニクの芽をすりつぶして香油にといた、モエギ色の薬味とか、胡麻の薬味とか、トンガラシの薬味、クルミの薬味あたりまでは、想像がついても、あとは、もう、絶望のようなものだ。

一体、何がまぜ合わされているのか見当もつかず、その十品、二十品と並べられた薬味の小皿を見つめながら、ただモウロウと夢見心地になってしまうのがオチである。

勿論のこと、涮羊肉でも、烤羊肉でも、コリアンダーの葉を刻んだ「香菜」がなくては、はじまらない。

さて、またその北京の「烤鴨子《カオヤーズ》」なども、勿論、日本のあちこちの中国料理店でも喰べさせるし、みんな一つ覚え、鴨子の皮を葱とモロミで衣に包み込み、誰でも愛好する御馳走だが、はじめにその鴨子の全貌の姿を見せられ、脈絡一貫して喰べさせられることは、東京ではめったにない。

殊更、ペキン・ダックスは、家鴨《あひる》の種類によるのか、その飼育の方法によるのか、それとも調理の根本の伝統に左右されるのか、やっぱり北京が東京より桁はずれにおいしいように感じられたのは、もとより仕方がないことかも知れぬ。

鶏の丸焼や、牛、豚のモツの煮込は、大きな輪切りの丸太のマナ板の上で、トントンとブツ切りにして喰べる。

例えば、北京の道端や、汽車の火車站（駅）で売っていることは、昔も今も変らないようだが、戦後はその輪切りのマナ板をタワシかササラで、木の目が白くなるほど磨き上げているし、その売子がまた、みんな洗いさらしたような白いウワッパリを着込んで、行儀よく売っているのが、中国人民の新しい意気込みを感じさせるものだ。

しかし、その昔、テラテラに脂光りしている大丸太の上で、同じくテラテラに脂光りしている外掛子《ワイゴウーズ》（長いウワッパリ）をつっかけながら、大鍋に湯気を上げている牛や豚のモツを手摑みに、庖丁をふるっていたオヤジ達の姿や賑わいが、フッと、なつかしく思い合わされないわけでもない。

ブンブンたかっている蠅だって、その賑わいの伴奏のように聞きとれたものだった。

この間、田中総理訪中の新聞記事であったか、輸送された新疆省の珍果を喰べさせられる話があった。

おそらく、哈密果《ハミクワ》を御馳走になったものであろう。

哈密果なら、私もウルムチに出かけた折に、その哈密であったか、酒泉であったか、ウルムチであったか、で、御馳走になったことがある。

おそらくメロンの種類に相違なく、これを土中の穴の中に二、三カ月貯蔵しておくと、内熟して、

清脆《セイゼイ》梨ノ如ク
甘芳醴《レイ》ノ如シ

と云うわけだ。「醴」はアマザケのことだろう。多分、シルクロードに一般的なメロンだろうが、哈密の天日のほどよさか、水がかりのほどよさか、或いは昼と夜の温度差の状態が、格別おいしい名果を産むに至ったものに相違ない。それとも、その土中の穴に保存する、穴

の湿度の関係かもわからない。

あのあたりは、また、素晴らしくおいしい葡萄の産地であることを考え合わせると、納得出来るような感じがする。

哈密果で思い出したが、広州界隈の茘枝《ライチヒ》もまた、珍果の名に値しよう。楊貴妃が早馬を打たせて、わざわざ長安まで運搬させただけのことはあるかも知れぬ。

楊貴妃と書いて、矢庭に長安の町や驪山の姿が、目の中に浮かびだした。

素晴らしい秋晴れの日に、驪山まで出かけたのだが、山の姿と云い、紅葉の色と云い、その山肌の美しさが、まるで楊貴妃の肌のように感じられたことを覚えている。

温泉水ナメラカニシテ　凝脂ヲ洗ウ

で、白楽天の詩や、驪山宮の歌いさざめく美女や権力者のオゴリに痛憤しながら、ここを通り過ぎていくさむざむとした杜甫の姿など、目に浮かぶようであった。

驪山の麓あたり、その昔の華清池の復元であるかどうか知らないが、温泉宮らしいものが、朱塗りの柱を立てまわして、造られていた。少しくお粗末ではあるにしても、それでも、その揺れる華清池の池のオモテを見守っていると、おのずから、楊家の子女の裸の姿が見えてくるような心地がする。ふとりじし、足はなよなよと、自分の体一つだけでも、ささえきれぬように見えたと云う女っ両腋からは、絶えずピンクの汗が滲み出ていたと云う、歴史と幻想の究極の接点のなかを、さながら、さまよいつづけるように感じられる美女。

哀れと云えば哀れに、華やかと云えば華やかに、数奇と云えば数奇に、高力士からそのハンケチで、スルスルと首をひきしぼられるまでの女の一生……。

しかし、驪山は静まり返っていて、ただ、松の梢に、松の風が聞えていた。

その夜は、西安に引き返していって、その昔の長安の町角の汚い一杯屋で、草野心平氏と二人、白乾児《パイカル》を痛飲した。サカナは例によって、牛のモツだか、豚のモツだかを、皿に切り並べて貰って、だ。

キヌタの音こそしなかったが、「長安一片ノ月」は空にかかっており、私達はよほど、陽気に酔っていたものに相違ない。

酒場のオヤジから、私達の宿を訊かれたから、何気なく答えておいたところ、そのあくる朝は、キチンと人民服に帽子までかぶり、そのオヤジが、宿までやってきて、酒の燗をつける錫器の古いのを、大小、四、五個取りまぜて、記念に差し上げたいと、抱えてきてくれた。

あんなに嬉しかったことはない。

西安は、大通りのつき当りの鐘楼の上から、規格正しい町全体をひろびろと眺め廻すのが、とてもよかった。

北の丘陵一帯が紫の色に流れている。

私達は、その丘陵の一角にも案内されていったが、道路工事の中途に、新しい陵墓が発見されたらしく、大きな壁画までが見つかって、その壁画の壁が運び出され、裏打ちの作業の最中であった。
十五、六才の女の子達が、作業服を身に纏って、どうやら、裏から漆喰固めをやっているようである。
「ピー、ピー」

と笛が鳴ると、一斉に作業をやめ、ゾロゾロ休憩の小屋の方に、入ってゆくようだ。昼食か何かだろう。

いつ時代の壁画であるか知らないが、それにしても、のどかなものだと、私はびっくりした。

そのまま、大きな壁画がほったらかしのままだからである。

そう云えば、これは三十年も昔。

熱河の赤峰の中腹のあたりから、砂漠を見晴かし、駱駝の隊商の動きを、ぼんやりと眺めやっていたところ、

「これを買わないか?」

と、一人の土民が、肩から麻袋を下ろし、その麻袋の中から、二、三枚の皿を取り出した。

今考えてみると遼三彩であったかも知れないが、余りに唐突であったから、薄気味悪いような心地がして、とうとう買う気になれなかった。

が、ひょっとしたら、大変なシロモノであったかもわからない。

男は、私が買う気がないのを見ると、サッサと山をくだっていった。

何しろ、中国と云う広大な地域は、何が埋もれているか、わからないような、底深い文明の堆積がある。

料理にしたってそうで、西域と直結したさまざまの古代文明の飲食の道がもつれ合っているから、とても一筋縄の味覚や調理では、ゆかぬわけだ。

海燕だって、鱶のヒレだって、熊掌だって、東坡肉《トンポーロウ》だって、そうだろう。

いや、何もワザワザそんな高級な御馳走を例にとらなくても、例えば漢口の一つの小路を歩きながら、その両側に並んでいる粗末な食堂か、点心屋の一品を味わってみるだけでも、充分にわかる筈だ。

例えば、「湯包子《タンパオズ》」と云うのがある。

それを註文すると、小さいセイロの中に松葉が敷かれ、その松葉の上に、チャボの卵くらいの大きさの蒸された包子が、十個ばかり並んでいる。

その一個をパクリと頬張ってみると、ジューッと、スープが口いっぱいにひろがるわけだ。つまり、スープ入りの包子である。

一体、スープ入りの包子など、どのようにしてそのスープを注入するのか、と私達にしてみたら煩悶するのだが、なーに、豚の骨だの、豚足だの、長時間スープに煮つめた揚句、ほどよい味つけをして、これをさましておけば、骨や足のゼラチン質がスープの中に滲み出しているから、時間がたてば煮こごるわけだろう。

その煮こごったものを、小麦粉をこねた粉皮の中に包みこんで、冷蔵庫にでも入れておけばよいわけだ。

あとは蒸し上げるだけである。

さて、また、もう一軒の点心屋に入り込んで見よう。

「蓮子湯《レンズタン》」だ。

店先では、蓮の実の、外皮の殻を破り、皮をむき、アダ皮をむき、楊枝のようなもので、中心の苦い双葉を抜き取っているようだ。

この苦味を抜き取った蓮の実を、氷砂糖と水で炊き込んで、云わば、蓮の実の、透明なオシルコを喰べさせてくれるのである。もちろん甘いが、品のよい甘さで、私のような酒びたりの男でも、漢口では、この「蓮子湯」だけは、時々、こっそりと飲んでみたものだ。


昔から、「南船北馬」と云う通り、南と北とでは、喰べ物も、味も、随分と違っている。

南は主食が米であり、北は主食が小麦である。勿論、ややこしく入りまじってはいるけれども、饅頭や、餃子や、涮羊肉や、烤羊肉は、もともと北のものであり、南は、必ずと云ってよいほど、料理の間か後に、米飯がある。だから、蓮の葉の中に糯米《もちごめ》をくるみこんで、肉や、蓮の実や、椎茸などを、宝珠のようにちりばめた御馳走とか、冬瓜の中にスープを入れて、それを長時間蒸し上げた御馳走など、みんな上海以南の料理であり、点心もまた、糯米を肉団子の上に散らしたものとか、美しい焼売だとか、と云うことになる。

ほかにも、また四川の少しく辛くて、醬油の色の濃い料理等、各地方ごとのさまざまの味わいが、入り組みながら、中国料理と云う、大交響楽を作っている塩梅だ。

中国料理の、絢爛として、その原料の想像さえもつかないような珍奇な御馳走は結構だが、しかし料理店のメニューに現われる、あの、モノモノしい、勿体ぶった、料理の名前の羅列は、感心出来ない。

夜郎自大と云ってみたくなるほどだ。わけを聞いてみると、なるほど一定の法則あり、美しくも感じられる気もするが、そう思い直してみても、尚且つ、あのバカバカしい名前は、修飾語の羅列のようで、鼻持ちならないような心地がする。

もっとも、そう云う日本料理の方も、この頃、思わせぶりな料理の名が、続々ふえてきたようで、まったく、ウンザリすると云いたいところだ。

日本の炊事器具がまた、日本が文化国家に転身したせいかどうか、矢鱈に種類が多くなり、鍋だけでも、どれをどうして使うんだか、器具のために、料理があるような風潮である。

私が湖南の湘潭や、長沙や、南岳のあたりをうろついていた時に、現地の住民の生活の模様を細かに観察してみたが、カマドの上に、はめこみの大鍋がたった一つだけ。

その横に、湯わかしの茶釜がはめ込んであり、この両方とも、はずせばはずせないこともないだろうが、これを動かしたのを、私は見たことがない。

大きさも大きいし、重さも重いだろう。

だから、主婦は、この大鍋と、巨大な鉄製の金ビシャクと、あとは竹のササラと、蒸物用のセイロ二段だけが台所用品の全部で、これで一切の料理をまかなっていた。

例えば、メシはどうやって炊くかと云うと、米を大鍋の中央に入れ、水をそそぎかけ、カマドの下に火を入れる。

沸騰してくるのと一緒に、その米を金ビシャクで忙しく掻き廻し、ほどほどに煮えてきたと思う頃、そのお米の煮湯を全部手桶の中に掬い取るのである。

今度は、半煮えのメシを鍋の中央に、丁度伏せた擂鉢のように盛り上げる。そのまま蒸らすわけである。

底の方が、半焦げになった頃、全部をまた、手早くまぜ合わせて、炊き上がったメシは、オヒツのようなものに移す。

焦げメシが余り沢山鍋の底にくっついていれば、湯わかしのドウコウの中から、ヒシャク一杯の水を掬い入れ、ササラでこそぎおとして、その水を掬い捨てるが、大抵の場合は、少々のメシの糊が、鍋底についていたって、そのまま次のオカズの料理に移る。

まず豚の脂を入れる。掻き廻す。次に肉だとか、ブツ切りの大根とか、玉葱とか、馬鈴薯等とか、その日の野菜類を炒め、塩味にし、時々モロミを加えたり、醬油を垂らしたり、また、お湯をたっぷり入れて、スープ状にしたりする。

仕上げに、白いサザンカの実をしぼった茶油《ツァーユ》を垂らして、匂いをつけることが多かった。

そのままドンブリに掬い取って、終りである。

あとはお湯を入れ、ササラで底を掻き廻して、そのお湯を棄てるだけだ。

たった、この据えつけの大鍋一つで、一切の揚げ物、煮物、スープ、メシをまかなってお り、迅速でもあり、簡便でもあり、清潔でもあり、私は感心したものである。

蒸し物は、湯わかしのドウコウの上にセイロをのせている。何でも蒸せる。

余熱があれば、金ビシャクでお湯を汲み入れておくだけだ。


今でも覚えているものに、シメジのようなキノコの焼メシが、毎日毎日、おいしく、喰べ飽きなかった。

また、「葦荀」と云ったと思うが、竹ノ子だか、葦ノ芽だかわからない、軟かなアスパラガスのようなものを、茶油で炒煮したものが、とてもおいしかったような記憶もある。

喰べることは愉快な行事で、必ずしも、豪華絢爛な料亭の大盆がおいしいのではなく、江南の地方で、「菜台《ツアイタイ》」とか云う、カラシ菜の新芽みたいなものを、エビ油と岩塩で、炒めただけのものも、忘れられないほどに、おいしかった。

また、岳州から長沙に抜ける民船の中で、毎日船頭が舟の中で手料理してくれたお粥だとか、豆粥だとか、それに添えて喰べる腐乳の味わいなど、湘水の流れと一緒に、生涯の思い出だと云えるだろう。

東北のあたりでは、「松花《スンホア》」、上海のあたりでは「皮蛋《ピータン》」と云っている、家鴨の卵を石灰にまぶして、切ワラで包み、温床の中で醱酵させたものなど、一体どのようにして考えついた味わいだか、考える度に、不思議を通り越している。

一度、蘭州で、「ファーツァイ」と云う不思議なものを御馳走になったことがある。「発財」が、「ファーツァイ」と発音されるから、その音を喜んで、誰もが喰べる山中のキノコだと云う話であったが、私は、どうもキノコには思えず、海藻のような気がしきりにした。しかし、或いは岩茸のようなものであったかもわからない。

中国の高級な料理に、そのものの、歯ざわりと、栄養だけを残して、味と匂いをほとんどほかのものに転化してしまうことがある。

例えば、鱶のヒレだが、鱶のヒレの魚臭を駆逐し、駆逐していった揚句に、その鱶ヒレのゼラチンに豚の脂肪をからみつかせ、その周りを最高のスープで包むのである。

だから、鱶のヒレの歯ざわりと、栄養が、牛スネや、鶏や、豚の味や匂いの綜合に、転化されてゆくわけだ。

海燕の巣も、海草の匂いが消されて、別な味と匂いが、しみつかせられる。ただ海燕の巣の場合は、寒天質が、熱にたちまちとろけてしまうから、根気よくヌルマ湯の作業が続き、沸騰させせないよう、用心深いスープの味つけが行なわれるわけだ。

網アブラを活用して、さまざまの喰べ物に、動物脂肪の味わいをからみつかせるのも、その一例である。

「竹孫《ツースン》」の味の活用もまた、そうだろう。もっとも、日本だって、椎茸の乾燥したものが、ナマ椎茸とおのずと別な匂いと味わいを、さまざまの喰べ物にからみつかせることは、誰でも知っている。

しかし、乾エビだの、乾ナマコだの、乾したアワビだの、乾した貝柱だのを、さまざまの味や、料理に転化してゆく、根気のよい操作と調理は、やっぱり、中国人の知恵であったと、云わなければならないだろう。

あとがき

ここに「美味放浪記」と題して、旅行記風に、私の飲食《おんじき》の次第を語ったが、もとより私は、云うところの美食家でも、趣味家でもない。

まったく平穏な一個の放浪者であって、そこに人だかりがしていれば、その人だかりを覗き込み、そこに喰べたり飲んだりしている人の群れがあれば、その人の群れの中にまぎれ込み、さながら、その喧騒に埋もれるようにしながら、飲んだり、喰ったり、しているだけのことだ。

もし、日本（または世界）各地の飲食の次第を正しく語るのが本旨ならば、その発祥の来由と伝播に関する、おそらく、人類学的、歴史的考察を必要とするに相違ないが、私は、そんな大それたことを考えながら旅をしたことなぞ、一度もない。

まことに、とりとめなくうろつき、とりとめなく喰べ歩いたまま、その時々に書き散らしたものを、すすめられるままに、ここへ集計してみただけのことである。

ただ、私が云い得ることは、たった一つ。

その飲食に向う時に、何の先入観念も、何の偏見も、持ち合わせがなかった。

例えば私が、砂漠のゲル（テント）に迎えられ、羊肉の水タキを手摑みにしてさし出される時にも……、またアラブのメジナをさまよいながら、その迷路の食堂の一角で、ソラ豆の煮込みを、指づかみ、口の中へ差し入れられる時にも……、多少の羞らいと、不潔は感じながらも、素直に嚥下しただけのことだ。

これらの、放浪的飲食記が、はたして現代日本の味覚や嗜好に、何らか意味のある働きか効果を与え得るか、どうか、私は考えたことがない。

しかし、日本中（または世界中）のその土地土地の人々が、自分達の知恵と努力を持ちより、積み重ねながら、この雑多な、目出度い、人間の飲食のありさまを形作ったことを、喜びたいのである。その喜びの次第を、二十世紀末葉の、日本の一放浪詩人として、証言しておきたいのである。

昭和四十八年春

檀　一雄

本書に収められた各篇は雑誌『旅』に連載されたもので、「国内篇」は昭和四十年一月号から十二月号まで、「海外篇」は四十七年一月号から十二月号まで（十一月号を除く）に掲載され、両篇を合わせ『美味放浪記』として昭和四十八年四月に日本交通公社より刊行された。

『美味放浪記』一九七六年刊　中公文庫を改版

中公文庫

美《び》味《み》放《ほう》浪《ろう》記《き》

1976年5月10日　初版発行
2004年4月23日　改版発行
2019年2月28日　改版7刷発行

著　者　檀《だん》　一《かず》　雄《お》

発行者　松田陽三

発行所　中央公論新社
〒100-8152　東京都千代田区大手町1-7-1
電話　販売 03-5299-1730　編集 03-5299-1890
URL http://www.chuko.co.jp/

DTP　平面惑星
印　刷　三晃印刷
製　本　小泉製本

Published by CHUOKORON-SHINSHA, INC.
Printed in Japan　ISBN978-4-12-204356-5 C1195

定価はカバーに表示してあります。落丁本・乱丁本はお手数ですが小社販売部宛お送り下さい。送料小社負担にてお取り替えいたします。

中公文庫既刊より

各書目の下段の数字はISBNコードです。978－4－12が省略してあります。

た-34-5
檀流クッキング
檀　一雄
この地上で、私は買い出しほど好きな仕事はない――という著者は、人も知る文壇随一の名コック。世界中の材料を豪快に生かした傑作92種を紹介する。
204094-6

た-34-4
漂蕩の自由
檀　一雄
韓国から台湾へ。リスボンからパリへ。マラケシュで迷路をさまよい、ニューヨークの木賃宿で安酒を流し込む。「老ヒッピー」こと檀一雄による檀流放浪記。
204249-0

た-34-7
わが百味真髄
檀　一雄
四季三六五日、美味を求めて旅し、実践的料理学に生きた著者が、東西の味くらべはもちろん、その作法と奥義も公開する味覚百態。〈解説〉檀　太郎
204644-3

た-33-9
食客旅行
玉村豊男
香港の妖しい衛生鍋、激辛トムヤムクンの至福、干しダコとエーゲ海の黄昏など、旅の楽しみイコール食の愉しみだと喝破する著者の世界食べ歩き紀行。
202689-6

た-33-11
パリのカフェをつくった人々
玉村豊男
芸術の都パリに欠かせない役割をはたし、フランス文化の一面を象徴するカフェ、ブラッスリー。その発生を克明に取材した軽食文化のルーツ。カラー版
202916-3

た-33-15
男子厨房学入門《メンズ・クッキング》
玉村豊男
「料理は愛情ではない、技術である」「食べることの経験はつくることに役立たないが、つくることの経験は食べることに役立つ」超初心者向け料理入門書。
203521-8

た-33-16
晴耕雨読ときどきワイン
玉村豊男
著者の軽井沢移住後数年から、ヴィラデスト農園に至る軽井沢、御代田時代（一九八八～九三年）を綴る。題名のライフスタイルが理想と言うが……。
203560-7

た-33-20
健全なる美食
玉村豊男
二十数年にわたり、料理を自ら作り続けている著者が、客へのもてなし料理の中から自慢のレシピを紹介。食文化のエッセンスのつまったグルメな一冊。カラー版
204123-3

た-33-22
料理の四面体
玉村豊男
英国式ローストビーフとアジの干物の共通点は？ 刺身もタコ酢もサラダである？ 火・水・空気・油の四要素から、全ての料理の基本を語り尽くした名著。〈解説〉日高良実
205283-3

た-33-23
おいしいものは田舎にある 日本ふーど記
玉村豊男
個性的な味を訪ねる旅エッセイ。鹿児島、讃岐、さらには秋田日本海へ。風土と歴史が生み出す郷土食はどう形成されたのか。『日本ふーど記』を改題。
206351-8

ち-3-54
美味方丈記
陳舜臣
陳錦《きん》墩《とん》
誰もが食べられるものをおいしくいただく。「食」を愛してやまない妻と夫が普段の生活のなかで練りあげた楽しく滋養に富んだ美味談義。
204030-4

つ-2-12
味覚三昧
辻嘉一
懐石料理一筋。名代の包宰、故、辻嘉一が、日本中に足を運び、古今の文献を渉猟して美味真味を探究。二百余に及ぶ日本食文化と味を談じた必読の書。
204029-8

つ-2-13
料理心得帳
辻嘉一
茶懐石「辻留」主人の食説法。ひらめきと勘、盛りつけのセンス、よい食器とは、昔の味と今の味、季節季節の献立と心得を盛り込んだ、百六題の料理嘉言帳。
204493-7

つ-2-14
料理のお手本
辻嘉一
ダシのとりかた、揚げ物のカンどころ、納豆に豆腐にお茶漬、あらゆる料理のコツと盛り付け、四季のいろどりも豊かな、家庭の料理人へのおくりもの。
204741-9

つ-2-9
辻留 ご馳走ばなし
辻嘉一
茶懐石の老舗の主人というだけでなく家庭料理の普及につとめてきた料理人が、素材、慣習を中心に、六十余年にわたる体験を通して綴る食味エッセイ。
203561-4